十二五国家重点出版物出版规划项目

走向世界丛书

主编 钟叔河 曾德明 杨云辉

洪勋游历闻见录

刘柯 校点

岳麓書社·长沙

本册总目□

□

洪勋游历闻见录

丛书新序

钟叔河

二〇一三年十月

“走向世界丛书”一百种，只收晚清时期 from east to west（从东方到西方）的记述，这并不等于说，只有十九世纪末二十世纪初的中国人，才需要面对走向世界的问题。

纵观人类历史，走向世界决不是什么地区性和阶段性的活动，而是不断出现在全人类发展进步过程中并与之同步的历史现象。一百万年前，人类开始从非洲进入亚洲和欧洲，一万年前，又从亚洲进入北美洲和大洋洲，就是在不断地走向世界。

从有史以来的文献、文物看，三千多年前的《奥德赛》和《出埃及记》，说的是古希腊人和以色列人走向世界——走向地中海和巴勒斯坦。两千多年前的《史记》和《汉书》，写了张骞和后来汉朝“益发使”走向世界——曾走到罗马在西亚的边陲。一千三百年前的《大秦景教流行中国碑》、七百年前的《马可·波罗游记》和四百年前的《利玛窦中国札记》，记下了阿罗本、马可·波罗、利玛窦的 from west to east，这和 from east to west 一样，都是在走向世界。

人类曾因地理、种族、制度、意识形态等原因而互相分离，甚至隔绝。夜郎国的君长初见汉使时问：“汉孰与我大?”当是时，夜郎的世界僻处黔西，其“大”可知；连夜郎都未入版图，则汉之“大”亦远不如今之中国。但人为万物之灵，为了求生存谋发展，总不能老守着自己的一亩三分地，总会要想方设法走向世界——走向更广阔的外部世界。于是，汉要“通西南夷”，要前往原来“道险终不能有”的夜郎；夜郎要问“汉孰与我大”，要想改变原来“不知汉广大”的状况。由互相隔绝变而互相接近，互求了解，这就是走向世界。

走向世界，无论是自己走出去还是让别人走进来（总比让别人杀进来好），无论是主动的还是被动的，从总的历史进程看，用大的历史眼光看，都有利于发展，都是一种进步。对汉朝来说是如此，对夜郎来说亦是如此。两千年前是如此，两千年后亦是如此。上世纪七十年代末开始编辑出版“走向世界丛书”时是如此，如今来继续编辑出版这部丛书时亦是如此。

今天的中国已不再是七十年代的中国，虽然仍称发展中国家，经济总量却早已“超英”，正在“赶美”，但走向世界的路还“漫漫其修远”。时至现代，走向世界当然是要走向现代化的世界，也就是要高度现代化，全盘现代化。“四个现代化”的“四个”——工业、农业、科技和国防，已经“化”出了很大的成绩，而我们的管理现代化，我们的服务现代化，我们的制度现代化……要走的路的确还很长。

现代人走向世界，首先要使自己成为能接受全球文明，有世界知识，有世界眼光，有世界理想的人。“走向世界丛书”杰出的作者，如郭嵩焘、黄遵宪……又如邹代钧、金绍城……他们看到的新技术还是德律风（送话器和最早的手摇电话机）、火轮车（蒸汽机车）……我们如今却已经用上了智能手机、坐上了波音飞机……但在思想层面上，我（不敢称我们）反省自己的世界眼光和世界理想，甚至在世界知识的某些方面，比起一个多世纪以前的郭、黄他们来，差距实在还不小。在这方面，也就是人的现代化这方面，要走的路就更“漫漫其修远”了。

五年前北京奥运会的成功举世公认，它已经成为中国走向世界的一大标志。它的口号：

ONE WORLD，ONE DREAM

“同一个世界，同一个梦想”，这也应该是现代人走向世界的志向和目的，是我们继续编辑出版“走向世界丛书”的志向和目的。

丛书原序

锺叔河

一九八〇年七月

人们常说，今日之世界，乃是一个“迅速缩小的世界”（rapidly shrinking world）。在电视卫星、激光通信和喷气式客机的时代，地球之上各地之间的距离，确实好像越来越短，人们相互间的接触和交流，也越来越方便和密切了。

可是，仅仅在几代人以前，异国还显得那样的离奇和遥远。古代欧洲人说，中国人用小米和青芦喂一种类似蜘蛛的昆虫，喂到第五年虫肚子胀裂开，就从里面取出丝来（Pausanias《希腊纪事》）。古代中国人则曾经相信，西方有种羊羔是从泥土里生长出来的，脐带还连着大地（《旧唐书·西戎传》、《渊鉴类函·边塞部九》）。这类海外奇谈，今天听起来简直不可思议，而在过去上千年中，却一直被当作可信的资料，记载在欧洲和中国的史书上。由此可见，人类文明的发展，经历了一条何等漫长曲折的道路。

为了探索和开辟外部世界，丰富自己的物质和精神生活，各国人民都作过许多贡献。人类文明史像叙说伟大的发明家和著作家一样，将永远铭记着张骞、玄奘、马可·波罗、哥伦布等不朽的名字。我们甚至可以这样说：一个民族从中世纪到现代的历史，也就是它打开眼界和走向世界的历史。

历史的发展从来是不平衡的。当黄河、长江已经哺育出精美辉煌的古代文化时，泰晤士、莱茵和密西西比河上的居民，还在阴暗的原始森林里徘徊。而自从地理大发现和产业革命以来，中国却相对地落后了。在西方实现资本主义的现代化以后，中国还是一个基本上同外界隔绝的古老国家。是鸦片战争打开了中国的大门，也打开了中国人的眼睛。人们称林则徐和魏源为清代最早“开眼看世界”的人，因为西方的坚船利炮打到中国来时，他们首当其冲，亲身感到这个世界在缩小，距离和壁垒再也不能将异国隔离开了。

过去时代的中国读书人，在“严夷夏之大防”的社会里度过了上千年。封闭的外壳被打破后怎么办？守旧派的办法是把脑袋钻进沙子里学鸵鸟，像慈禧太后的大学士徐桐，见到洋人就以扇遮面。就是这个徐桐，在庚子年间焚香叩请骊山老母下凡来“杀尽洋人”，结果骊山老母没有下凡，他自己的老命却白白送掉了。而林则徐和魏源则不同，提出要“师夷长技以制夷”，主张学习外国的长处，以对付外国的侵略。要学习，先得了解，于是林则徐编了《四洲志》，魏源编了《海国图志》。虽然他们未能亲身出国去考察，书的材料靠间接采辑而来，难免有许多谬误，但无论如何，地里长羊羔之类的神话毕竟不得不逐步让位给常识了。

林、魏之后，中国才开始有读书人走出国门，到欧美日本去学习、访问和工作。容闳、王韬、郭嵩焘、黄遵宪和严复等人，要算是最早的。接着出国的人渐渐多了起来，尽管其中不少是奉派而去的政府官员，但既然去了，就不会不接触近代—现代的科学文化和政治思想，也就不可能不在中国发生影响。

“走向世界丛书”专收一九一一年前国人亲历

欧美和日本的记述。自从一八四〇年鸦片战争失败那时起，先进的中国人，经过千辛万苦，向西方国家寻找真理。应该说康有为和在他之前的郭嵩焘、王韬、容闳等人，的确代表了近代中国向西方寻找真理的一派人物。当然，丛书所收的，也并不全属先进的人物的作品；但总而言之这些都是中国人从东方走向西方的实录，自有其文化的意义和历史的价值。

必须指出的是：从鸦片战争到五四运动这一历史时期中，西方国家虽在许多方面比中国先进，值得中国人学习，但国家利己主义的本质，却总是要压迫剥削比他们落后的民族的。中国人走向世界、接触西方，既有一个学习外国长处的问题，又有一个抵抗外国侵略的问题，盲目排外和盲目崇外都是错误的。对于某些作品中不免流露的这类观点，我们将在为各书撰写的叙论中，适当地作些分析，供读者参考。

"洋为中用"是我们今天的主张，也是十九世纪先进的中国人的主张。"师夷长技以制夷"，不就是"洋为中用"吗？当然，随着接触和认识的逐步深入，人们慢慢地看出：仅仅学一点"长技"，搞一点坚船利炮，还是不行的；要救国，只有维新，维新行不通，就只有革命。伟大的革命先行者孙中山，用他自己的话来说，也是在一八七八年出国以后，“始见轮舟之奇、沧海之阔，自是有慕西学之心，穷天地之想”，才树立了推翻清朝建立民国的大志和信心。历史无情亦有情，后人的思想和事业肯定要超越前人，但前人的足迹总可以留作后人借鉴，先行者总是值得纪念的。

今天的世界已不是十九世纪的世界，今天的中国更不是清朝末年的中国。今日之中国，已经逐渐以现代的面貌，出现在世界的东方。但是，世界的进步越来越快，中国的经济和文化等许多方面还需要不断地发展和提高；这就必需继续打开眼界、走向世界。打开眼界以后，还要学会分析，分清好的和坏的。一切好的东西，要拿来为我所用；一切有害的东西，要实行抵制和预防。在这方面，前人的经验和教训，有一些也仍然值得我们注意。

谨将这套丛书奉献给爱好历史和文化、关心中国和世界的读者，希望它能在中国现代化的过程中，起到一点微薄的作用，是为序。

丛书凡例□

一、“走向世界丛书”一九八六年前已刊三十五种，二〇一五年起仍按原定一百种的计划继续刊行，仍然专收现代以前用文言写作的国人考察西方（含开国后的日本）的记述，仍以亲身经历、直接闻见者为限。

二、丛书按作者出国年月排列次序，尽量单行，即以一种为一册；字数过少无法单行者，才以两种或数种合订成册。合订本尽可能以类相从，按第一种出国年月排序；其各种均在封面列出书名，书脊则只列出第一种书名，并在其下注明“等几种”。

三、每种（册）书前，均由编校者撰写导言（叙论），介绍作者有关背景和书中重要内容，酌加评论分析，以供读者参考。

四、丛书均经编校者校订，标点分段，并加边批。边批的内容主要包括三个方面，兹以《随使德国记》为例，举示如下：

1. 标题、提要和说明，如“星使由苏州来”、“普鲁士分一十二省”、“演八十日环游地球的故事”、“如夫人即赛金花”、“‘人工’今皆称工人”。

2. 书中较重要的译名（加括弧注出原文或今译），如“德璀琳（Detring）”、“毕驷马（俾斯麦）”、“布莱门（不来梅）”、“德利风（电话）”。

3. 原文的订正和存疑，如“‘公司船’原无船字”、“‘骁勇’原作‘骑勇’”、“‘薛福成’成字原作辰”、“奥京立斯本应是维也纳”。

五、每种书后，均附人名索引，人名依首字笔画和一丨丿丶乚排列，按年、月、日三节数字查检（正文单页码下均有年、月、日三节数字备查）。如德璀琳之“德”字为十五画，于索引

“十五画”内检得其名下首列“13，8，17”，查正文“13，8，17”在P.3下，即可在P.3上找到（光绪十三年八月）十七日“乘肩舆往拜税务司德璀琳”的记载。

六、每种书后，一般附有译名简释（今昔译名对照，必要时并加说明），亦依首字笔画和一丨丿丶乚排列。如“卜兰墩浦 Brandenburg，勃兰登堡”，又如“勺勾腊 chocolate，巧克力”。

七、人名索引和译名简释的条目，并不限于边批中所举者；边批中所举者，则必皆收入索引和简释。

八、人名索引按年、月、日三节数字查检，其原书不著年、月、日者，则按篇章序号或页码查检。

九、原文因排印（抄写）而出现的明显的文字错误径予改正，不在边批中注出。

十、原文中同一外国地名而作者译法多样，

如缪祐孙《俄游汇编》中“彼得堡”就有“比得堡”“彼德堡”等异文，“莫斯科”也是如此。此种情形，无碍阅读，故一仍其旧，不作统一。

十一、原文中之统计数字均一仍其旧。少量表格中之统计数字，为方便读者阅读，改为阿拉伯数字。个别已经失去时效、并无参考价值的资料，则在说明情况后予以删去。

（十二）丛书均以简体汉字印行；除总序、凡例外，编校者所作导言（叙论）、边批、索引中涉及的数字均按现行规定采用阿拉伯数字。

叙论：晚清开往世界的泰坦尼克

刘拙松

中国走向世界多年，如今应该是已经走进世界了。网络把世界弄成一个地球村，人与人之间天涯若比邻——不，如同屋了。因此，读完这本一百多年前的前辈写的《游历闻见录》，输入“户部主事洪勋”几个字，上网一查，那条被称为“晚清中国人走向世界的一次盛举”的历史航船，便有如泰坦尼克一样出现在我的眼前，让人心情载浮载沉。

一

光绪十年（1884），御史谢祖源在他上的奏折《时局多艰，请广收奇杰之士游历外洋》中，建议“今翰詹部属中不无抱负非常者，可否令出使大臣每国酌带二员，给以护照，俾资游历。一年后许其更替，愿留者听，其才识出众者，由出使大臣密保，既备他日使臣之选，亦可多数员熟悉洋务之人”。光绪十一年二月十一日（1885 年 3 月 27 日），总理衙门大臣奕劻等在议复谢祖源奏疏中，也指出“今外务日繁，诚宜广为储材，以收群策群力之效”，“是以欲周知中外之情，势必自游历始”，这个意见得到皇帝批准，具体实施却一直拖了下来。直到光绪十二年十二月初十（1887 年 1 月 3 日），皇帝下旨，勒令“限三个月内咨覆该衙门，勿再迟延”。光绪十三年四月二十六日（1887 年 5 月 18 日），总理衙门拟定了《出洋游历章程》，共十四条，第九条规定考察任务：“游历之时应将各处地形之要隘、防守之大势，以及远近里数、风俗、政治、水师、炮台、制造厂局、火轮舟车、水雷炮弹，详细记载，以备考查。”

早在 1866 年 2 月 20 日，主持总理各国事务衙门的恭亲王奕䜣上奏说：“查自各国换约以来，洋人往来中国，于各省一切情形日臻熟悉。而外国情形，中国未能周知，于办理交涉事件，终虞隔膜”，因此，“臣等久拟奏请派员前往各国探其利弊，以期稍识端倪，借资筹计”。正巧总税务司英国人赫德要请假回国，总理衙门便派知县斌椿父子与三个同文馆学生随其赴欧洲游历，“即令其沿途留心，将该国一切山川形势、风土人情随时记载，带回中国、以资印证”。这是中国近代最早的官派海外游历，立意所在，不过山川形势、风土人情而已。两年后，1868

年，清政府又派刚卸任的美国公使蒲安臣率总理衙门章京志刚、孙家谷等组成近代中国第一个外交使团出访欧美十一国。1887 年的这次，清政府派出 12 人出洋访问，地点包括亚洲、欧洲、北美洲、南美洲四大洲的日本、美国、加拿大、秘鲁、古巴、巴西、英国、法国、德国、奥地利、荷兰、比利时、丹麦、俄国、西班牙、葡萄牙、意大利、瑞典、挪威、印度等国家，其规模之大，人员之多，盛况空前，有如泰坦尼克的起航。

正是在这样的背景中，洪勋登上了历史舞台，并以他的《游历闻见录》留下不可磨灭的历史痕迹。

洪勋（1856—?），浙江馀姚人，光绪六年进士，任户部学习主事，1887 年经总理衙门考试，选拔为官派到欧洲游历官员。他与徐宗培两人一组，1887 年仲冬离开上海，乘德国商船，游历欧洲，1889 年回国。《游历闻见录》在清光绪十六年（1890）便有了上海仁记石印本。

《游历闻见录》为意大利、瑞典、挪威、西班牙、葡萄牙五国见闻，偶尔也涉及英、法、德、奥、俄之事。原书总目有作者自述说："远祖宋大学士洪迈著有《容斋随笔》五集，篇自为目，多载掌故。勋游历欧洲，不揣谫陋，辄拟其体，随时纪事。"可见作者原是宋代先贤之后，且有思齐焉之志。那么作者的记录，实际上成绩如何呢？

洪勋是在意大利登陆欧洲的，《游历闻见录》也以意大利见闻为首。作者在开篇写有一个题记之类的话："意大利为考古渊薮，西人之纪载详矣。顾经营国是，整顿地方，与夫工商之所为，当以数十年来为大备，兹编多述近事，不复兼及旧闻焉。”中国与意大利同为古代文明渊薮，不同的是，意大利是欧洲文艺复兴的发源地，19世纪的意大利是跟随英法等强国奔腾的骏马；而中国生机勃勃的古代文明已经沉睡多年，19世纪的中国形同初醒还困的老骥。当三十而立之年的洪勋写下“经营国是，整顿地方”八个字的时候，是否寄托了他的中国梦呢？而作者“多述近事”的著作宗旨，一方面表明作者放下了厚古薄今的历史迷恋，另一方面也显示了作者那代人急功近利的心眼，对文明的来龙去脉没有溯本求源、由表及里的探求，这无疑限定了《游历闻见录》的见识的深度与闻道的高度。再有，洪勋不懂外文，对于西方文化，隔文如隔山，隔字如隔海，访问期间，凭靠随身翻译，对于外国文明的宫殿，不能登堂，更不能入室，只能是门外汉看看热闹而已。

二

《游历闻见录》一书体例，一分为三，先是五国之各国分记，称“内编”；其次是五国所属之一洲合记，称“总略”，再次则分别补记五国之见闻，称“外编”。作者在“总略”开篇处解释说：“欧洲政事大率从同，散文各见则重复必多，自郐无讥则遗漏又甚，因辑总略，系于内编。”“外编”开篇处也有解释：“政教风尚，中外殊致，凡佚事陈迹，奇观异闻，无关典要而有系国俗者，姑录之辑为外编，以存其略。”这样来看，则全书打头的内编部分，乃是“事关典要”的了。关于各国典要，作者的记录之法，大体上也可以一分为三：一是历史疆域沿革，现行政府设置；二是军事、经济、宗教、文化、教育现状；三是城市与风土。全书以客观记录为主，罕作评价，少发议论，偶尔从中国思想文化立场做点评，也只是点到为止，且出言谦逊，用词委婉，不失君子风度。从可读性而言，则“内编”部分如教科书，信息丰富，知识全面，如课堂听课而正襟危坐；“总略”部分则如人文随笔，学识才情俱备，如听名家演讲而眉开眼笑；“外编”部分则如笔记体小说，如散文游记，或开心而议论，或开怀而抒情，或传神以写景，或说书以叙事，如与朋友聊天而谈笑风生矣。

既然“散文各见则重复必多”，那么，为了不重复，本文以下文字，论及洪勋见闻录，大都取材“总略”部分。

通读全书，一个十分突出的印象，是作者对于外国军事情报的悉心记录。这远因大约出于1840年以来中国战败，屡受欺辱的历史处境，近因在于“师夷长技以制夷”的时代思潮，而直接原因，则由于出访之前的政府导向。以今人的见识而言，中国战败为表，而腐败为里，化用流水不腐的比喻，中国的腐败，在于闭关自守、与世隔绝，没有跟随世界民主、自由、科学的大潮流。

在《出洋游历章程》里，“政治”列在了解对象之五，而在洪勋的游历见闻文字中，政治的地位却在军事、风俗之前。在开卷第一回的《意大利内编》里，洪勋向我们介绍了意大利的政治体制，“意为君民共主之国”。我们都知道君主、民主政体一分为二，没想到竟然是一分为三，还有个“君民共主”。在这样的共主之国里，“通国全权掌自国王，由各部大臣施行，然必待议院允准”，“所谓民有自主之权者”（《意大利内编·国政》）。在“总略”编中，洪勋说：“君民共主之国，位亦传子，或例准传女，有以姑从侄弟及姊者，且有以私生为公、他族类我外戚入嗣者，政事由上下议院政府拟定，国君画诺，如守府焉，若借债增税一切关涉财用者，必俟下议院议准，以下议院聚各省绅耆，深悉民隐，非是恐无以服国人”。为了“服国人”，政府必须服务国人，为国人造福，这也就是孔子“己欲立而立人”的仁政的含义吧？洪勋写政府服务大众的事例，比如办教育，“民间子弟皆得就学，无须自行束脩”；比如办税务，“且常税无定则，国用足则减，国用不足，又从而增之。其多且刻如是，而民无隐匿无怨谤者，诚不以损下益上为聚敛也”；比如搞建设，“各国工程，无论城乡，莫不整齐坚固”；比如办邮政，“常例案牍及民间书信，一切均由邮政局传递，妥速无误，办理殊善”；比如保护消费者利益，“西班牙都城有卖面包者，因新麦上市价昂，拟增其值，请于市官。官为估计，不致折阅，且恐不便于穷苦也，不许”；比如慈善事业，“养育院各国皆有之，由国家设立者居多。凡民间之婴孩与夫衰老穷苦无所依赖者，必各为院以养育焉”，对此，洪勋忍不住夸奖说：“其国家待贫苦孤独之厚如此。”

洪勋记其仁政，且注意其简政。据《意大利内编》所记，一是人员清简，“所用之人亦殊简赅，如户工二部，可谓烦剧矣，户部衙署高敞宽大，过于他部，然入其中观之，其署内供职者固不甚多”；一是礼节清简，“外部大臣坐于办事处，设客坐于旁，进则握手为礼，坐而言，少顷即退，无迎送之礼”，“泰西礼制甚简，无等威之辨，无仪度之隆”。作者这些话，我们今天听来，不还是未来走向的美丽中国梦么？

自由是人类踏上现代化进程以来的大趋势，洪勋从信仰、婚姻、言论等多个方面反映了欧洲社会的自由程度，虽然他并没有用过“自由”这个词。

信仰方面，《总略·教务》有言：“夫昔之强人信从者，欲万有不齐之辈而同归于一，其事难；今之各得自主者，择性所相近之端，以听其自为，其事易，非所谓昔非今是者耶?”洪勋以“昔非今是”一词肯定了当时盛行的信仰自由。

婚姻方面，《总略·婚嫁》有言：“西人二十一岁以前，婚嫁之事父母主之，逾期例得自主。其俗婚姻迟，故奉父母之命者殊鲜，彼此慕悦，即为配耦。女子自幼不闲束，街衢园囿任意闲游，惟每出必随其父母，少独行者。”

言论方面，《总略·报馆》有言：“即尊如相臣，亦恣意评骘，但不非其君，与夫军国机要，无得而闻焉。”洪勋对于报纸言论，评价说：“综核其实，在泰西行之，似有所益”，流露出赞许之意。他进一步记录了这样的细节：德法两国开战，两国人民看报之后，群情激愤，因此有人指责报纸言论激起民变。洪勋对这种有钳制言论倾向的指责不以为然，“战阵之事，权在君相议院，夫岂区区笔舌所能激成也哉?”其指责之言，其辩护之理，我们至今也未必觉得陌生的。

三

洪勋进入欧洲游历，其时为光绪十三年冬天。这时，欧洲的文艺复兴已经历经几百年，科学发展成果，造福社会，深入生活，比比皆是。洪勋虽然很少写到科学家的科学活动，但着墨处不少科技现象，如电话、火车、铁路、电报、钢铁等等。

洪勋的记录文字，充分展示、突出了启蒙运动以后西方人蔚然成风的求真务实的科学精神。

《总略·博物院》有言：“其院之大者，萃万汇之精英，罗五洲之物产，方以类聚，物以群分，若者为何地之材，若者为何时之器，纵横万里，上下千年，循流溯源，因端竟委，或彼善于此，或古不如今，诚足以长见识而资考证。”对于他们的博物馆建设与运用，洪勋虽然从中国文化思想立场略表鄙薄，但还是能见异量之美，取异端之长，赞许说：“西人之博物，虽非正心修身之要，犹是洽闻殚见之功，亦学问之一端矣。”

《总略·市》有一段关于食品卫生的记录：“其都城省会地方较大，分设此等市屋数处，以便居民就近购买，若物之败坏而不新鲜者，不得入市。贩牛羊牲畜入城，必于城外要路设有一处，一一查验，或瘠或病，或察之有异，概不入城。夏日禁卖猪肉及一切野味，恐有毒也。酒类甚多，悉经医生试验，必取其有益无损者，各国同。”可见科学已经进入饮食男女日常生活之中。

《总略·游历》一节，洪勋谈到欧洲人游学和游历相结合的习俗：“西人重游历，为能增长器识造就学问也。各国世子，既入水师学堂肄业，尤必乘水师轮船运游。凡国中学士大夫以至各业杂技之人，有熟谙数国语言文字，周流历览学有成效者，其人辄以是增重，咸倾慕之，要各有实获，不务虚名。”《总略·彼中议论》记录欧洲人的科学习性：“泰西之士，好探索名物，讨论事理，其于他国政治之得失，风俗之良莠，物产之盈虚，类能穷搜博访，尤间洪纤，每有品评，切中情事。即官府尊严，陬澨荒僻，国中士民未尝闻知，彼且播于报章，传之众口，一若身历其际，烛照而数计焉者。”

就在中国人走向世界记录见闻的同时，欧洲人也在走向中国。假如把外国人走向中国之后写下的纪实游记类图书收集起来，跟中国人走向世界后的纪实作品两相比较，也许是饶有趣味的事情。洪勋就记载了欧洲人走向中国、记录中国时体现出来的科学求真精神：“昔曾见西人来游浙西，至馀姚见利济桥，则握管为之图，复上龙泉山，照影为两城图。远望见麻栃树之末，知非凡材，乃于数十里外觅得之，在馀上交界处，山隈高几二十丈，愿出重价，购去为巨舰之桅，土人以数百年物，村落之荫木也，不许。又于乡社间见黄杨树，枝叶圆满如盖，甚欲之而不可得，遂去。其博览广搜，大率类此。……凡游历必多作纪载，归则聚同志详告之，其为益多矣。”(《总略·游历》)其所以“为益多矣”，追根索源，就是西方人那种穷根究底的科学精神。

值得注意的是，针对中国人因为自己的战败而偏重欧洲的武力，洪勋在《总略·学政》中特别推重欧洲人科学文化事业的发达。《总略·学政》说：“欧洲盛设学馆，多藏书籍，各国皆然，然其间实事求是者势日以隆，奉行具文者势日以替，人材之盛衰视学校之兴废，而其国之安危治乱系焉。议者谓欧洲诸国重武而不重文，岂其然哉！”洪勋还记录到西方社会，促进科学文化进步的学会活动的旺盛，《总略·会院》记录西方会院之盛，评价说：“有一人宣讲众人听受者，有互相辨证折衷一是者，此西人所谓交换智识也”；在《地理志会》一节中，洪勋说：“斯会也，固不仅考其山川道里风土人情已也，凡盛衰得失之故，五行百产之精，莫不探赜索隐，穷其事物之理，同人亦得辨析，必言简而意赅，君子以朋友讲习，故谓之会，曰地理志者，其所包者广而其为益也大。泰西各国皆有之，以视侈宴饮竞征逐者，不诚相去天渊哉！”当中国上层社会热衷舌尖上的“宴饮征逐”时，欧洲知识阶层追逐的是心尖上的智力竞赛，这种“相去天渊”的国风之别，不正是孕育了中西之间相去悬殊的国势之别么？

四

了解外国风土人情，是洪勋出国游历的使命之一，而记录风俗习惯，恐怕也是舞文弄墨者兴趣所在。洪勋笔下，留意西土风情，着墨不少，《总略》专辟“西人行习”一节，开篇说：“游历所至，与各国士大夫往还，察其行习，不乏可取之处。”可见不唯求知，亦且取法。其所记录的言行止乎“士大夫”阶层而号称“西人行习”，虽不免以偏概全之弊，然而上行下效，士大夫之风亦可为国民之范。所谓可取之处，一是亲子关系，教子有方。“欲其端于倡导也，督率之方，季有过则责仲，仲有过则又责伯；欲其无稍拘执也，功课之暇，既任其游行，复任其玩弄。若教之以习业，则见异勿迁，半途勿废，毋躐等，毋偷安也”；写到这里，笔者不仅想到今日中国学生课业依然繁重，可谓苛“教”猛于虎也。西人可取之二，在男女关系，彬彬有礼。“游宴聚会之际，一切礼仪必女先乎男，虽宾客之尊，犹当后于主妇。其平日夫之于妇，诚有敬之如宾者”（《总略·婚嫁》），洪勋对此评论说：“夫妇相敬如宾，宜家亦所应尔。”三是养身之法，崇尚运动。《总略·戏馆》曰：“西人修养之方，务使气血不滞”，而不滞之法，在于多设公园，在热衷游泳，在爱好旅游，总之多做今日所谓户外活动。

洪勋观察欧洲风情，反复言及其地其人两个特点。第一是办事的郑重。“郑重其事”本是中国成语，然而，中国郑重其事的时候，与敷衍了事、人浮于事相较，孰多孰少，我们自己可以三思三省。关于郑重，作者首先在《总略·画院》中言及：“绘画之事，中国目为小道，即文人抽毫研色，无过遣兴而已，初不甚矜贵也。若西人之于画，则固有郑重其事者。”《总略·医院》又言及：“医为人命所系，操术不可不精，虽间有专门名家，而庸手杀人正复不少。西人则郑重其事，书院中必设医学为一科，及其肄业既成，考列上等，然后由官授以准其行医之券。”《总略·林》再言及：“要之种树固民生要务，中国亦有种树令，而欧洲各国尤郑重其事焉尔。”《瑞典、那威外编·泅水》比较中国人与欧洲人游泳之不同时说：“中国何独不然？曰中国亦不乏其人，有能于水中度日者，固未尝郑重而为之会也。”与此郑重之习性相关的，则是西方人办事处世的全力以赴、诚心诚意的态度。《总略·农政》云：“顾西人之于事也，殚精竭虑，斗异争奇，工巧夺天，神速缩地，必至尽善尽美，无毫发遗憾，然后已也”；《西班牙、葡萄牙外编·半教堂》云：“西人行事好为其难，不成不息”；《瑞典、那威内编·水龙》记载消防设施云：“习练精熟，办理认真”，“国家为民捍灾御患，当事者真实如此”；《总略·技艺院》云：“西人之于技艺，不惮罄产业竭心力而为之，或师长未尽善，子弟继之，及身未告成，子孙承之，务极其完美无少缺陷焉而后已也。”就是那些本来是中国特长的事物，外国学习之后，也有后来居上之势：“况比来丝茶木棉，各国之土产渐多，其本质或不及华产，而制练之法采择之精则过之，故中国销售之数大减。”（《总略·商贩》）值得注意的是，谈到西人对于技艺的讲究与投入，洪勋是跟专利法一起谈的。这也就是说，好的制度也是好习惯养成的造因。

欧洲社会另一个特点就是重视商业，从洪勋的记录看，整个欧洲似乎就像一个商城——不，是商都，商市，因为欧洲其实没有中国那样的防范性的城墙围起来的城，而遍地是交流沟通的市：“城也者，取一成而不可毁之义，其制高厚完固，苟或倾圮，则修葺之，初无有任其毁坏者。独欧洲诸国则不然，凡户口繁盛之区，无城郭而有界限”，“其严定界限者，为征税也”（《总略·城》）。这种中国城与西方市的区别，其实至今也还意味深长。“欧人重商，他务未遑，商务为急”，“盖官商一气，国家之视之也弥重，而待之者甚周。举凡通邦交整海军遣公使驻领事，俱因商而设，不惜巨款”（《总略·商务》）；《总略·欧洲诸国之有属地及商埠者》曰：“欧人善商贾，其探地设埠，凡以为利也。”洪勋笔下的“官商一气”，并没有中国所谓官商勾结的贬义，而是带有相辅相成的良性循环色彩，就是国王接见，也说：“与先生相见，孤之幸也，愿永敦和好，商务繁兴，国之福也”（《意大利外编·跳舞》），念念不忘商业。重商的好处，洪勋分析说：“至各国通商，操赢计奇，争先恐后，是不独商家之利也。物产农生之贩运多，则利于农，器械工成之销售广，则利于工。此往彼来，征收税项以裕国课。其岁入之数，固当以关税为大宗，即杂项之税，亦出自商家者大半，则尤利于国家。”（《总略·商务》）对于中国商业相形见绌，洪勋十分着急，《总略·商贩》写道：“中国自开海禁立市埠以来，洋人得通商之实；华人仅通商之名，虽人与货互有往来，而洋人之来华者，上海一埠不过四千人，通计南北市埠不过二万人，其间殷富商人约五分之一，馀俱南洋诸岛国人佣于商人为钞胥者也，以华人之往外者，较之其数之多何止百倍”，字里行间，忧虑之情毕现。当然，作者也看到，清朝“乃设为制造招商诸局，风气渐开，今则织布轧花等厂，次第举办，诚商务得失一大转机也。”

五

作为走向世界的清朝官员，洪勋不仅作为旁观者观察记录了所见所闻，同时也记录了自己作为一个介入者，与外国人互相交流的场面。这些场面虽然稀少，但物以稀为贵，贵在体现了人类互相爱护、互相学习、互相往来、相通相同的人性。比如《瑞典、那威外编·中国栋宇》提到“瑞典都城外七八里，有国君避暑之宫，园林宽广，乔木千章，大可合抱，有围六七尺者，皆数百年物。宫前里许左旁树林内一室，谓仿中国式”；比如“今寓瑞京，有闺秀折简来问字，录楹语数联，真草隶篆缮写无讹，玩词意，皆状其所居山川云物之胜，极肖彼土乡野风景，相传其上祖行商至中国携回者”，是记录有瑞典小姐来展示家中的中国古董并请教。饶有兴味的是，《总略·彼中议论》记载有个瑞典人知道中国人以燕窝为极品，于是招待洪勋之前，派人到林子里到处找燕窝，没找到还向洪勋表示道歉；这个瑞典朋友还表示对于俄国强悍的愤恨，建议中国要加紧训练水师作防御。尤其耐人寻味的，是作者一段记录：他跟一个瑞典人尼君一起出游，“一日同车至乡间，勋适喷嚏，尼君曰：上大保佑。俄闻鸦鸣，复噗唾而祝曰：不干我事。江浙俗情，小孩作嚏，其父母辄曰一百岁，闻鸦鸣亦以为不祥，妇人尤甚。此虽细事，窃尝莫测其由，而远隔异域，犹复相似”，作者对于远隔万里的人类习俗竟然有惊人的相似，感到十分好奇，于是特意用“喷嚏鸦鸣”一节作文记之，也是人类学的上好材料。还有一处，见于《拾遗·机智》，是说“西人之评骘人材也，必曰某聪明，从未闻有言某忠厚者，亦可见其竞尚机智，不于心术上讲求。然我俗亦时以忠厚为无用之别名，且以‘道学先生’四字作讪笑语，受之者亦怫然不乐此心”。此中人同此心、心同此理之妙，也开人心智。

洪勋登陆欧洲以前，资本主义经营这块大陆已经多年。马克思评价说：资本主义在它诞生以来的一百年里创造的财富超过以往人类所创造的财富的总和。在这些金碧辉煌的成就面前，洪勋并没有利令智昏、五色眼盲，而是从中国文化的立场，表达了自己的看法。《总略·技艺院》一节，他批评欧洲人在富裕之后的奢靡之风：“宫室车马，饮食衣服，华美无度固已甚，至旅馆奏侑食之乐，富家用王室之仪，举国若狂，不以为泰，即居恒玩好，寻常游宴，费且不资，如或稍为俭啬，将群焉鄙之，以为朴陋”，洪勋说：“朴陋固未为当，而奢侈究非所宜，制礼所以协于中也。”这种中庸的立场，在评论西方人的婚姻观时，也有表达。《总略·婚嫁》批评西人因为太过重视婚姻爱情，往往因此而独身不婚：“男女居室，人之大伦，亦人之大欲存也，其重之也固宜，顾乃于五伦之中偏重夫妇，或且因其过重也而竟废之。中庸之德，鲜能求之，域外更难矣。”

六

北京大学历史系王晓秋教授在他写的《晚清中国人走向世界的一次盛举》这样评价了洪勋参与的那件出使盛事："清政府对1887年派遣游历使的动机和目标立意不高，仅以考察外情为主，缺乏借他山之石推动中国改革与近代化的明确意图，也没有以此培养锻炼外交人才的长远目标。因此，此举对中国政治外交的影响不大，游历使回国后也很少被重用从事外交工作，发挥作用。"这样看来，晚清的这次较大规模的出使访问，虽然人员大都安全返回，其千辛万苦、千姿百态的考察成果，却如泰坦尼克一样撞沉在清朝政府这座坚硬的冰山上。因此，我在写作本文时，很难找到关于洪勋的资料，洪勋似乎没有以功勋卓著的形象留在历史档案中。清朝政府曾经奖励了出访人员中的六名官员，洪勋不在其列。

洪勋先祖洪迈的《容斋随笔》，据说是毛泽东非常喜欢的一部著作，近些年因而得以大量出版，而洪勋的著作，则有如沉没的泰坦尼克，沉睡已逾百年。

当我们今天迈步从头越，蓦然回首，那人那书，都在灯火阑珊处。

而中国自强不息、好学不已的君子之心，我心依旧。

洪勋游历闻见录□

光绪十三年（1887）仲冬	自上海乘德国船出发
光绪十五年（1889）	自欧洲回国

□据清光绪十六年（1890）上海仁记石印本整理，
参阅《小方壶斋舆地丛钞·再补编》十一帙
□刘柯校点

洪勋游历闻见录目录

卷三　意大利内编

卷四　意大利内编

卷五　瑞典、那威内编

卷六 瑞典、那威内编

卷七 瑞典、那威内编

卷八　瑞典、那威内编

卷九　西班牙内编

卷十　葡萄牙内编

卷十一 总略

卷十二 总略

卷十三 总略

卷十四　总略

卷十五　意大利外编

卷十六　瑞典、那威外编

原书总目

远祖宋大学士洪迈著有《容斋随笔》五集，篇自为目，多载掌故。勋游历欧洲，不揣谫陋，辄拟其体，随时纪事。归至海上，病累月，既瘳，出稿缮正，少复诠次，厘为内外编，凡十八卷。仅以耳目之所及者著于篇，曰闻见录，舆地图、中法字母合谱各一卷附。庚寅仲夏洪勋。

地球全图

一、上海

二、香港

三、新嘉坡

四、锡兰岛

五、亚丁

六、苏彝士河

七、澌那伐

以上诸处，用朱线标出即游历往来之海程，赤道经线每度二百里。

黄道距赤道二十三度半，其经线每度一百八十三里有一百四十八步。

黑道距极二十三度半，距赤道六十六度半，其经线每度七十九里有二百七十步。

欧罗巴洲全图

一、那威京城曰克利斯低亚尼亚

二、瑞典京城曰斯朵阁姥

三、俄罗斯京城曰斯彼得蒲

四、丹玛京城曰贾本好

五、英吉利京城曰伦敦

六、荷兰京城曰盎斯忒郎

七、德意志京城曰柏灵

八、比利时京城曰勃吕绥耳

九、法兰西京城曰巴黎

十、瑞士京城曰倍耳恒

十一、奥地利京城曰维也纳

十二、葡萄牙京城曰里斯琫

十三、西班牙京城曰马达利

十四、意大利京城曰罗马

十五、赛耳皮京城曰倍耳格拉特

十六、路买尼京城曰蒲街来斯

十七、土耳其京城曰贡斯当丁拿不耳

十八、希腊京城曰挨格利挨

图中朱线游历所经之铁路

意大利舆图

一、物爱尼斯城

二、波河口

三、罢落宜

四、波河

五、哇朗纳

六、密朗

七、驾姥

八、驾姥湖

九、末左利湖

十、的纡兰

十一、福帅诺

十二、渐那伐

十三、斯卑斯

十四、利伏恒

十五、忽落朗斯

十六、得耳尼

十七、那波利城

十八、波查耳

十九、物爱徐物火山

二十、琫贝驿古城

二十一、街斯带腊买

二十二、白蓝提徐

二十三、耳来齐阿

二十四、美细恒

二十五、爱特拿火山

意大利南境自北纬三十七度五十分起，此处经线每度一百五十七里有三百四十五步。

北境至北纬四十六度三十分止，此处经线每度一百三十七里有二百四十二步。

瑞典那威舆图

一、延忽来

二、散夺尾悭

三、乏伦

四、淘姥乃物忒

五、纡泼帅耳

六、罗堆勃罗

七、麦利爱培

八、爱斯基耳斯的纡乃

九、脑秋平

十、马带腊

十一、林秋平

十二、泊福斯

十三、脱罗耳海堆

十四、斐恒斯蓬

十五、颖秋平

十六、各当蒲

十七、卡耳麻

十八、街斯克落拿

十九、伦特

二十、克利斯低盎斯带特

二十一、麻耳瞒

二十二、发哥斯带

二十三、挨耳姥斯带特

二十四、韦柰湖

二十五、韦堆湖

二十六、远堆河

二十七、格拉河

二十八、蹈耳河

二十九、细利盎湖

三十、印大耳斯河

三十一、吕来捱

三十二、那威京城

三十三、格禄门山

三十四、腊渐恒湖

三十五、好登

三十六、贡斯卑

三十七、倍耳轧姥城

三十八、克利斯低盎霜城

三十九、夺龙堆姥城

瑞典那威南境自北纬五十五度二十分起，此处经线每度一百十三里有二百七十三步。

北境至北纬七十一度止，此处经线每度六十八里有一百四十五步。

西班牙舆图

一、马达利

二、柏绥隆恒城

三、乏朗斯城

四、各耳驮城

五、虽维易城

六、街低克斯

七、徐勃腊耳带

八、爱勃拉河

九、虽各维城

十、米耳西城

西班牙南境自北纬三十六度十分起，此处经线每度一百六十一里有一百六十五步。

北境至北纬四十三度五十分止，此处经线每度一百四十四里有九十七步。

一、里斯琫

二、爱伏拉

三、瓜因勃落

四、博耳多

五、勃拉茄

葡萄牙南境自北纬三十七度二十分起。

北境至北纬四十二度二十五分止，较西班牙小异。

卷一　意大利内编

意大利为考古渊薮，西人之纪载详矣。顾经营国是，整顿地方，与夫工商之所为，当以数十年来为大备，兹编多述近事，不复兼及旧闻焉。

疆域

意大利在欧罗巴洲之南，地形如胫及足斜伸于地中海，西北为膝，有挨耳泼群山如膝盖，东南为趾，极南为指。中有大山曰阿泼奈，绵亘数千里。通国分上中下三段。上意大利部落五，东界奥地利，曰物爱尼斯；北界瑞士，曰龙白地；西界法兰西，曰比爱蒙，亦曰沙耳代宜，曾并沙耳代宜岛为一国，故名其地，利巨利亚亦在其内；龙白地之南曰爱米利亚；其西曰利巨利亚。中意大利部落五，山之阳曰朵思加恒；东南曰翁勃利亚；又东南曰罗 意大利分上中下段马，古时名为腊丁者也；山之阴翁勃利亚之东北曰麦耳许；罗马之东曰亚勃吕齐。下意大利亦名那波利，部落四，曰刚巴尼亚，在山之阳；曰亚波利亚，曰白细里加带，在山之阴；又南曰加腊勃利亚。计部落十有四，地之广狭不同，盖自昔分裂时，各以其所占据者名之耳，今分为六十省。那波利之西跨低来尼爱恒海千馀里，有沙耳代宜岛，分二省；加腊勃利亚之西南隔美细恒海峡，有细细利岛，分七省。共六十九省。每部落或八省或四五省不等，如翁勃利亚、罗马、白细里加带各止一省，地面颇广而民数不多。然各省民数有多至百馀万少仅十馀万者，以地之肥硗有不齐也。中等之省，考其方里似中国州县之大者，译西字谓之曰省，故仍其名，非必省辖府、府辖州县也。惟附近小城则属之，如州县之有村镇乡里而已。查意国武备学馆近年所造之册，意大利合所属各岛共得地二十九万六千三百有十平方几罗迈当，合中国九十六万方里，视中国中等之省二。纵一千九百里，横极阔处九百五十里，狭处四百里。每一几罗迈当合中国一里有二百八十六步四尺二寸一分二厘，按工部营造尺算，凡言里者放此。

省府不必管州县

沿革

意大利本土番散部，自成周之中叶罗马崛起，开辟土疆，至东汉时东并希腊诸部，南服阿非利加北境诸国，欧罗巴一洲隶幅员者十之七八，居然一统之势盛已。传之

兴起与扩张

久，诸部有不屑臣服者。东晋时国分为二。东罗马建都于黑海之峡，曰东王，亡于明代。罗马为西王，迄刘宋为北狄峨特族所灭，越三百馀年法兰西取之，以罗马都城奉教王。自是时而分裂，时而兼并，迄无休息。其争战最多者，莫若龙白地、物爱尼斯、那波利，其次有若爱米利亚之马代拿、巴耳麦，朵思加恒之卢加。大小诸部，皆拥土逞雄，或侯或王，而法、普、奥及瑞士、西班牙诸国扰攘于其际，或掠地献教王。教王坐享其利，以作威福，亦割诸部媚法人。明季，西班牙人为那波利总督，法人争之至三十馀年，西人战败。康熙年间，美细恒叛西班牙，遂为西人所灭。厥后意大利疆内有属法西两国者，尽归奥属。旋又逐法西两国人之在龙白地者。越三年，三国议和，瓜分其地。嘉庆初年，法大将与奥王盟，中分物爱尼斯，立法将为意大利民主。未几法人大败，弃意大利，于是诸国侯王渐复故土。然外患初平，内忧交作，又七十馀年至于今，乃复见一统之盛。

时而分裂
时而兼并

兼并纪略

意大利之并列国为一统也，自今前王戡定之。粤稽往昔，其兴也不过弹丸一小邑耳。考厥世系，虽史家未得其详。以泰西博雅之士所称述，佥谓其先世系普国伯爵倍耳笃一族，八百年前沙伏移亲王得的纾兰等地，又二百馀年得法国尼斯提地，后乃以公爵领比爱蒙部落。自康熙二十

沙伏移
（萨伏依）
王朝

五年，遂有细细利岛。称王不数年，以细细利易沙耳代宜岛，并比爱蒙、利巨利亚两部落，曰沙耳代宜国。数传至沙伏移加禄勿爱利斯，将立女主，碍于例，乃传位于亲王加禄亚耳倍笃，系沙伏移加利虐拿族也。在位十八年，于道光己酉年让于其子惟笃爱麦语爱耳第二。其时意境内有属奥者，苦奥苛政，王乃申明民有自主之权，为之说传播于报馆，举其主倡民权者录用之，于是人人思附，各国归心焉。岁己未冬十月，王与法奥会于瑞士之树利智城，得龙白地部落，仅以部内忙多挨属教王，而中意大利之朵思加恒、马代拿诸部皆逐其君，并罗马诸邑亦叛教王，各来归。明年，细细利民内乱，意大将戛利巴的率兵助乱民攻其守兵，胜之，渡海进逼那波利都城，那波利王降，遂得下意大利。又明年，议院议准奉王为意大利国王，至是意国全境已归掌握，惟物爱尼斯犹受奥国钳制，罗马城犹为教王所据耳。越五年，乃同治五年，普奥构兵，意助普攻物爱尼斯，奥人大败，及三国和议成，以物爱尼斯属意。同治九年，法败于普，王由那波利迁都于罗马，与教王约，凡昔所领之地俱归政府管辖，而忙多挨一隅亦隶版图矣。入罗马后八年，王薨，传位于长子安倍耳笃第一，即今意国王也。夫前王以一人之手成一统之业，前后仅二十馀年之久，嘉伟矣哉！

王申民权各国归心

戛利巴的（加里波第）

二十馀年完成一统

政府

政府为大臣聚议之处，凡政之得失，自议院审之，而政之施行，则自政府出之。设长案于宫中，环坐而议，共十有二人，以内部大臣为之长。他国以外部任之，或以刑部户部，各有不同。译西字谓之政府。首领各部总大臣即宰相也。现居是职者名克利斯秘英察，能任事，国王重倚赖焉。各部大臣八员，内部、刑部、户部三者政繁任重。大臣之外又各设参议大臣一员，在政府监察该部之政，亦得与议，选上议院大员任之，方中国古之枢密院今之军机处云。 政府设置

议院

上议院一长四佐，以下员绅无定额，永不更调，由国王派充。有亲王有王族，又有应选之员，亦由国王遴择。必其人之位高望重者，有一才一艺及文学著名者，或曾行一事有益于国计民生者，又或岁纳银五百两归国家者，皆可援例入选，亦不更调。其年当在四旬以上，苟不合例，不得选授。下议院议绅系民间公举，有大员五人为之长，共五百有八人，合计民数每五万七千人内得一。以五年为期当更调，或不称职，虽未及期，国王得黜之，重令百姓公举，惟必于百二十日内举如额。期满再任，公举人不及 上院议员国王派充 下院议员民间公举

八分之一者不留，如通国公举者八千人，有千人举之方准。前数年新立公举之法，通国分一百三十五处，以下每一处又分数处，举人者须年在二十一岁以上，能诵书写字，又须纳银，多者约三两，少者钱许，为所举者当在三十岁以上，凡为官学教习及肄业生水陆员弁在营当差至二年者，俱得入选。其不得入选者，教士也，教内所用之人也，而食俸官员受国家薪水等人亦不选。惟各部大臣副大臣总办司事则选之，然不得逾四十人。上下议院员绅皆无俸禄，但国中往来火车轮船无须出己资，所议之事悉凭报馆登录，共见共闻，军国机要则秘密之。聚议时到院人数得过半，否则议如不议也。

上下议员皆无俸禄

内部

内部掌邦政，率百官，治万民。官有旷职者，持法律以黜革之；民有为匪者，申科条以禁止之。大臣一员，国之相也，权与王埒。副大臣一员。总办二：一稽查通国利弊，一管监狱事务。总司事二，分司宰相内部之事，各专其责成。盖正副大臣如中国之尚书侍郎，诸部皆同，仅各一员。其次为总办，秩视卿贰。再次有各司事，即部曹也，员数多寡因政之繁简以定。最下有胥吏。自总办以下不备载。凡录用胥吏，必由考试，官阶升迁，第其甲乙，然必举其能者，其尤能者亦间有不次之擢。苟无过，终身不易其任，资娴熟也。各部副大臣由总办升，拟自政府而

录用胥吏必由考试

官阶升迁必举能者

内部大臣授之，至是不拘职任，如内外部之副可升学工部之正，必政府议院议准而国王授之。内部以下三部大臣，由诸部大臣递迁。内部之任，大率以三部中之资深望重者当之，皆由议院公举，政府允从，王但下诏命而已。

外部

外部职责

外部掌邦交，凡各国交涉之事咸与焉。通商诸国必有条约，以大员为使臣，驻其都城，所以联两国之好，外部举之，而国王遣之。若各处商务领事，则由外部选派，不必本籍亦可充当。他国使臣至，例必先谒外部，然后得出门视客，外部请命于君，乃订期令使臣入谒，妃亦出见。各国使臣之驻京者，外部常常接见，有定期。每休沐日后第几日，愿往见者至期入署，随到随见。外部大臣坐于办事处，设客坐于旁，进则握手为礼，坐而言，少顷即退，无送迎之礼。总办二，管交涉紧要事务者一，管商务领事事务者一。

户部

户部掌财用人简赅

户部掌邦财，与库部合为一部。总办五：一国产，二国债，三关税城门税，四田地、屋宅及杂项税兼丈量估值等事，五总理库款。总办以下，有司事人员以分理之。所用之人亦殊简赅，如户、工二部可谓烦剧矣，户部衙署高敞宽大，过于他部，然入其中观之，其署内供职者固不甚多。楼上下皆有案卷堆积，每岁册籍必有刊本。

库部

库部

库部掌积储，总办仅一员，稽册籍司管钥焉，由户部兼辖。其国家条律内载：凡国中政事，经上下议院议准后，由国王与宰相暨十部大臣施行云云。故为之标其目焉。

刑部

刑法轻简

刑部掌狱讼刑罚之政。泰西刑轻，故其事简，轻重出入，亦殊慎重；兼领教部。罗马向属教王，不设刑律，无罪罚，自归意国管辖后，教内之犯罪者与齐民等，亦由地方官办理矣。副大臣以下即司事，无总办。

兵部

泰西兵制大略相同

兵部掌军政。总办四：一管各营军务，一管步队马队，一管召募兵丁，查核百姓应隶军籍年齿册，一管军械。泰西各国兵制，大略相同，不拘何人，年至二十一岁，例得隶军籍二十年，亦有纳资捐免之例。光绪戊子秋，意国新例，分兵为三类。第一类，当兵之期在步队者五年，在马队者四年，其馀杂队者三年，系常额正兵；期满，马步队准各给假三年，谓之常额备兵，乃拨入征调册。步队四年，马队五年，入团练册；至出籍杂队，给假五六年，注征调册三四年，前后统计十二年，归团练册。第二类，注常额册八年，征调册四年，入团练册。第三类，入籍即注团练册，其常额正兵在营逐日操演者也，副兵告假出营者也，征调兵在家演习以听调遣者也。团练兵分驻各省，每四年内操演三十日，有事时亦得听调者也。通国兵分十二路，各以一提督统之。以下又分为八十五路。其民之俊秀者如德国例，当义勇一年。其分类之法，盖以节饷糈，惟第一类为劲旅耳。兵一名日食粮核银二钱许。

兵分三类以节饷糈

海部

海部掌水师之政，如防御海疆、制造船炮、节制饷糈、召募兵丁等事是也。管理枪炮鱼雷水雷总办一，师船及水师各项材料总办一，商船事务总办一。

海部水师

商部

商部掌商贾之事，兼辖技艺农务。总办二：管生财事务一员，纪载事务一员。泰西首重商务，若外部海部，无非因商而设。其遣使驻京，愿敦和好，不嫌重洋之远隔，

泰西各国首重商务

巨款之糜费，则曰此我国家通商之国也。兵轮炮舰往来如织，远戍长征及期而代，则曰用保卫我商家者也。凡可以生财之处，靡所不到，苟非屈于势力，必极意经营，不惮烦焉。岁入之数，亦以通商之税为大宗。然商部仅能董率商贾，若干涉买卖，有阂于国体也，则又由国家设立商会，助商贾交易之事，用意立法，详且尽矣。至若商贾之所贩运，必赖百工之所作为，其考察技艺精益求精，宜也。泰西技艺，向推欧洲，今则阿美利加之合众国骎骎日上，有过之无不及，虽意大利自昔亦称工巧，卒莫逮已。农务亦寻常，罗马户部衙署之西半里许有讲农之所，院宇殊隘，屡过之，则阒寂无人。其种百果之法优于种五谷，以果为每餐所必需也。所产之麦仅足供境内半年之食，故闻中国之重农与夫农人操作之勤，恒啧啧赞美之。

商部商会各司其职

考察技艺精益求精

百果之法优于五谷

学部

学部掌学校之政，大小书院之选教习，各城乡之立学塾，其事简，管博物院博古等事及地内掘得之古物者，有总办一员，以下为惟司事，查核书院学塾之册籍而已。

工部

工部掌制造营办之政，总办五：一邮政，二铁路，三电报，四水利，五道途。

朝内官员

总理王宫事务内大臣一员，引见官一员，掌礼节随朝提督一员。掌御营军马者，有出猎官御厩官各一员，侍卫十馀员，乐队以武弁为之，以下有马步枪队。妃宫内掌仪执役之官十馀员，有女官数人。 掌仪女官

度支衙门

度支大臣掌邦用，查国债之多寡，验库款之盈虚，核财用之出纳，议课税之增减。户部于年终以一岁出入之数开列清单，咨报度支大臣，度支大臣以告议院，以定来岁之用。旧例出入总数至年终总结，今自甲申年起，以上年七月朔始至本年六月终止为一结，各国新例皆然。 财政清单一年一结

总督衙门

通国分六十九省，省设总督一员，由内部铨选。提督暨理刑官亦必由国家简授，驻大省会，管辖带兵官审事官之分设于各城者。自兵刑二者之外，凡有政事，如税务、巡捕、工程、学校、善举，由总督派委，或有由绅董公举者。各处立官绅议事院。省有繁简，则总督之秩有差，岁入俸银约五千两至二万两，相去悬殊。要之所辖地方不过 总督俸银相差悬殊

如中国州县，而职司位望不可以拟封疆大吏，曰省曰总督，译意国文，其义如此，故云尔也。

理刑衙门

总理刑衙门五：一的纡兰，二忽落朗斯，三那波利，四巴来耳娒，五罗马。理刑官正副各一，听审官一，大讼师一。其次又有理刑衙门二十四，分设各大城。以下各设审事处，视所犯轻重为等差，轻者各处自理之，重者上之理刑衙门，尤重者上之总理刑衙门。意大利列国时有大辟刑，废于乾隆甲午年。今则罪之重者止于禁锢终其身，或罚作苦工如修筑道路铺砌石堤等事，禁二年或三年，罪轻者禁一年或半年，必仍令作手艺，若素无所能，使习一技，如缝纫编织之类，日用所需，琐细诸件，积而售于铺户，俟限满放归，以所得价银之半给本犯，自后即可借技艺为生计，不致游手好闲，再干禁令，倘再犯则罪加等。其治酗酒、詈骂、道途争斗一切过失之小者，巡捕拘送捕房，询明后但令静坐一室，默思己过，其人曰知罪即释之。以上诸法，亦政之善者已。

废除死刑处置合理

陆营军额

武官常额二万四千五百三十七员，在营者半，告假者半。征调额三千二百七十七员，团练额五千三百九十四

等十艘，共二十一艘，炮五十一尊，多旧式者，弁兵二千二百十一人。操练船夹版三艘，任重一万二千四百二十四顿，马力三千七百四十三匹，炮新式十尊，旧式二十六尊，弁兵九百九十人，系在近边常川驾驶演放炮位者。听调船铁甲十二艘，夹版十一艘，任重二千七百八十五顿，马力二千四百十匹，炮新式四尊，旧式十六尊，弁兵五百七十一人。内河巡船铁甲六艘，任重五百六十八顿，马力三百九十匹，亦可用桨，弁兵七十二人。鱼雷巡船钢甲一艘，任重三百十七顿，马力二千八百匹，炮新式七尊，弁兵五十二人。出洋鱼雷船钢甲十五艘，任重一千二百七十三顿，马力一万五千四百匹，炮无，弁兵二百五十五人。防海鱼雷船头等钢甲三十六艘，任重一千二百三十四顿，马力一万五千九百四十匹，弁兵三百九十六人。二等钢甲二十一艘，任重三百二十九顿，马力四千三百匹，弁兵二百十人。安放水雷小火轮木船八艘，任重八十一顿，马力一千一百六十匹，弁兵八十人。通共计钢甲九十四艘，铁甲四十三艘，夹版三十八艘，炮新式一百七十七尊，旧式一百九十尊，弁兵一万五千四百三十六人。以上所载师船，其头等者多旧式，铁甲厚仅七寸馀；有新式者四艘，曰渡以利亚，曰荡独落，铁甲厚十八寸零七厘，任重万顿，马力七千七百十匹，炮四尊，每尊重百顿，二船同，按英国有此式师船，名因忽来细勃耳者为最，或谓此二船之坚固虽逊英船，而驾驶之捷、器械之利则过之；曰意大利亚，曰邻榜笃，其最大者也，惜非全甲，惟炮台及机器

载兵之船亦分三等

内河巡船

鱼雷船

英船坚固意舰快捷

房两旁有铁甲，厚十五寸六分，船长三百九十四尺三寸，宽七十二尺九寸四分，深自水面至船底二十九尺五寸七分，任重一万三千顿，马力一万三千匹，每艘炮二尊，每尊重百顿，又八尊，每尊重四顿，二船同。自起造至完备各十年，每艘计费四百二十万两有奇。泰西水师向推英国，以意国师船与英比较，英得百分内之二十五分，意仅得百分内之五分。近又增造师船十二艘，其头等六艘，铁甲至厚处十四寸七分八厘，大者马力一万五千匹，每艘炮四尊，每尊重百有六顿。二等六艘，任重自三千至三千七百顿，马力自六千至七千七百匹，每艘炮二尊，每尊重二十五顿，又六尊，每尊重四顿，皆已兴造，尚未告竣，顿数马力系按图预算者。每顿合中国一千六百八十斤，凡言尺寸者，按工部营造尺算。

英舰数量远超意国

卷二 意大利内编

国政

意为君民共主之国，位传于子，例无女主，凡所行政事，仍照沙耳代宜律法稍为增减。通国全权掌自国王，由各部大臣施行，然必待议院允准。若议院不以为可，或令重议，议之而以为必不可行，王不能争，惟听之而已。有时议院之所议王不以为可，则亦罢之。如事系创始，或非年例，或于旧章有所损益，必议之。王欲有所为，则下旨于议院；议院欲有所为，则请命于王。王使议院议其可否。上下议院每年议事，由国王召聚，皆得议增新例，如或不善，各部大臣例得指驳，盖必国王政府议院三者意见佥同而后定，惟关涉财用者必由下议院出。所谓民有自主之权者是也，故谓君民共主之国欤！

意国政体君民共主

民有自主之权

民风

其民精绘画、雕镂、塑像、博古，为欧洲所尚，由来已久。好歌唱，善谱乐章，声调如昆曲，新制曲出，其佳者戏院争购之，一出数百金。女好弹琴，必家置一具。能养蚕，利甚溥。前四十年译有中国《蚕桑辑要》一书。民气游荡，三五成群，夤夜酣歌于途，每值节序及休沐日尤众。奉天主教甚虔，其国史约章首载国家信从罗马天主教云云。至二十年前，更定新例，任军民信从何教，例虽宽大，而信耶苏教犒达教者无几人焉。

尚艺术
好游荡

气候

气候清和，寒暑亦调。丁亥腊月中旬，寓罗马，雨雪，越日傍晚，屋瓦积白，消融未尽，而电光闪烁，隐隐闻雷声，西人亦异之。至夏不必酷暑，而热气蒸腾，易致潮湿，多蚤多蚊。西南濒海各城，有阿非利加吹来之热风，感之令人疾病，辄避暑于物爱尼斯、密朗、的纡兰诸省，以北省地气清淑也。通国无旱无水溢之患，风雨以时。论地球纬线，那波利与顺天府同度，而每岁少严寒酷暑。若密朗诸省，更在顺天过北五六度，似应较寒矣，而夏日无须披葛，冬日亦无须披裘，盖东西半球之不同如此。

东西半球
气候大异

地利

通国地势，北胜于南，厥土黄壤。北方挨耳泼群山环绕千馀里，多幽溪瀑布。其东南有大河甚长，曰波河，发源于挨耳泼山。山在比爱蒙之北极，大凡山之阳所有泉水会于未左利驾姥诸湖，以入于河，南行二百里至波河，径向东趋四百馀里，入物爱尼斯海湾之西。波河之南岸为爱米利亚，东北岸为物爱尼斯，西北岸为龙白地，方广五六百里，之间土田极平坦，宜于种植，为国中膏腴。南方阿泼奈大岭直贯通国，溪流错杂，汇为波丹大泽，分布于朵思加恒及罗马之野。其地低洼，土气湿，仅能艺小麦。濒海皆沙滩，无可垦辟。境内多火山，常遭地震。那波利海湾附近诸岛，其间有曰卡伯利、曰移士其倭，西北二百里曰蓬煞、曰扑耳细埭，与罗马城内之山阜，相传皆自昔火山熔溢时突然坌起者，是以那波利之沧桑代有更变也。道光十一年，细细利岛之东北隅海旁陡然涨一火山，出水一百六十九尺，经半载忽没，旋又复见。己丑夏六月，昏黑之夜，舟行过是山，相距不及十里，见火焰通红，烧赤石块纷纷抛堕海中，其势猛于那波利之物爱徐物。至火山之高，以细细利东境名爱特拿者为最，距海面九百二十九丈六尺一寸，山巅多积雪，自巅盘旋而下，二百五十里四周裂孔多至二百穴，傍山聚居民十五万人，以其地肥沃，虽险不顾也。

南北地势差异

境内多火山

火山肥沃居民不弃

户口

通国户口，按同治辛未年共计二千六百八十一万有奇，至光绪辛巳年，约得二千八百五十万人。西例生死嫁娶必报明地方官入册，岁有总数，每届十年清理一次。辛未之辛巳为西历一千八百七十一年之一千八百八十一年，是十年中增民数一百七十万，至丁亥年复增多一百二十万人。其觅食他国渡大西洋至阿美利加者约十三万人，在欧洲者八万馀人，馀在他洲，通计二十馀万人。借教内谋生者十馀万，如僧尼之类是也。无业与茕独者多至五百万人，故游手丐亦较多于他处。

户口民数

物产

农桑为民生要务，意国所产禾麦麻棉，不敷境内之用，约计丁亥年他国运入之麦值银三千五百万两，麻缕木棉两类之值亦然。盖由土性不宜，硗瘠多而膏沃少，非仅系乎农事之拙也。种植之繁，莫如葡萄，首推法国，而意大利次之。车辙所经，见沿途村落墙阴陇畔，弥望皆是，用以酿酒，每年总数计重三百四十八万二千顿。青果极盛，植于田间，纵横排列，或仍艺禾麦于其下，树不甚高，结实累累，状类青果，其实别是一种，西人谓之哇利佛，用以榨油，岁得三十三万零三百五十七顿。西国有种

种植之繁莫如葡萄

树令，务使茂盛。意国木料之贩入者，计值一千四百万两。烟叶、考非、白糖、红茶四种，亦来自他处，共计值二千万两。综核其数，油酒之羡馀，不敌诸项之不足。惟蚕桑之利，逐渐加增。梁武帝时，其国人有航海至中国者，携蚕桑之种以归，遂传其法。在罗马之北上意大利诸部居多，所产茧丝，计嘉庆年间每岁之值已得银三千万两，迄今愈广。大小丝厂二千馀所，工匠约二万人，女工幼童约二十万人。比年生熟丝及蚕茧丝头，岁得六七千万斤，丁亥年多至七千五百万斤，估其值当在万万两以上。其丝因国中少织造厂，大半运售法国，织成段匹。自来上海湖丝上市，必听意国蚕茧收成荒稔之电报以定值之贵贱，可见产丝之多。至于矿务，其产铁最多者为爱耳勃岛，在罗马西北四百里，是年经国家采取之铁值银千馀万两。各处银铜铅铁云石硫磺等矿，出口之值亦千馀万两。然少煤矿，每岁运入之煤及煤油计值约二千馀万两。海多珊瑚。畜有牛马猪羊。木有槐杨松杉榆柞。果有橙柑檬榛栗樱桃杏李梨。西俗喜植花卉，罗列满室，种类颇异，莫识其名。玫瑰极多，黄红白三色花较大。亦有山茶。竹甚少，偶见于罗马瑞典使署，迎其国君，门内两旁列竹十馀竿，植于盆，竿极细，高与人等，皆中土之种。其土产之花大都有色无香，有中国所谓大理菊一种，茎叶似菊，状类绣球，瓣大而厚，多绛色，嗅之臭，其他种类是，不若草类足供赏玩，有凤尾、虎须、鸡爪、鸭掌之属，或似芦花，或似萁蕨，稍清秀堪悦目者，辄植之近南诸处。蕉类

哇利佛（橄榄）种树令

自华引进蚕桑之种

湖丝上市听意电报

中土之竹

甚多。有仙人掌大而多刺，又有一种似万年青，叶大而厚，边有刺，簇簇然密布于田塍，以为藩篱，盖易于蕃衍也。计斤两者按中权算。

财用

户部管理钱谷出纳

户部管理钱谷，出入款项皆与焉。入款则自田赋关税邮政杂征以及火车电报之自国家开设者，出款以百官俸禄水陆军需为大宗，其馀应用皆有定则。即宫府之中岁有常供，有他事需用如婚嫁之类，亦必议准数目然后发帑。凡事非年例及改作增造，皆当先议，如应添置兵船军械与一切兴作工程等类是也。其税项亦因国用盈绌为增减，大略视什一之征稍赢，千取百一二十。近年度支支绌，千取百三四十，最多时有增至二百以外者。故问其地丁房屋等税，辄无定则，盖每年亦必议而后定也。田地屋宅，屡有变迁，五年为期，官为公估，准出产之多寡，以别其赋税之等差，立法亦良已。戊子年出入款项，常额进款国王之产三百九十五万六千两，充公教产变价存息六十八万三千两，国家铁路进项一千一百三十万两，商家铁路税三百万两，田地房屋税二千九百万两，关税四千六百八十四万两，货物入城税一千三百六十万两，验货税七百八十三万两，传产之税注册之费一千七百三十三万两，学馆税六十七万两，王面纸税一千零五十八万三千两，淡巴菰税三千二百八十万两，盐税一千零十七万两，彩票一千二百七十

税额增减议而后定

税项收入

二万两，邮政七百六十二万两，电报二百四十六万两，民间存项利息税三千六百七十万两，质押生息税一百九十三万两，银行筹备养老俸银一千一百三十五万两，走私罚款三十九万两，监犯工作出息八十七万两，各项还款五百十六万四千两，各项杂款七百零七万四千两，共计常额进款二万七千四百零四万两。无定额进款借进造铁路费三千二百五十七万两，捐款二百零四万两，筹存还旧债款五十万两，筹存还新债款三百五十五万两，又存项利息银二百四十万两，总计常额及无定额进款约合银三万一千五百十一万两。常额出款归部支销者，库部拨偿有抵押国债利息银八千四百五十七万七千两，无抵押国债利息一千二百四十六万两，陆续归偿债款四百七十二万两，买归铁路分年应偿之款四百七十万五千两，国王常供二百五十五万四千两，议院经费三十六万两，各项杂用一千八百七十七万两，户部三千一百四十六万两，刑部五百六十三万两，外部一百三十万两，学部六百六十八万两，内部一千零二十九万两，工部总理事处用款二十万两，道路河道码头等用四百七十七万两，铁路十九万两，邮政六百三十一万五千两，电报二百十八万七千两，杂用七万七千两，兵部四千一百二十四万两，海部一千五百七十三万两，商部兼农部二百二十七万七千两，共计常额出款二万五千六百四十九万二千两。无定额出款库部一千一百十八万两，户部十万两，刑部八千三百两，外部一千七百两，学部二十六万六千两，内部五十六万八千两，工部三千七百零二万两，兵

各种款额收入

部一千零四十五万八千两，海部四百七十七万四千两，商部兼农部四十一万两，总计常额及无定额出款约合银三万二千一百二十七万八千两。考意国版图，视中国约得十分之一而略盈，综计中国民数，则二省应得四千万，意国民数犹不及三千万，是少于中国四分之一而绌，而其财用岁需常额转倍于中国。稽其岁入，厥数维均，所重不在田赋而在税项。凡杂项之税，名色尤多，产业易主固当税也，而以子孙承祖父之业，亦援此例。猪羊牛马杂物入境，固当税也，而以杂物出贳及豢养六畜者仍征之，由地方官征收。至得耳尼、的纡蓝等处，入署谒官，见架册充栋，奚止万卷。罗马僦寓于户部之前，衙署高广，司事人员殊简，终日相望，出入者寥寥焉。教内产业，有归还国家者，近年售出，价银岁得五六百万两，为数颇巨。如那波利中国修院出产岁约二万两，今院将充公业，更无论苟有栖止衣食之资为幸矣。是项入款，盖系物归故主，而事颇繁琐，且自来国中游人倍于商贾，故邮政、电报、铁路三项出入较前烦剧，俱应户部管辖，首领之督察不易，司事以查核为劳，内部大臣虑及此，拟增设衙署，专办三项事务，议院以事涉更张，未准行也。一日户部首领赠书一册，载近年出入款目，皆意大利文，以谒见时曾询及赋税章程故也，惜卷帙实繁，条绪纷然，未能翻译耳。

意国财用倍于中国

财政收入主重税收

户部首领赠书一册

国债

泰西各国皆有借款，由国家开设银行，敛民间存项以济国用，大率有常额入款作抵，故易于取信。意大利国债总数，结至光绪己丑年六月止，约计本银一十八万七千三百四十九万两，按民数摊算，每人合出银六十五两零。每岁本银百两，约计利息银五两，亦间有三两四两不等者，如以五两按民数摊算，每人合得利银三两二钱零。其债款因兴筑铁路借入者居多，有分若干年限本利俱清者，有本常欠而但出利息者。内有物爱尼斯铁路一款，为数颇巨，以其地向隶奥国，自归意国后，已向奥国买归，其价银及应出利息银订定逐年付给，迄今尚待七十年后始得全偿云。

债款用于兴筑铁路

各省城乡入款债款之数

通国关税、邮政、铁路、电报四项所入归国家，淡巴菰、食盐两项，亦国家独擅其利，其馀各税及杂项进款，即以其地所入供其地所需，盈则兴办境内应举之事，绌则贷债，自省以下各乡镇亦然。乙酉年各省城岁入之款通共二千有八万两有奇，历年所积债款总数二千五百馀万两，各乡镇岁入之款九千三百馀万两，债款一万四千七百馀万两，虽系一统，其大致犹是各归各办，欧洲诸国类如此。

烟盐之税国家独擅

钱币

国中通行钱币有四类：钞票也，金银铜三品钱也。票有自国家官银行出者，有自商家银行出者，一律行用，无异现钱。其票印花纹极细，编号签押，数大者纸高三寸，宽倍之，数减纸亦递小。银钱票自五枚为一纸，多至千枚。亦有金钱票，钱制面刻国王之面，作侧形惟肖，幂镂花纹。金钱一枚值银钱二十枚，小者减半。银钱曰利来，如法兰西之弗郎、英吉利之先令，此种铸最多。其大者如洋商贩入中国之墨西哥银钱，每枚作利来五，有作二枚者半枚者。铜钱之极小者曰霜的麻，小若鹅眼，不常见，仅存其名而已。积十霜的麻为代西麻，即寻常通用之铜钱也。积十铜钱为利来，即常用之银钱也。积二十利来为一磅，即金钱一枚也。每金钱一枚合中国银四两二钱零，银钱一枚合银一钱六分六厘零，铜钱一枚约合制钱二十七枚。票与金银铜钱出入互易，价无轩轾，然只行于境内，若以汇票寄他国，即有市中时价矣。各国钱制大致相同，惟大小异耳。铸钱局由国家设立，逐年鼓铸，悉用机器。

通行钱币共有四类

书院

国家大书院二十一所，分所各大省以那波利为最。教习九十六人，学徒约四千人。其馀各处，学徒有多不盈千，少仅百馀者。西人文字与语言同，故教读亦易。尝见乡曲学塾，竟能以一师授徒四五六十辈。凡学徒之同堂肄业者，其所诵习之书同，大书院亦然，明敏者不加多，愚拙者不减少。既入馆，功课不得间断，若告假一二日，犹可并力补足，则帮教习教之，至六七日必难补矣。有随班听讲之学徒，盖书院所以造就人材，若收录已满，有后来者概从屏弃，殊乖培植之意，故凡愿学者得报名入院，从旁听讲，如那波利学徒四千人，旁听者居其大半。其所肄业，约分六类：曰律，曰医，曰天文地理，曰格致算学，曰品行，曰绘画。其次又有书院十一所，学徒约共二千人；专习一艺书院十所，学徒五百馀人；技艺书院七十三所，内四十七所非国家设者，共计学徒七千三百馀人。

旁听生多学科六种

学馆

学馆之大者一百三十五所，半系国家设立，学徒共一万有奇。中等学馆三百二十六所，学徒约一万四千人。技艺学馆四百二十五所，学徒约三万人。小学馆如义塾之类约四万三千所，男女学徒约二百万人。又无定小学馆或设或不设者二千六百所，男女约八万人。各家自设小学馆约八千所，学徒十七万人，女多于男。绅士幼童学馆二千馀所，学徒二十四万有奇。国律民间幼孩皆当入小学，然意国办理尚未严密，有不遵者亦未尝示罚。前数年查通国幼童年六岁以上不能念书写字者，通计每百人内其数过半，

民间幼孩皆当入学

国民识字率不过半

惟比爱蒙部落为最少，每百人内不过二三十人。更有各教堂所设，每值休沐日令人念书诵经等学馆，不列以上所计数内，盖亦一万四千馀所云。

水师学堂

水师学堂
各有专门

利伏恒海湾之旁设水师学院一所，院落四合，为楼二重。总办一，即总教习，必选才优望重者任之。有监院、司事、医生、教习共二十馀人。学徒以四百人为额，缺则递补，自国之世子以下武官子弟居多，肄业各有专门，如行船则占验风飓、计算星度、礁石沙线、潮汛消涨，当熟谙也。枪炮则运动机括、推测远近，务使便捷而有准，必时时演习也。制造则铁甲机器，格致则电气火器，古制新法，悉心讲求也。楼上回廊列木厨，内有方圆木块，或整或散，或重或半，即算法勾股弦弧之类。玻璃瓶盛各种硫磺硝炭，以研求其体用。有极小炮架，诸式颇简便。伪制髑髅脑髓脏腑，一一分列，以医为军中所必需也。楼下厅事多置铁锤绳索，四壁钉木档如梯，为炼筋骸之所。又有摆列水雷鱼雷及一切军器者，其室差小，壁上重叠悬挂。院后隙地造大帆船一艘，周围有阑干，舱面与地平，桅樯帆索皆具，用以学张挂收束者。船之左有一空室，开窗方四尺者三，内各置巨炮，如炮台之垛墙，向海面可然放，兼藏新旧诸式炮位，供博览演准的也。生徒衣冠一律，一望而知，饩廪皆自公给发。有月试以奖励之，比及三年，

古制新法
悉心讲求

试列高等赏武职，再试果优乃录用。是日仅见学生数十人，习德意志语言文字，盖欧洲武官首重法文，而英文次之，近年并重德文矣。问所诵何书，以为历来水师战斗情状，各处海口形势图籍，其尤者也。问有兵书如讲纪律谱阵图者乎？曰有之。至若临戎御敌，制胜出奇，捣锐攻坚，随机应变，则必神而明之，存乎其人，仅读书奚裨哉！观于此言，可知其非不能读，读亦未必无裨。有文事者必有武备，是之谓欤！ 注重实战

武备学馆

通国武备学馆五百六十六所，系国家设立，又一百六十一所系民间设立，共计学徒约五万人。艺成，试之果优，即以备干城之选焉。国家设行商航海学馆二十所，又民间设者四所，学徒八百人，亦足为海军之用。以上书院学馆，按光绪丁亥年国库拨给学部经费银约六百二十一万两，其馀系民间捐助。应归学部经费核算之款，由各省出者约银八十六万两，各乡镇出者约银九百八十四万两，共结经费银一千六百九十一万两。 国家民间合资办学

商务

内地贸易之盛，以北省为最，如忽落朗斯、密朗、的纡兰等处，皆由河道通铁路多也。近南各省内地少运道， 贸易之盛北省为最

不甚妥便，故商务未见生色。至各通商市埠，买卖虽大，以彼此交易衡之，未必无相形见绌者。如煤斤为民间必需，而国少煤矿，则让其利于英人矣。茧丝为境内所产，而国少织厂，则分其利于法人矣。核比年进口出口之货价及矿务制造技艺商贾之民数，得其崖略矣。光绪甲申年进口货约值银二万一千九百六十一万三千二百十一两，出口货约值银一万七千七百五十六万七千八百五十九两，是出口绌于进口四千二百零四万五千三百五十二两。乙酉年进出相较绌八千五百三十二万馀两，丙戌年绌七千二百二十七万馀两。丁亥年更甚，进口之值多至二万六千六百万两，而出口之数不及其半，以是年法国议增酒税，意国不允，稍涉龃龉，历年运往法国属地之酒约值三千万两，至是不能售，故出口之数大减。戊子年绌一千八百八十馀万两。即查甲申以前，从无出口可抵进口者。通国技艺及制造，男女共四百万人，矿务六万馀人，商贾不及三十万人。

进出口值贸易逆差

轮船帆船进口之数

丁亥年意国各海岸进口之船共十一万九百五十一艘，内有出洋大舰一万七千五百馀艘，轮船二万九千艘，馀皆帆船。除兵船三百八十艘外，悉系商船之应征税者，其间意大利本国商船不及十分之一。

铁路

铁路之费，造于平壤与造于山河间隔之处大相悬殊，平壤仅筑道铺轨而已，若遇河港溪涧，必造桥梁或筑堤塘，遇山之低者掘平之，略高则开山洞。北境比爱蒙与法兰西分界处，皆崇山峻岭（译法文，比爱，足也；蒙，山也，犹言山脚也）。此处有山洞甚长，为欧洲著名者，中设往来双道，行两刻之久。闻开掘时两端同时兴工，各十有一年始能告竣。西人营造，所以开利源也，其不惜财力，往往如此。龙白地邻瑞士之处亦多群山，筑轨道于山上，盘折而达，高入云表。核通国造铁路费，自起造至光绪戊子年六月止，共结银四万八千万两，长约二万四千里，系商家者居多，其国家不过四分之一。是年经议院议准，添造铁路约一万二千里，计工程须十五年，需费银二万万两，以上由商家公司办理，因巨款难集，国家允贷一半，分十五年逐渐归还。至章程若何，起利若干，则视开行后进款之多寡再议也。

国家商家合办铁路

邮政局

泰西各国，传递简札皆归官办，国家专其利，谓之邮政。紧要公事则由电传，常例案牍及民间书信，一切均由邮政局传递，妥速无误，办理殊善，而取资亦廉。书信交

邮政专利国家专之

邮票　局，购王面纸粘于封面，纸方约五分许，中有人面象，国王貌，旁有文曰“霜的麻十”，亦有二十、二十五者，其五枚者中一五字，无王面。霜的麻一约合制钱二枚又十分之七。凡信寄本城者五枚，境内十枚，出境二十枚，俱不论远近，立法甚简。每函之重约以钱许为率，等其分量而递增焉。汇票钞票则增其资，及要函之保险，皆由局出收单保单以为据。寄书籍新闻纸资较少，若托人寄信而不粘王面纸者则有罚。其人烟稠密处多设邮局，各街衢置邮筒于壁间，日数次启钥分送。大小邮局四千馀所　意国大小邮局共四千馀所，按丙戌年入款约六百六十八万五千四百两，用款五百六十六万三千一百两。

电报局

通国电线之长共计得六万一千一百四十六里，国家设者三分之二。设电报局二千多所　电报局除铁路旁火车栈所设者不计外，共二千有三十六所，通年寄本国报六百五十万六千馀封，外国报约十分之一，官报四十七万封，入款二百十三万九千两，用款一百八十二万五千两，系丁亥年数。

卷三 意大利内编

罗马

京城旧在那波利，建都于罗马至今仅十九年，户口约九十六万人。城南北纵五里，东西三倍。内有山阜十处，各高十三四丈。王宫东向，适当其中。东南山上有园林，地平坦，广百馀亩，为都人士游息之所。近南一带水发源于城东北四百里之阿泼奈山，自东至西贯全城，曰底罢河，水不洁，亦不甚流，有船，仅载粗劣之货以运近处，及贫苦之以船为家者。前者时疫盛行，沿河居民死伤尤众，乃知感水气所致，见意国史记地理志。每当盛暑，有力者纷纷迁徙居乡间别墅，或游北边密朗、物爱尼斯诸省，城中人民稀少，半系贫乏者。避暑为西人积习，相沿已久，曾不闻有治河之法也。城中有大街，自西北斜至东

河水不洁时疫流行

避暑积习相沿已久

南，长且宽，贸易最盛。沿海东南约五百里为那波利，西北九百里为渐那伐，皆通商口岸之大者，百货由两处以火车运入城内。城在国之中偏西，西南三十六里即低来尼爱恒海，乃地中海北隅也。

那波利

那波利（那不勒斯）

那波利在罗马东南四百八十里，火车半日即达。城中户口四十六万三千馀人。往来商船日以百计，为通国各城之冠。城在大海湾内，颇极形胜。旧王宫在南临海，造花园于楼上。城西有山略高，凿山洞以通马车，两旁有路，便行人，洞甚长，白昼亦然灯，至中途望两端，洞口仅大于斗。出洞西行五里，傍岸有孤屿，筑室于其上，为禁锢重犯之所，日以舟渡至岸作苦工，开山畚土，殊形劳瘁。又五里有波查耳城。那波利之东南，沿海湾数十里，村舍络绎，有若城者四，最远曰街斯带腊买，在城对岸，列肆山上，东岸湾尽处即火山，至夜视之尤奇特，红光一缕，若呼若吸，或如朝旭一轮，乍隐乍见。那波利海湾形如半环，西向略偏南，自波查耳之西由东而南，回绕至街斯带腊买之西约百里。沿海车路多在山坡，有极高者。其海口南北相距五十馀里。城深踞东北湾内，两岸城镇对峙，若门户数重，形势雄壮，贸易繁兴，诚重镇焉。

街斯带腊买（斯塔比亚海堡）

波查耳

波查耳盖古时繁盛之区，今已凋敝。城市在山上，有若阛阓者。驱车入见，市肆无多，居民房舍尚整齐。进内山行五六里，有平谷，大不过五十亩，四周皆山，高四五丈，围如墉垣，地不毛，按火暖，乃火山之已熄者。中产硫磺，穴洞取之。又有土一种，即以其地得名，曰波查腊恒，色灰白而质细腻，塑像极佳，合细砂石灰炼之，坚韧异常，入水经久不坏；用以胶粘石块，砌堤岸，筑墙宇，造炮台，各国工程辄需之，与崔门土同。离城数里荒山中，有古斗兽院，基址宏敞，叠石为之，形圆如今之马戏院，中穴地如大沟，笼铁杆于上，今铁已朽腐，斗时放猛兽入地穴，令咆哮横噬，所谓兽相食也，当日观者必以为快，今虽废址，望之犹黯然惨。教祸酷烈之时，有不从者率兽食之，观此则其时残忍之风可想已。

波查耳（波佐利）

繁华之地残忍之风

古斗兽院

美细恒

意大利极南距罗马一千七百里曰细细利岛，有海峡在岛之东北，其最狭处曰美细恒，两岸东西相距仅十里，轮船之往来者皆由峡中过，盖以程途近而波涛平也。地多崇山峻岭，阛阓栉比，半在山阜。居民约八万人，房屋延长七八里。傍岸有沙梗如堤，长约十里。北岸堤尽处有船

美细恒（墨西拿）

地势天然布置尽善

厂，船之来美细恒者，必湾泊其内。如此海峡，其天然形势极有收束，殊非散漫者比，而有此长堤，多筑炮台于其上，以为之捍卫，乃使轮帆一门出入，不能随处登岸，虽地利之巧，亦有以见其布置之尽善矣。

得耳尼

得耳尼（特尔尼）城外瀑布

乘火车出罗马城向东北行，多坡阜，百里外则多冈岭，轨道沿山下随势曲折蜿蛇而入，时傍溪流，忽左忽右，阅三小时，计程二百里，至山深处，有城曰得耳尼，地势开旷，城乡方广十里，四面叠嶂层峦，苍翠欲滴，其中风景人物，饶有幽僻之致。离城数里有大瀑布，由山径循溪行，入深谷，既近，峭壁障之，转不知瀑之所在，但闻水声隆隆然吼如雷，风吹飞沫，溅衣欲湿如细雨。复行数武，折出山隈，见匹练当空，高悬于山半崖岸，直注十馀丈，日光映射，作五色晕如虹霓。其下有石，玲珑剔透，孔若蜂房，洁白可玩，惜质松脆耳。沿途溪水自此发源，汇以群山之水，故湍激更甚。近城有官家制造厂二，累石为沟，引水由厂中过，以激动水轮，用之不竭焉。

利伏恒

利伏恒（里窝那）

利巨利亚海之东有海口曰利伏恒，在罗马之西北六百里，斯卑斯之南百三十里。城在海湾内，形胜逊斯卑斯，以傍海无崇山峻岭，地势平衍，自昔亦称要害。商船所萃，贸易繁盛，盖在朵思加恒立国之时，其都城忽落朗斯距城东二百里，货物由此运入也。今则有诸大埠分之，遂形凋敝，仅见商船及师船数艘。傍城有水师学堂、官船厂，是为通商口岸之次者。

昔日繁盛今日凋敝

斯卑斯

斯卑斯在利巨利亚海之东北隅，距罗马之北七百三十里，为水师紧要海口，著名欧洲者已千有馀岁。形如箕，南向，自口至内十馀里，口窄而内宽，沿边冈峦环绕，上设炮台十七座，口内有石堤横亘，缺两端为出入之路，虽劲敌亦难闯入。意国水师提督驻此，铁甲炮船兵船鱼雷船巡船大小数十艘泊堤内，无商船，亦少富商巨室，居民不过万户，半系在厂作工及当兵者。有大客寓适当其中，登楼凭眺，全势在目，他国来游者，必一至其地以揽胜焉。或谓泰西重商务，凡有口岸皆可驶入，无分畛域，初不指定某处与某国通商，此说殊不尽然。即系通商之处，其稽查亦密，他国来船进口，亦待悬旗关白，况此为整顿水师重地，俨然天堑，一旦有事，不特易于防御，而内则火车，外则轮船，可以通达各省，即其他或有不利，而有此一隅，诚足以大有为者，其所系固非浅鲜。卧榻之旁，岂容他人鼾睡哉！

斯卑斯（拉斯佩齐亚）

通商之处稽查亦密

渐那伐

渐那伐（热那亚）昔大都会

渐那伐在罗马沿海西北九百里，利巨利亚海之正北，国中通商口岸之大者有三，罗马之南曰那波利，阿泼奈山之东北曰勃兰提齐，此亦其一也。他如利伏恒、沙伏恒、物爱尼斯、美细恒等处，皆通商口岸，或昔盛今衰，贸易较小，盖地运之变迁有如此焉。如渐那伐自昔称大都会，万艘鳞集，百货云屯，为地中海公市，至有明之季，旋即颓废。嘉庆年间，人烟稀少，衙署仅存，今复繁盛如昔。屋宇半在山坡，沿海市廛长约十里，各国巨舰皆泊于此。其城依山临海，无湾港，船之停泊者向苦风涛颠簸，今则多筑石堤以蔽之，整齐坚固。全城环抱堤内，望之如城郭。其西岸长堤直入海中可六七里，乃近时新筑者。初抵意国，即由此登岸，见街衢堤畔，工役烦兴，纷纷营造，至今犹未已也。由此循海而南往罗马，历山洞十馀重，多童山而少城市，殊形萧飒，间有聚落，系沿海居民之捕鱼者，北由法兰西经比爱蒙部落至此。附近二百里之间有城三，村舍络绎不绝。轨道在山上，层峦叠嶂中，土田膏腴，林麓茂美，居民熙然乐业，非火车之利不至此。城中户口十三万八千人，通省约八十万人。

各国巨舰皆泊于此

火车之利

的纡兰

的纡兰在国之西北，距罗马一千二百里，本比爱蒙部落。东南至渐那伐三百里，西与法兰西接壤。城中户口二十三万有奇。街衢整齐，气候清淑，虽市肆繁盛，多清闲旷荡之致，而乏尘嚣，以道途宽广，全城地势平坦而又开展，亦国中大都会也。那波利、密朗、罗马之外，即推此城。然罗马五方杂厝，似嫌喧阗，密朗虽华丽而无此清幽，那波利舟车四集，人烟稠密，城中多隘巷，又近火山，入夏芜秽之气蒸腾，故凡南省之避暑者，恒视此城为乐土焉。城隅有置备军粮厂数所，通省多沃野，造蜡烛最著名。省之西界法国处有挨耳泼山，其山起于南边渐那伐海湾附近之处，曲折弯绕至省之东北。末左利湖其形如弓，湖之东，龙白地之北，山势更蟠郁，延亵千馀里，统名挨耳泼群山。同治甲戌年绘图，议于此山边界多筑散炮台以为防御，闻近日已将告成矣。

的纡兰（都灵）

避暑乐土

密朗

密朗系北边省会，距罗马西北一千一百八十里，渐那伐之北二百里，为往瑞士要道。城市辽阔，街衢广宽，商务实繁而俗尚较侈，以昔时曾隶法兰西版图，相习成风，至今不变。城中户口二十九万五千五百人。多

密朗（米兰）

富商巨室，结庐山畔，冈峦挺秀，亭榭争妍，林麓之观，于斯为美。有大教堂在阛市中，坛场开展，两旁街楼危耸，堂之高犹倍之，自屋檐至阶砌，镂刻精致，远望似木工所造，不知其为云石，雕墙峻宇，蔑以加兹，西人谈及，辄叹赏不止，状堂内美丽，几于眉飞色舞，卒未尝入览焉。昨岁道经上海，有意商设缫丝厂者，曾言其国亦有蚕桑之利，以密朗为最，至是谒总督为述其言，请往观。乃知缫丝之处曰驾姥，距城稍远，许越日遣人导游。其地有湖山之美，寻胜者所必至。若密朗城中，仅有丝栈，藏丝颇多未练者，其色或黄或黯，远逊华产，本质一经练就，乃明净洁白。比来各国出丝渐繁，尽罗致而试验之，其所品评，大约谓我华湖丝色泽极佳而性质略梗，产日本者柔软。询以何国所产最多，曰日本也，而阿美利加及印度次之，要皆不及中国远甚，若仅以欧洲论，当无有过于意国者。

阛市教堂镂刻精致

各国蚕丝品评各异

驾姥

驾姥在密朗之北八十二里，傍城市有巨浸，曰驾姥湖，略似丁字形，最宽处三十里，长百二十里，汇挨耳泼众壑之水，东南行百馀里入波河，又东四百馀里入于海。湖中四围诸峰屏障，螺鬟翠黛，斗丽争妍。密朗省垣中人各相其地之宜，筑别馆为避暑计，危楼临水，杰阁依山，多种嘉树艺奇葩以为点缀。附近山后多村落，乡民之往来

驾姥（科莫）避暑胜地

城市者，以小轮船航之，亦有仅载游人于湖畔环绕者。沿湖坡道整洁。其北省山色极佳，火车经过所见不少，此尤妙于湖光相映，风景天然，非人力所能造作者，宜乎骚人逸士登临不厌焉。

物爱尼斯

物爱尼斯（威尼斯）美如苏杭

由罗马北行，越阿泼奈山渡波河，计程八百里，至阿得力阿低克海之西北，有海湾曰物爱尼斯，居民十三万人，商船辐凑，口内沙涨数处，轮帆湾绕，而入水差浅，无三四桅巨舰。城中河渠曲折，通达往来，皆以舟楫，人家临水，各有水门，街市多桥梁，故无马车。中有一河，方广四五十丈，四面阛阓鳞比，楼台倒影，潆红漾碧，如对画图。外港宽阔三五里，对岸有小市，制造厂数所，远望隐约见炮台。时正夏五，天气清和，日既西，纳凉者每携眷属，掉扁舟荡漾于江心，至晚或弄箫管，然东洋纸灯，饮酒为乐。西人爱水嬉，英京颠米士河每当春秋佳日，裙屐翩仙，画舫如织，然不若是处风光依稀吴越城市，为欧洲别开生面，好游者咸乐道之。

属地

光绪辛巳年得属地于红海边阿非利加洲之亚沙勃海

非洲属地 湾，计四百有五平方几罗迈当，合中国约八百五十方里，民数仅一千二百人。乙酉年又得红海边麦沙和亚地方及附近诸处，统计在红海边者自盎勃来麦起至拉哀带止，长约九百六十里，筑铁路无多，现议添造，已绘图兴工矣。

卷四 意大利内编

炮台

戊子初夏，由意国南省回罗马，将游北省。临行，其兵部副大臣以斯卑斯形胜告，且言多炮台。自至欧洲以来，问禁问俗，颇闻西人深愿他国来者日众，任人游览，即宫殿森严，亦得入而瞻仰，宫人导之，靡所不到，履王妃帏闼，不以为亵，独于军务则少秘之。近琫贝驿有火药厂，持那波利总督函往，阂于例不得入，或咎经管者过泥，然亦理所应尔也。是厂在旷野，自外揣度，似不及福帅诺之周密。至要害处炮台，更不令人窥见，且新法皆穴地为之，更难察其何在矣。因兵部言，姑问可往观否，遽许之。请给执照，则曰无须此，若龃龉，当以电知。比往果阻，电往还而后可。乃阅口内左右两台，亦皆旧式。右

琫贝驿（庞贝）

要害炮台不令人窥

参观炮台

岸之台颇大，凭高阜为基址，台外筑土于坡上，更坚厚，台内掘与地平，造兵房如山洞，围似半环，上梯即台。炮大者重四十顿，其下穴洞为室，铁门扃锁焉。炮之前垛墙下有方孔如天窗，亦从此运药弹。再右台外有山遮蔽，为藏药弹之所，堆积炮弹甚夥。山上为楼，住操演弁兵。左岸石山兀峙，三面临水，一面傍岸，台在山上。山不甚高大，而台亦较小。湾内累乱石为堤，出水面二三尺，横亘中流，两端为船路，台在路旁。此处共有十七台，舟行堤边，望之可见者仅三五处也。王公设险以守其国，是之谓欤！

美细恒傍岸有长堤约十里，卫全城如郭，多设炮台，势颇联络。偏北与闹市相对之处，台尤大。离岸较远，轮帆湾泊，以避风涛。台形长方若瓮城，厚二丈有奇，高倍之，中宽约二十亩，两旁造楼房以居弁兵，四隅作圆室以储药弹。台上泥沙黄黑色，有小石块，谓是崔门土。向外

瞭望台

列四十顿重后膛炮八位，瞭台二，制如巨钟，以钢铸成，内外垩以土，置测量远镜一具，外口径二寸馀，布于瞭台

望远镜

之隙，隙宽如镜之口，长约尺五，镜下有轮，能使左右转，镜内上有铜版刻度数，下然灯，测者以只眼窥镜上，海面反照入内，舟或行或止，有小影宛然，在某度即告炮兵，炮虽巨而旋转以轮，不甚费力，旁有铜尺刻度数，视之准，遂轰击。其向内台上炮位较小，盖防敌船之从后闯入者。近海见低台一带甚长，傍台皆低小兵房，惟台上无炮，其殆用排炮排枪，抑系穴地置炮者，未之知也。有沙

滩百馀亩在其北，为逐日操练枪队之所。

炮厂

都灵炮厂

的纡兰城中有官厂，制造巨炮排炮。厂屋三进，为四合院二，极高大。其院内堆积旧式炮位甚多，将以熔炼重铸者，多三四十顿巨炮。其第二进中间为穿堂，悬巨炮式样于上，系木块凑合而成，长约丈四五尺，后截围丈二尺，前截围盈丈，炮口径尺二三寸，视斯卑斯水师船所见者略小。问此式曾否造就，曰未也。其重几何，以为四十顿，及远二十馀里，专为攻铁甲船之用。自有铁甲以来，炮位屡次加大，于是船有钢甲而炮亦多用钢弹矣。厂之右旁，为屋数楹，制造小炮，其式如克虏伯后膛，重自二顿至十顿，中有旋纹，然烛窥之，光亮如鉴，后膛斗笋合缝之处，必赖手工细心磨刮，非机器所能为也。又制排炮，列六管或八管为一排，多至十管。管围大四寸许，药弹大于拇指。装药弹处为方盘，大小视管之多少，大约不过二尺五寸；中置机括，右旁一轮有柄，盘之下为铁架，以螺钉钉于船舱，高约三尺，用时则以洋铁药弹箱置盘上；箱下有直方孔如管之数，令弹漏下，持其柄而转之，右旋半转则窍开弹入，又半转即轰出，能令其响不绝。盘可左右俯仰，击之无不中者，但及远只三里许耳。

船有钢甲炮多钢弹

巨炮排炮

英商炮厂

英商炮厂

那波利海湾之西北岸有城曰波查耳，英商设阿姥斯忒郎炮厂于此，亦造水师军械。基址广大而房屋无多，工匠二三百人，时停者居多，但见数人，造船上炮台，海边设起重机器一具，颇高大，能起重二百顿。厂中每年与意国预议，为国家承造若干，事告竣，听自造售他处。阿姥斯忒郎厂名即炮名也，如克虏伯即德国炮厂名目。先是其炮盛行，自克虏伯著名后声望少逊矣。

洋枪厂

洋枪厂

得耳尼有厂专造火枪。枪杆用纯钢，以机器钻孔，由小而大，一机列五六杆，运动不得过急，后段装药处计零星枢纽十馀件，各为模以范之。置钢条于烈火中，俟条端烧透，一人用钳挟取印模上，一人击之以锤，截下挟者击者手力必准，略动移即不合用，非若寻常熔铸倾入模内者。且磋刮零件仍赖手工，无需机器，既经凑合，复令大匠试验，果灵便无少滞。即于每件内编列号数，以后拆卸不致紊乱，否则失之紧仍令磋刮，或失之宽则弃之。枪柄用实木，悉以机器造成，极便捷。其枪每次实药弹五枚，一刻时放三百馀响。已成列架上者数万杆，每杆上插刀一柄。工匠约五百人，时或增减，工资少者日合银二钱，多者至二两馀，一日能造六十杆，约计工料资本银每杆五两，若买自他处需银六两，厂中亦售卖，价相若云。

日造洋枪六十杆

火药厂

的纡兰之南百里，有城市在山岭之上，曰福帅诺。岭下人家散处，不过百十户，尽业耕种，其实乡间　聚落，而彼中人亦谓之为城。城外设制造火药厂，基址大可百亩，地势平坦，三面依高山，门前一带叠石成渠，宽丈馀，水盈盈濒岸。一武官来逆旅导引，徒步往，度石桥入，守者曰：诸客身畔有自来火乎？当弃于此而后进。诚慎之也。入内略一瞻望，乃极妙园林焉，乔木浓阴，茂草酣碧，花香扑鼻，鸟语迎人，溪流夹道，水声泠泠然，别有幽深静僻之致，绝无煤炭臭味轮轴震惊者。其为屋也，仅一二间或三四间为一所，相距数十步，辄间以土礅，高广丈馀，四围砌石，似墓而方。屋二十馀所，皆不造楼，亦较常低小，惟傍渠一所稍广，为烧炭炉房，以柳条围大如杯，束二三十条为稛，列炉两行，各置一束，闭窦烧，尽赤乃为炭。至研磨硝磺，则于溪中筑闸，闸下横安轮轴，式似船之明轮，湍流激之，则轴自转，环铁索以掣动众机，悉用水，无用火者。硝磺炭三种，各磨极细末，上筛去其粗者，称轻重和匀。炭最多，硝次之，磺更少，略洒胶粘之，类令微湿，压成版，方一尺，厚五分，切四方小块，引暖气烘干，入桶摩擦去棱角，复上筛去其细碎。

火药厂内极妙园林

火药厂工程与工序

每更一事，则易一室。铁路纵横，以便搬运。制既成，颗粒如大豆，光亮如龙眼之核，用于巨炮；其细碎者用于枪，试之药力，准乃庋藏焉。山凹内别为一室，筑围墙，扃鐍极严。凡制造火药，固不得逼近人烟稠密之处，即厂内宜谨慎防备者，亦必有道也，观于此厂，尤为曲当。多树木以蔽之，则无秋阳之暴；筑土礅以间之，则无殃及之灾。置轨道以运药，节人力也，必令缓行，斯无虞乎击撞；引溪流以激轮，避炉火也，即或失慎，而又易于扑灭。想见惨淡经营，匠心独运，布置之周密，无间然矣。

制造火药谨慎周密

水师船厂

水师船厂

斯卑斯城市之旁，设水师官厂，制造各种战船军械。基址宽大，周围十馀里。门临小河一带。厂内有大河，容巨舰数十艘，船坞大小五六所，出入港路，仅容一舰，以为门户。进内渐宽，沿河往来纡远，于港内冲要处架一长桥，可走车马。两岸系大铁索，船经过，以机器曳而让之。临河筑方丈高台，有若梯者斜伸于上，其端为辘轳，挂巨索，望之几及二十馀丈，乃运重机器，为装桅卸桅之用。马路铁路，纵横皆是。每巷口墙上有文曰某街，盖房屋道路相似者甚多，非此恐厂中工匠难于辨认也。钢甲铁甲及大小炮，道旁随处堆积，此外一切制造所需，其重且大者固分藏各室，即零星小件亦必以一类自为一所，故将为巨舰，但按图式装造，可克期而待。凡为工程，告成

马路铁路纵横皆是

难，经始亦不易，苟非一一预备，何能咄嗟办哉。惜厂中导游武弁系机器匠头目，操法语，颇嗫嚅。弯折旋绕，行十馀里，但得约略一观。各机器房工匠殊少，大半在外造船，常时千数百人，多至三四千人不等，是为意国水师厂之最大者。

工程善始才能善终

官船厂

利伏恒有船厂一所，系国家设立，造水师船，亦造商船。工匠约五六百人，较斯卑斯师船厂不过五分之一。其时正鸠工庀材，待造钢甲巨舰，出图见示，长约二百八十尺，中宽四十五尺，前后各为圆台，置巨炮舱面，及第二层，多设排炮于两旁，亦置克虏伯炮。司事者为口讲而指画之，谓厂中但造船身与行船机器，凡炮台炮位以及一切装饰，悉系波查耳阿姥斯忒郎炮厂承造。其造船工料约计银二十馀万两，迨一切完备，费当数倍。厂中竖三角形大铁块，即置船头以撞敌船者，长二丈有奇，重四十顿。最后导至画图房，观图数幅。四壁钉木雕船式数十艘，皆前所已造者。指一式告曰：此船昨岁为俄罗斯购去，闻驶往中国黑龙江等处。其船二桅，长不过十丈，前舱有炮台，船头有鱼雷，即巡船也。

造水师船亦造商船

俄购巡船往黑龙江

铁甲兵轮

斯卑斯海湾内停泊兵轮大小数十艘，以小轮船渡至巨舰，缘梯上，长约二十八丈，三桅，桅上有望台，最上层为舵楼，两旁有若桥者，置克虏伯后膛炮各一。舱面前后为圆台，台能升降旋转，中置后膛巨炮，约计长一丈五尺，前截长一丈，围大亦盈丈，后截五尺，围可丈五，炮口径一尺四五寸。问重若干，曰百顿。弹重六百馀斤，及远二十六七里，能洞铁甲数重。第二层行船机器房，设机器两副，前后四隅置枪炮。两旁皆兵房，船头装鱼雷。通船分十四段，门壁俱用铁甲嵌木胶制成之，伪象皮于门匡，掩之则滴水不入，倘为敌损坏一二段，但闭其门，犹无沉溺之患。下层藏药弹。军械其重大者，以小车推之，自下而上，以辘轳挽之。船外周围折叠铅丝大网，每隔二丈许悬一木，长丈馀，临阵展网垂水中，以木撑开，使与船底平，鱼雷触网即炸，不致为害。船内兵五百馀名，一切制造修理，兵丁皆能之，终年住船内，衣服皆各自补衲浣涤，凡有所需，不得遣岸上人，惟礼拜日或值节候上街市闲游，队长领之，不闻有滋事者。阅数艘船，递小仅设一台，大致相似。厂中造铁甲巨舰，船壳已成，步高梯入观之，中后舱自外至内仅二层，间尺五，自前至后间四五尺，横置一层，其中空处以铁网折叠而绷系之，或密排铁绳横钉于两端，弹不易入。船头尖锐，装三角形巨铁，极

铁甲兵轮驻兵五百

窄狭处自外至内亦为二层，入内稍宽，则为三层，其横置之铁甲以尺馀为一层。立前舱望船头，相距约五丈，所置铁甲，数之几得四十层。盖战阵必以船头向敌，且用以冲撞敌船者，是以格外坚固。前经上海，意公使鲁嘉德曾言其国有极大铁甲船，为欧洲第一，泊斯卑斯必当往观。因书以志之。至是问导游者，乃指一巨舰，谓此船近已朽坏，常年泊此，为水师驻扎，不过尔尔。复述意公使语，要之以为实无足观。乃回逆旅，窥以远镜，见高大过他船，其上炮台低上非今式，第二层每间丈许，开窗方二尺馀，一边列三十馀窗，皆洞敞，少掩闭者，内隐约有炮位。船阑以下，多水漏痕，油粉已褪，不加圬垩。泰西铁甲之制，至今未及四十年，而月异而岁不同，精益求精，造法屡变，此船系旧式，必不能及新法之善，故废而不用欤！

精益求精 造法屡变

钢甲厂

得耳尼枪厂之旁有兵房，皆枪队常年驻此演习者。其旁又设一厂，制造钢甲。炼钢之法，置炉于高处，上遮铁版，壁间开窗方丈，炉旁有窍，吹火气入，势甚猛烈，炉口转向窗，铁为火气鼓荡，铁屑飞喷，激射而出，俄顷屑尽，火纯青，倾模内为巨块。造甲则以块烧赤，汽机运大锤击成巨条，截二尺许再烧之，轧以机。其机乃斗大，铁轴三横置叠上，若上下两轴右旋，则中轴左旋，中两缝能

炼钢之法

令宽逼，以条来往轧之，数转成甲，宽四尺馀，长六七尺，厚自二分至五分。亦有轧至极薄以为包裹等用者。其厂设立已久，兼造各种器具，内悬金钱数十枚，谓屡次赴炫奇会，各国王所赏之金牌也。前者曾赴大会，凡泰西钢铁厂之大者毕集，评定甲乙，此厂得列第三十号。厂中总管指一金牌相告语如此。

炫奇会上屡获金牌

缫丝厂

由驾姥乘马车沿湖往行五六里，入山隈，至一村落，观缫丝厂。楼房颇深，而不甚高广。缫者皆十数龄村女，分坐两旁，对面相向，列厨于后，置锅于前，锅底有管，度热气入，汤即沸，煮茧抽丝。能者抽四五缕或止二三缕，丝从头上过，入厨内卷签上。女工不满百人，其法与上海意国商人所设之厂同，但较小耳。堆积蚕茧极多，视之差小，不过华产三分之二。又一种瘦如小指，长过常茧，色黄黯。至洁白肥满如江浙所产者，未之见也。

蚕茧质量不如江浙

机器织段匹厂

观缫丝厂后往织厂，相距不远，亦多用女工。先理其绪而为经，少则数百缕，多或千馀缕，由一机转出，一缕断则其机自停，色或纯或杂，比类合之，卷于轴，乃上织机。机房一所多至百馀具，其声震耳，一人司数具，以纬

丝厂织厂多用女工

线纳梭心，令自织，速数倍于人工。纬用麻缕棉线，无经纬皆丝者。多窄幅，其宽者亦不过二尺，长约三丈为一匹，以线缝其端，联数匹为一轴，置机上，一舒一卷，中横一管，密排细孔，吹火出，段匹近火过，欲其光洁也；乃易一机，刷面浆于上，欲其坚厚也。或以轴轧之，有晕如云头，巨室用以饰壁，妇人或以为裳，仅有方块颜色相间而无花纹，如中国版绫为衣里者是已。 机器效率数倍人工

置备军粮厂

的纡兰城隅有置备军粮厂数所，往视之，乃菜豆瓜果糕饵糖酱之类，择其新鲜肥美者，熟而盛于玻璃瓶洋铁罐，不令泄气，能经久寄远，色味不变。用于军旅，得省烹饪之烦；寄与商人，得领家乡之味。今天津、上海等处四季皆有豌豆，即此类也。 罐头食品之便利

卷五　瑞典、那威内编

瑞典之统摄那威也，二国而一君。以言屏翰，既无列爵之封；以言兼并，仍自画疆而治。分之不可，合之不能，兹附那威于瑞典后，盖犹是一而二者焉。

疆域

瑞典为欧罗巴极北之境，并那威为国。东北与俄罗斯之泛朗特接壤，东南距排耳低克海，南邻丹玛，隔海峡，西据大西洋，北负北冰海，南北纵自赤道北五十五度至七十一度，约三千二百里，东西狭处五百馀里，阔处及附近诸岛约千里，得地七十五万九千四百平方几罗迈当，合二百四十六万零四百五十六方里，视中国中等之省五，土宇之广，欧洲诸国自俄罗斯外无出其右者。特以地届黑道，气候阴寒，土田硗确。国中有大山曰独哇勿里恒，由东北

排耳低克海（波罗的海）

国内大山直贯通国

斜至西南，隆起若脊，二千馀里，直贯通国。瑞典在山之阳，多泽多湖，多港汊陂阜。有江河十馀条，皆自西而东入排耳低克海，如脊之有胁。旧分四部，曰绥林勃鲁，都城在焉；其南曰远堆兰，有大湖二，曰韦柰，周约五百里，曰韦堆，略小；北曰脑倭兰，在北寒带之下，即黑道也；再北曰腊魄兰。后分为二十四部，远堆兰部内居其半，曰脑秋平，曰林秋平，曰卞耳麻，曰街斯克洛拿，口克利斯低盎斯带特，曰麻耳瞒，曰挨耳姥斯带特，曰各当蒲，皆南省自东迤西濒海之区，其北边则地广人稀，绝少城市矣。

江河十馀东入于海

那威在山之阴，地形逼仄，山势陡削，沿海二千馀里，岛屿密布，数以千百。多礁石海湾，排比入峭壁中，为波涛所激荡，皆兀石沙碛，无泥土。旧分六部，东南为都城，深踞海湾之内，曰克利斯低亚尼亚；最南曰克利斯低盎霜；西曰培耳轧姥；北曰夺龙堆姥；再北曰脱罗姥绥；极北负冰海，曰斐恒麦铿。今分二十部，如培耳轧姥、脱罗姥绥皆分南北中三部，亦多在南境稍平旷之处。

挪威地势逼仄多岛

沿革

瑞典在宋代犹为野番部落，各推其酋为长，无文字无教化，史乘莫得而考也。迄南宋之初，有大酋爱利克者，修民事，缉盗贼，立学塾，创教堂，使各部咸奉天主教，而远讫于东北之泛朗特，于是统属众酋如藩翰，政归一

建国之始统一之初

辙，为瑞典建国之始。旋为丹玛藩属者久之。明嘉靖二年，爱利克十三世孙巨斯塔槐洒，背丹自立称王，改奉耶苏教，名虑堆腊尼斯姥，至今举国从之。隆万间，诸部争雄，自相仇杀。传至巨斯塔亚淘耳富，英俊不凡，削平内乱，修政讲武，势大振。侵普鲁士之波来腊尼及俄罗斯之沿排耳低克海各省，转战频年，得地无算，为东北强国。后与普战，没于军，其女克利斯低痕继之，时仅五岁，老臣在朝，诸将用命，克承前业。比长，耽文学，厌世事，不适人，年二十八，逊位于外戚加耳第十，遂往游法国。康熙间，加耳第十二以冲龄嗣位，丹、俄、普以其幼弱，思复土地，并力来攻，皆败走。王以所向克捷，志气渐骄，后十馀年攻俄，一军尽覆，被囚于庞台城。敌国群起，乃许割泛朗特地，而暗结土耳其为援。土起大军围俄人于泼纡吹河，俄力屈还地，释囚以求款。三国既息兵，王复修怨，进攻法兰西。国人恶其黩武也，阴谋害之。是时内讧交作，外患迭乘，所得地尽失，势大衰。乾隆年间，政府希复古制，去议院之权，群情惊疑。厥后战俄法不利，终失泛朗特。国人噪变，逐其王巨斯塔第四亚淘耳富，而立加耳第十三，时嘉庆己巳年也。先是有大将备耳拿独脱者，系法籍瑧堆各耳复族也，久居于瑞，得众欢心，王爱之，继以为子，结连与国，败法王拿波仑，论功得为世子。癸酉伐丹玛，事平，遂有那威。越五年，嗣位为王，更名加耳第十四，育海恒，乃今国君之祖也。比来开铁路，修河渠，垦土田，来商旅，蒸蒸日上，称盛治

巨斯塔槐洒（古斯塔夫·瓦萨）

修政讲武东北强国

国王更迭瑞典简史

加耳第十三（卡尔十三世）

焉。溯自嘉靖纪元辛巳即西历一千五百二十一年，迄光绪戊子，计三百六十七年，凡二十传，国祚五易，皆能自立为国。综稽史策，其间数治数乱，忽盛忽衰，如相倚伏，岂尽运会使然欤！ 挪威国祚五易

那威当南宋时亦推大酋为主，不数传即为丹玛所兼并，在瑞典属丹之前，由是卒无自主日，其事附见于丹瑞二国史。 各国共商挪威国是 迨瑞典国王加耳第十三即位之五年甲戌春，与丹立约于普国之基爱耳城，愿以那威属瑞典。那人不服，欲自主，遂新定国府政，迎丹玛王子为王。瑞人伐之，那威不能御，全军入境。那之为此举也，与国咸非之。秋，各国使臣会议于奥京维也纳，以瑞属地之附近于丹者归丹，而以那威归瑞。是年冬，颁立专条，务使臣民协和，彼此 挪威臣服而不心服 护助，各有利益，毋相离析，凡政刑悉仍其旧，惟军国之重且大者稍损益之。那人迫于公议而从焉。夫论舆地境界，亦当以今之疆域为正，一则不越国而鄙远，无鞭长莫及之虞，一则托宇下以求庇，有辅车相依之势，况事大字小，有国之常。阅数十年以来，外侮不乘，国势日固，一举两得，其效彰彰矣。而揣那威臣服之心，畛域有未尽泯者。戊子秋，即次那京，瑞王驻那，越日还，由宫往车道，道旁观者如林，寂寂无欢呼声，民情盖可见已。

政府

瑞典宰相一员，系特设，为政府之长，佐之者各部大

臣也，曰刑部、外部、兵部、海部、内部、户部、学部，计七部大臣七员，又设参议三员，无他职，共十一员，官制与他国略异。

那威政府宰相二，一在瑞京久任；参议四，其二员住瑞京，期年对调。有学部、刑部、内部、户部、兵部、海部、工部共七部大臣六员，以海部附于兵部也，共九员。光绪甲申年新例，其政府大员咸得入议院与议，但令剖析是非，指陈利弊，不准画诺决断事机焉。

议院

民间公举议院议员必有恒产

上下议院议事人员，俱系民间公举。自京城暨外省，各有公举会，分二十五所，由工部局设立。上议院额一百四十五名，不给俸，举人之人与应举之人皆当年逾三十，应举者必有恒产，须置于未举前三年，准完税时公估之价值银一万七千五百馀两，或岁得出息银约千两者乃为合例。以九年为一任，再举者听。下议院额二百二十二人，有俸，每员约三百两，不及二十一岁者不得举人，不及二十五岁者不得应举，皆当有产业计值一千四百馀两，或岁得出息银约二百两，以三年为一任。

城市上议乡村下议

那威议员，每届三年公举一次。上议院三十八人，系居住各城者，即由同城百姓公举于地方官之前，核其人数较多者送议院。下议院七十六人，系居住各乡者，由乡间公举，教士核之。举者与应举者俱当在二十五岁以上，在城者必其人能纳税或生息岁得银二百两，在乡者约百两，皆以未举前五年为始。凡曾办公事或置有田庐或身为乡长者俱得选，须本籍。如他国人已住境内十年，年逾三十，愿隶籍者，亦得选。既入院，各自推荐首领数员，间有由城乡公举者。聚议无定时，亦不必由国王宰相召集，每岁议事二月，如欲逾期，必先请命于国王。有时议院损益旧章，增设新例，国王不欲依议，得斥驳之，然不能屡驳，如一事已经斥驳二次，其三次议定后即可通行，无待国王诏命矣。文武官员由国王简放，惟必须那威本籍，条例所载如此。其实权在议院，如部臣出缺，照例应补者仅一人，即以是职授其人，以下或递迁或推迁，则由议院；如应补者有二三人，亦由议院决之，从其举荐之多者。其议院之权，似较重于他国。聚议时，每人日得俸银二两八钱，路费自公给发。

权在议院
议员有俸

刑部

正副大臣各一员，以下六部同。总办四：一曰律，二曰例，三刑务参赞，系代国王听讼者，四管理监狱。

那威刑部总办仅一员，管理监狱事务者。又有御前大讼师及大医官各一员。通计两国犯罪不过万人，瑞、那各半，内系细故薄惩者居多，女犯约十分之一。查意大利戊子年名册，监禁者六万人，罚锾者二十八万人，欧洲他国类然。以户口之多寡衡之意大利，约八十人内得一，瑞典

劳苦之地
浑朴之风

那威约七百人内得一，以是相较，其数几少十倍。盖由壤地偏僻，日用饮食卒岁劳苦，其浑朴之风犹有存者，故为匪者少欤？

外部

总办三：管各国交涉事务一员，商务领事事务一员，稽查钱款出入事务一员。

那威不设外部，凡邦交通商诸事均由瑞典办理。

兵部

查核统带事务总办一，以下分掌册籍者四：一炮队，二技艺队，三各处监督事宜，四各营文案名册。有武备学馆总监督一，统率监督三：一在斯朵阁姥，一在麦利爱培，兼习炮队技艺队，一在加耳倍，专教官商子弟。

武备学馆官商子弟

那威兵部总办三员：一曰军务之总，二曰召募兵丁采办马匹，三曰枪炮技艺诸队。有医官一员，武备大学堂暨宦家子弟武备学堂各有总办一员。

海部

总办九：一查核海军统带事务，二海军船政，三调拨军需，四总理武备，五制造军械，六文案名册，七考察领港事务，八管理海军学堂，九海军测量图画暨浮桩志塔事务。又部内有总督水师三等水师提督一员，其统带水师者另有副提督在海军营。

那威有海部名目而不立衙署，即以兵部兼辖，总办二：一监督船埠工程，一稽查塔灯事务。邮政电报亦附入海部管理，总办各一。 挪威海部归属兵部

内部

总办八：一董率商务学馆事，二掌政事则例，三地亩丈量估价，四稽核舆地史乘等事，五修葺道途桥梁等事，六督办农务学馆，七考核豢养牲畜等事，八管理铁路。 瑞典挪威内部有斤

那威内部总办九：一房屋保火险之事，二掌则例，三查地亩，四河道，五道途，六铁路，七铁路钱款，八农政，九权量。

户部

总办七：一管库，二出纳之政，三邮政，四电报，五关卡，六廨宇，系国家筑室贯于民间者，七林麓。

那威户部总办二：曰关卡，曰林麓。

学部

学部地位不同

总办十员：其一曰教务，二曰书院，三曰学馆，四曰善举所，五古文凭国书碑版古书等物，六国家书库，七掌古宝星钱币暨骨董等物，八管国家油画石像院，九管医院，十总理伦特及纡泼帅耳大书院。

那威学部总办二：一管教习事务，一管博古事务。案各部次序，瑞典以学部为之殿，那威以学部为之冠，详见上政府。

工部

瑞典不设工部，其事则各部分任之。

意国各部最为得宜

那威工部事亦殊简，正副大臣以下即司事，无总办，凡有工程均归海部、内部，其工部若虚设者然，殆不过大臣与议司事，掌图籍、估工料、监制造，而其他无与焉。查财用岁需常额，亦无工部支销专款。夫以兵部兼海部，陆营水军，其义一也；浮桩志塔，船埠工程，固海中之事，邮政电报又从而附之，犹以此二事有与海外交涉者耳。至若钱款农政，应隶户部；道涂水利，应隶工部，乃概归内部，而不嫌丛杂。名实不符，繁简失当，诚不若瑞典之不设已。盖求其设官分职厘然粲然者，以意大利各部最为得宜，且他国率以学部兼教部，而意独以刑部兼之，或亦有深意存焉。惟那威内部有掌权量之官，颇合于古。窃思市井权度，恣意增减，竞别其名，曰某称某尺，殊觉骇闻，故必谨之，示民遵守，以昭画一，夫亦行政者之要务矣。

王宫官员

大将军衔总管王宫大臣一员，随朝将军一员，典礼执事文案御厩射猎之官五，侍卫统领大臣一，侍卫十有二，妃宫执事官一，典礼随朝皆女官，各一，王子宫内将军一。

那威王宫有总管，有将军，有监督，暨掌厩掌猎者各一，侍卫四，妃宫掌仪女官一。

军营大员

国君总水陆之师，若为大将军头等提督者然。考水师官制，统领水师者即副提督，其总统乃国君也。国君莫不娴武。凡为王子，当童稚时，必出就外傅，肄业于武备水师诸学堂，与臣庶之子弟为伍，一律攻苦，馆师督责惟勤，艺成，授以武职。瑞典诸王子不得充文官，载于条例。各学馆饭食厅事，必洁净宽敞，并列长案二三，食时两行相向坐，唯王子则独当一面，如诸学徒坐于东西两旁，王子之坐南向或北向，以示区别，即主位也。至若藏

国君娴武

休息游饮食衣服之类，无以异焉。瑞典兵部大臣有统领陆路军马之责，其所管辖者，斯朵阁姥全城军马。有统带一员，职如提督；总军营统带一员，帮带一员，兼参赞，职如总兵。通国之兵分五路，每路以一提督统之。监督马队暨监督炮队技艺队者，有提督二员，炮兵总教习总兵一员，统带各得朗特全岛军马总兵一员。其水师制造船炮与一切关涉海洋事宜，俱归海部管辖，若铨选武官，仍掌自兵部。海军统带副水师提督一员，帮带三等水师提督三员，海防驻扎衔斯克洛拿副水师提督一员，帮带一员，驻斯朵阁姥水师管带一员，两处设立海军制造局，各有督办一员。

军营大员

陆营军额

陆军四类兵额设置

第一类有王宫护军暨轻快马步各一营，又有炮队技艺队运粮杂队，为数无多，与第二类合。其第二类通国军马总计步兵二十四营，骑兵六营，自京城护军之外分为五路，统带六营者有提督九员，马三十八匹，中军武官三十八员，文案三员，马七十六匹。步枪队武官一千一百二十四员，文案二百七十五员，步兵二万六千零六十七名，内队长乐人各一千有奇，马二百十三匹。马枪队武官二百九十员，文案一百三十二员，马兵四千六百二十三人，马四千六百二十六匹。炮队武官三百六十三员，文案四十员，炮兵四千二百七十名，炮二百四十六尊，马一千一百五十五匹。运粮技艺各项杂队武官七十九员，文案二十七员，兵丁一千一百七十一名，马七十匹。通计弁兵三万八千三百八十七人，马六千一百七十八匹，炮二百四十六尊。以上系第一二类常额总数也。其第三四类备额总数，步队十三万九千零六十七人，马队三千七百十二人，炮队七千一百七十六人，杂队六千三百三十三人，共计十五万六千二百八十八人，义勇一万四千零五十六人。

那威军额，自丁亥年国王谕令议院拟定，其数殊鲜。通国武官八百五十员，步兵五营，分二十队，内有王宫护军短枪步兵二队，每营有学习武弁未经充选官职者一队。短枪马兵三营，其二营分为六队，一营为二队。炮兵三小营，分九队，每队炮六尊，又一营分四队，守台兵上山兵各半。各项杂兵一营，分拆屋、浚河、搭桥、造电报、运军需共为五队。通计陆营总数约四万人，其常额在营者不过万人。 挪威陆军

水师军额船炮之数

铁甲头等兵轮一艘，马力三千一百匹，炮六尊，内有二尊系新式，计重各三十二顿，置圆台于舱面，能以机器力运动升降旋转，弁兵一百十一人。二等兵船四艘，每艘马力一千五百七十匹，炮二尊，共计弁兵三百二十六人。炮船十艘，每艘马力一百九十四匹，炮一尊，共计弁兵三百七十八人。夹版头等兵船一艘，马力一千四百匹，炮十 水师船炮兵额设置

六尊，弁兵三百十六人。二等兵船三艘，共计马力四千零三十四，炮二十七尊，弁兵六百五十七人。头等炮船九艘，共计马力六千八百二十四，炮十八尊，弁兵六百三十五人。二等炮船五艘，共计马力六百五十四，炮五尊，弁兵一百九十五人。水师巡阅轮船一艘，马力九百六十四，弁兵七十四人。近边接济军需轮船一艘，马力二百五十四，弁兵四十八人。习练驾驶演放炮位轮船一艘，马力八百四，炮十六尊，弁兵一百十五人。鱼雷船十九艘，共计马力五千五百四十四，弁兵一百七十二人。演放鱼雷船一艘，马力一百四十四，弁兵四十七人。二枝桅帆船七艘，弁兵二百四十二人。操演帆船一艘，炮三十二尊，弁兵六百十一人。通计铁甲轮船十五艘，夹版轮船四十一艘，马力二万四千六百八十四，帆船八艘，大小炮一百三十八尊，弁兵三千九百二十七人。水师提督以下官员，总兵六员，水军管带二十员，帮带四十八员，文案八十二员，其馀武弁如千总百总者在以上弁兵数内，系常额也，备额兵约三万五千人。

挪威水师船炮兵额

那威水师，铁甲兵船二艘，中有炮台，共计马力一千七百五十四，炮八尊。夹版大兵船二艘，共计马力三千四，炮七十八尊。操演兵船二艘，共计马力九百四十四，炮三十尊。头二等炮船共十三艘，马力四千一百三十四，炮二十一尊。小炮船十七艘，马力一千零五十四，炮十七尊。鱼雷船九艘，马力二千八百三十四，内五艘有炮各一尊。巡哨小轮船一艘，马力一百五十四，炮二尊。又帆船二艘。通计大小兵船四十八艘，马力一万三千八百五十匹，炮一百六十一尊。常额武官一百二十三员，在营学习水师武官九十六员，队长水手等三百五十三人，兵丁一千零六十六人，备额兵二万七千人。以上水陆各营军额，俱系戊子年数。

理刑衙门

总理刑衙门一，犹都察院也。理刑之官十有六，系代国君讯鞫案情，援引刑部则例以拟罪罚。国君有时亲临听审。凡案涉兵丁教士者，会同武官教师一二人公审。若控告大员，令议院察其实然后谳，必宰相同议院之长、刑部大臣公审，而国君听焉。其诬告者则有罚。理刑衙门三，一在斯朵阁姥，二在颖秋平，三在克利斯底盎斯带特。首领各一员，职视按察使，谳狱时居上位，定刑罚者也。两造各以讼师到案，与首领相向坐。有公断者数人坐于右，得与首领共议罪，亦得诘驳讼师。原被告坐于左，或传佐证，则上堂录供，签字而退。两造枉直情伪，讼师据理互辩，以折服缄口者为曲，谳乃成，如既曲而犹狡辩，首领得禁之。盖临审首领必脱帽置案，至是则戴之，以示意曲者即知其罪已定，无可置喙矣。西人论事，大率明晰简赅，无嗫嚅吞吐之病。凡为讼师，尤有辩才，读律必精，虽不免有强词夺理之时，而当其互辩，即至争论扼要，亦必下气怡色柔声如晤言。有疑狱，任人列坐旁听，寂静无

西人论事明晰简赅

律师辩论有理有礼

哗，不得耳语。首领之下，其准情理以驳诘之，按律例以科断之者，曰参议官；听而不言，若监督者，曰听审官；熟谙则例，或被告不倩讼师，即替其伸诉如代书者，曰大讼师。以上各官，每衙门员数不等。通国审事公堂二百有六所，其在城市者九十所，馀俱在乡镇，各有听断官暨讼师、公断人。泰西之刑既轻且清，从无胥吏差役舞弄需索呼喝鞭扑者，惟两造酬讼师其费颇巨耳。

刑轻且清 律师费高

那威总理刑衙门理刑官一长七佐，理刑衙门四：一克利斯低亚尼亚，二培耳轧姥，三克利斯低盎霜，四夺龙堆姥。此以下即审事公堂，制同上。

度支衙门

瑞典不设度支衙门，以外部兼任其事。

那威度支大臣正副各一，借债议税国用必与闻焉。

卷六 瑞典、那威内编

政治

政议自上下议院出，自政府国王画诺颁行，亦君民共主之国为然。其政治条例定于嘉庆十三年，西历一千八百有八年六月，首载国王必当信奉虑堆腊尼斯姥教，臣民不得违背国王，国之水陆军营王统之，遇有事议和议战王主之，凡选大臣、定和约、理刑罚、赦罪犯，悉惟王命，然必与政府议院意见佥同，以昭慎重。旋定议院之例，上下议院事人员皆令民间公举。传位之例，不得传女主，若嗣王幼冲，暂由政府大员听政或政府代理，若嗣位乏人，由二国公举立新君。案国律第四条，准各报馆议论政事之得失，以当遒人之徇焉。学校之制惟谨，科条之设惟宽，故国人咸知自爱而罪犯特少。其政之为欧洲所推许者，尤在

准议政事

罪犯特少

敦信修睦，善待商旅，向无货物进口之税，比年以内地稽查不易，乃征之。在意大利时曾闻彩票、食盐、淡巴菰数项由官发卖，尝以是询诸瑞人，则曰否否，我国家无与小民争利之事。大哉言乎！

国家不与小民争利

风俗

瑞典、那威两国人民相传与丹玛国均系掇冬族类，掇冬，古日耳曼地名，故瑞、那文字几与丹同而近于德国。俗秀良，乡野之夫，莫不好读能书，崇俭朴，勤操作。尝约计之，中土之民业开采，技艺无不精，北方之民业猎，南方之民业农，那威之民业渔，长于航海，俗以是多阜。性情恳挚，重乡谊，尤好客。兴造铁路在欧洲诸国为最。后方初筑时，路旁无旅馆，游人下车，各家争迎之，客以为意在得直，酬以金，谢曰：是区区者岂望报乎？卒不受。通国如此，待他籍者亦然。风气之厚，为人所称述，来游者日益众。以气候寒凛，故好饮，或自日昃至夜半不辍。西人讳言醉，虽饮久，容止犹是未有沉湎而淫酗者。凡宴会，先设案置冷炙，立而饮啖，已乃入席，酒四五种，就食讫，复设茶酒考非，于别室为长夜之饮，至是已三酬三酢，诚有乐此不疲者。即居恒晚餐，亦多有食前之饮，若他国则罕见，仅食后杯酒耳。有酒若高粱烧者易醉，乡间禁卖，乃韫椟而沽之。

好读能书

重谊好客

好饮忌醉

气候

气候寒冷，较顺天尤甚。夏日热度不过我华之春秋分，须服夹衣两袭，若夜出当拥絮，而富绅巨室犹必避暑，营别墅于乡，或在岛屿林木丛杂处，挈眷居之，然室中辄置火炉，为御寒之计，盖习俗然也。八九月间乃入城，非火不暖。窗棂玻璃必用两层，不使透寒气。仲冬坚冰，暮春始解，草木则入夏发生，秋未尽已黄落。田间树艺，岁止一熟。戊子六月朔至瑞京，不然街灯，彻夜明亮，不见星点。亥子时西望日光未灭，而东方已白。西人谓夏至之夜尤亮，室内不然烛，阅细楷新闻纸亦能憭然。惜到时已后数日。七月望后，见星点落落可指，由是晷影渐短，星渐多。重阳后已雨雪见冰，十月初旬，寒气逼人，日较短于中国之冬至矣。地气燥烈，是时勋咯痰有血者旬日，甫到时仆人有便血者。以上指京城及南省言之，若北省天气更寒。极北边界，近夏至数日无夜，近冬至数日无昼，高山积雪终年不化。

气候寒冷

窗棂玻璃必用两层

户口

瑞典户口册及一切记载之书，乾隆己巳年每阅三载汇为一编，至乾隆乙未年阅五载一编，今则阅十载一编，然每年仍有小本户口册刊印。嘉庆庚申年民数仅二百三十四万七千有奇，至光绪庚辰年民数得四百五十六万五千有奇，即西历一千七百年至一千八百八十年，此百馀年中生齿日繁，增益之数至于加倍，其所以保乂之者，必操之得其要也。丁亥年户口四百七十三万四千九百有一人，内农民二百三十五万，正得其数之半。田地业户二十五万人，商贾二十二万馀人，矿务及技艺工匠约五十八万人，无常业穷民约二十二万人。其谋食于他国者比前较少，前有五万，今只三万有奇。核城乡分计之数，居乡者较多于他国。惟斯朵阁姥京城有居民二十二万四千，各当蒲城九万六千，麻耳瞒城四万五千，其馀各城内仅一二万人，且有少至数千人者，虽地处偏僻，而农事之勤动则固异于他国矣。

百馀年中人口倍增

城乡居民

那威户口一百九十五万九千人，内约四万馀人系他国寄居境内者，光绪乙酉年数。

兵制

兵分四类

瑞典兵分四类，第一类应募兵入常额，由国家出饷糈，或三四年，或五六年，无定期，系自愿投效军营者。第二类为常额驻扎各城之乡，每兵一名给小屋一间，地数亩，充当无年限，每营有管带有队长以统之，朝暮演习，日中为农，似屯田之法。国家岁有津贴，置产殷富之家，恒集资赡足之，给以银钱粮食货物之类不等。每岁会操，马兵二十日，步兵二十日或二十二日。提督押队，兵部大员暨亲王世子督之，后数日国王亲临大阅。会操期内，其饷项路费专由国家给发，如遇战事，殷富者例得协饷增兵，似田赋之法，然国家必从优褒奖。案通国置买田地房屋业户约有二十五万人，事既易举，法亦颇良。第三类为羡卒，百姓之应隶军籍者，其期仅十二年，自二十岁至三十二岁，报名隶籍，应归何队，分别注明，平时在家演习，有事出应征调，即备额也。第四类为团勇，有事时专系防守内地及各得朗特岛，例无遣戍出征之责。此外义勇由各省自募，操演成队，不隶军籍，临事亦听军中调拨，惟不出本省境界，如保甲民团之类是也。水师分三类，第一类即自愿投效在营者。第二类为常额，有操练已成告假家居者。第三类为备额，系沿海居民之年齿相符，例应注名水师兵册者。（团勇义勇）

那威兵制，屡经更改，兹于光绪乙酉年议定新例，百姓年二十二岁应隶军籍十三年，至三十五岁出籍。初隶籍时，须入武备学堂分队学习，因事之难易以定其期之久暂，马队炮队七十日，步队四十日，技艺队如造桥梁电报等类学五十日，运粮及装载杂物等类学二十五日，其馀听差服役等类学十八日，乃入营，逐日训练，行列整齐，谓之正额。如是者五年期满，令各自归家，每年诣营操演二十四日，为境内防御，谓之副额，当四年。最后四年谓之备额，每年操演十二日。旧例，凡百姓自十八岁至五十岁，身躯壮健能应敌者，当用兵时亦须拨入备额，然新例所载在营兵额，如未经议院议增，虽有战事，不得过一万（挪威兵制）（正额副额）

八千之数，据此其非十三年期限内者，征调似可不及或自愿投效耳。瑞典、那威各以陆营练卒三千人交互驻国，随时操演，以成劲旅，使一律期年而代。水师兵制与陆营同。其海滨捕鱼操舟各业，年岁合例者皆当入册，通国陆营水军均归瑞典王国统领。

财用

出入之款预议成数

瑞典、那威每岁出入之款，必于先一年预议成数，简明赅括。今以戊子年六月经议院议准，自七月朔起至己丑六月终止，期年之款，撮其大凡，计以银两，瑞典岁入常额，国产生息铁路入款地亩房屋税，合银四百四十万零七百两，关税八百三十七万二千两，造酒税三百五十四万五千五百两，杂税及契税一百八十万两，邮政一百五十三万两，上年馀款及邮政馀款八十万零七千六百两，官银号存息无定数。通计入款银二千零四十五万五千八百两。其岁出常额，国王常供三十一万一千二百两，归各部支销者，外部十四万二千七百两，刑部八十八万七千两，兵部四百六十二万四千六百两，海部一百四十二万一千七百两，内部一百零八万七千六百两，户部三百四十万八千五百两，学部二百六十六万八千两，官俸及养老等费六十七万九千一百两，通计出款银一千五百二十三万零四百两。是以入准出，每岁约得盈馀之数五百万两，适足以抵无定额之用款。其无定额者，还国债及议院费约二百九十万两；杂项

各项入款

各项支出

之用，内有兵部海部内部学部等费约二百十八万两，待造议院官银号存积之款约五万八千两，共计银五百三十万八千两。通国教内之用由民间捐助，各城团练之费由绅富协济，无关国家用款，学馆费亦各处集资自办者诸多。

民间集资助教办学

那威常额入款，关税四百四十九万两，酒税一百零六万两，杂税九十万三千两，抽收监犯技艺工资二十四万四千两，矿务十六万九千两，国产出息五十五万一千一百两，邮政电报七十八万两，铁路一百四十六万七千二百两，杂项进款一百零七万四千五百两，通计入款银一千零二万八千八百两。常额出款，国王常供十一万二千四百两，议院费十万六千两，学部兼教务一百零二万两，刑部九十六万八千两，内部三十二万六千四百两，户部七十二万一千四百两，兵部一百五十八万一千八百两，海部四十五万六千二百两，铁路费一百三十五万八千两，邮政电报九十七万二千八百两，道涂堤岸塔灯义冢等类岁修之费八十四万两，与国交涉通商等事之费十四万七千两，矿务十五万五千六百两，还国债及利息九十万零五千八百两，各部杂项三十一万四千两，通计出款银九百九十八万五千四百两。以入准出，应盈四万三千四百两。上年自丁亥至戊子绌一千馀两，其矿务铁路邮政电报诸项出入仅足相抵或且不敷，以出款有兴造工程核计在内，非常额也。通计两国财用约需银三千万两。幅员之广如中国直省五，然中国五省有户口万万，而瑞典、那威户口六百七十万，是尚无中国十分之一，其财用少于五省之出纳无几。若以意大利

挪威入款

支出款项

较之，幅员大于意者一倍有半，而户口转少，犹不及意四分之一，财用则尤少，不及意六分之一，特以其国僻在北隅，天时地利无可凭借，专赖人力以经营之，规为尽善，奢俭得中，民数日益增，国势日益固，于以知处寒沍之地界，强大之邦而能享国长久者，其来有自。

国债

瑞典国债尽造铁路

瑞典国债，尽为营造铁路所需。结至光绪丁亥岁终，总数约计银五千七百二十万有二千两，由国库存款内陆续筹偿。查每岁铁路赢利，较之国债利息约多三分之二，如赢利三百万，债息仅百万，是所馀二分足以逐渐抵偿债款矣。西人曰不然，当以之逐渐增筑铁路，则所负国债依旧而所获赢利愈多，不更易于归偿乎？盖泰西之为国也，经营地方务使繁盛，会计财用不爽豪厘，其用意大率如此。

那威国债，亦以铁路为大宗，其馀则一切兴造工程也，同年总数计银二千四百八十三万四千两。

地利方物

瑞典、那威舆地，合两国为一大山，由东北斜至西南，极高且长。山之阳其地有宽坦者，山阴形势反而陡，中间峰岭一带，终年积雪，系交界之处。瑞典南境多膏腴，约计十六万方里，沃野平畴，厥土黑壤，村舍络绎，四望皆是居民，精稼穑，勤操作，国中粮食仰给于此。其东北隅韦堆湖之东，距都城南约五百里，则多山阜，中有地一区，方六七十里，皆荒芜，石块累累，圆若升斗，阂于耕种，名曰饿地。自都城以西五六百里，及其北境，山岭渐多，畎亩渐少，所产惟树林之利，五金诸矿。沿海有平壤，内地江湖溪涧，高下皆是，如泽国，多陂阜，而绝少峰峦。石尽灰黑色，状类覆釜，或似龟背，无嶙峋矗起者。西南脱罗耳海堆附近地方，傍铁路有石壁峭立，高自三四丈至六七丈，长十里许，曰石头城，国人谓为奇景焉。近北诸省，寒冱尤甚，其民以渔猎为生，而地之可垦者殊鲜，拟设铁路通俄国，特兴筑颇难耳。通国地亩以千分计之，树林几居其半，得四百四十七分，耕种地七十八分，草地宜于放畜者四十四分，草莱之未辟者约百分，其馀系北边不毛之地。丁亥年收获五谷共值银四千万两有奇，产马约四十八万五千匹，牛二百三十八万头，绵羊山羊一百四十四万头。

饿地

石头城

农牧业收成

那威之地亦以南省稍称膏沃，过北则山势崚嶒，不能艺禾麦，再北即冰海，有地曰甲泼拿，译言北角也。临海俱绝壁高百十馀丈，已逾黑道之北五度。舟子有至其地者，见山下花木繁盛，传为异事。其西南二千馀里为洛富台恒诸岛，有旋水，舟行绝险。国中所产惟木为最，兽类多鹿羽类。多凫，故业渔猎者甚众。渔船三万艘，捕鱼者十二万人。大鱼则以炮击之毙而后取。产鳘鱼最多，西人用其油为补剂，以治痨症。结网罟亦精。西南大海湾有城

鳘鱼油治痨症

曰培耳轧姥，为鱼市之大者，每岁获利约五百馀万两。

矿产

紧要生计
矿务为主
以铁为最

矿务为瑞典紧要生计，其开采诸矿，日有进境，以悉心讲求，不惜工资，置办上等机器，故事半而功倍也。丙戌年出矿铁八十六万二千五百六十四顿，铁条二十三万五千七百六十一顿，钢十二万零四十顿，铜六百三十顿，白铅五万八千二百四十七顿，铅四十三万五千二百零五顿，银五万四千七百四十四两。其开采熔炼技艺制造工匠等共计五十八万人。南边亦多煤矿，出煤约七百万顿，矿工二万九千馀人。矿产以铁为最，既多且佳。通国铁矿九百馀所。凡设立诸厂，自化矿质炼钢造机器轮船火车轨道军械农具刀剪针索之类，共七百馀所，皆本籍商人自为之，无待借材异地也。此外有他国商人经办者寥寥无几，惟北省一矿近时售于英商，交易已成而尚未开采。

那威间有铜铅诸矿，其铁矿殊少。京城之西约四百里有银矿，为境内获利最多者，计每岁所入约得赢利十万两。

瑞典田地房屋估计之数

光绪丁亥年，瑞典通国应完税之田地房屋，估价值银七万九千九百八十六万四千九百六十六两，不完税之国家公产及书院善堂等，所置田地房屋值银七千七百四十万四千七百九十三两，共计值银八万七千七百二十六万九千七百五十九两，其数已较前渐多。现尚垦辟地亩，兴筑房屋，若收获丰稔，贸易盛繁，值亦因之昂贵。每阅五载，官为公估。视目前之商务农务，日有起色，可预卜其价值之加增焉。

进口出口货值之数

瑞典自兴造铁路以来，各海口商务较大，而内地贸易因之繁盛。案比年贩运货物，方之二十年前，进口出口之数各增一倍。其出口者以木铁为大宗，岁计生熟五金值银七八百万两，木料银二千一二百万两。运往英吉利者最多，次则丹玛、法兰西诸国。进口者煤斤及绒麻丝棉各种织货、牲畜果蔬各类食物为数甚巨，大半由英、德、俄、丹玛、那威诸国贩入。丙戌年进口货值银约七千零十四万两，出口货值银约四千六百三十万两。

瑞典出口木铁大宗

那威贸易较小，进口各货少，巨款者惟花果五谷一类，价值五百馀万。其出口货内鱼鹿二种之价足以相抵，最多者为木料，值八百馀万，故进口出口之数所差者尚无几。丁亥年进口货值银约三千一百一十万两，出口货值银约二千四百八十万两。

挪威进出货值相当

轮船帆船之数

商船之数

丁亥年瑞典商船计轮船九百有三艘，载货之重能容十一万四千八百八十三顿，帆船三千有三十三艘，载重三十八万五千五百十二顿，共计商船三千九百三十六艘。其在斯朵阁姥者二百八十四艘，载重三万二千一百三十五顿，在各当蒲者二百五十四艘，载重八万九千三百四十九顿。此二城皆通商口岸之大者。斯朵阁姥内港浅曲，巨舰不能驶入城河，故船数多而顿数少；各当蒲傍海为市，能容巨舰，故船数少而顿数多也。馀船之散处各海口者则较小矣。其国家优待商旅。都城之西南隅，距闹市五里许，河滨有小山，筑望台于上，凡商船进口驶经是处，例得悬旗，台上亦升旗答之，然炮致敬，并以为号也。丙戌年通商各埠进口轮帆一万有七百八十三艘，载货二百十八万四千八百十四顿，出口载货三百三十万四千七百五十九顿，赢于进口三分之一。查是年出口货值银两转绌于进口三分之一，是因运入者多段匹丝绒首饰花草食用杂项，贩往者多铁木两种，以体质轻重价值贵贱例之，其数互相反。且出口仅计其就地采买之资本，进口则估其境内售卖之市价，其数又不同，故出口往往绌于进口也。

各当蒲（哥德堡）

挪威船多无出其右

那威商船总数得七千四百四十四艘，载货之重能容一百五十二万四千有七十六顿，行船为业者五万七千有三十八人。内轮船五百有一艘，载重十一万三千一百三十五顿。其出赁他国者四千五百有十艘，载重九十二万四千五百五十顿。各埠进口商船一万一千二百有九艘，货二百三十一万六千二百七十八顿，出口货二百三十七万六千有六十一顿。均系丙戌年数。丁亥年添造轮船二十一艘，帆船亦增。那威民数不及二百万，而船之多如此，以此相较天下各国，固无有出其右者矣。

铁路

瑞典铁路官商共建

瑞典铁路多在南省繁盛之区，地势平衍而少山洞，兴筑时无巨工，通计泰西各国铁路资本之轻，无过于此者。计轨道长约一万四千七百七十六里，内有五千里系国家所造，结至丙戌年止，计资本银五千六百五十五万两。商家所造之九千七百馀里，资本银不过六千万两，其费较省。是岁共计官商铁路进款，约合银八百八十三万六千五百两，用款合银五百五十一万九千二百两，得利银三百三十一万七千三百两。

那威铁路长约二千九百馀里，国家得四分之一，其资本至戊子年共计银三千万两。以都城克利斯低亚尼亚至夺龙堆姥，有格禄门山阻之，山巅高二百五十丈，开辟山洞计费颇巨，即各处工程亦难，故费巨于瑞典，然以他国例之，犹未见其多也。丁亥年进款银一百六十五万八千四百两，用款银一百二十二万二千七百两，得利银四十三万五千七百两。欧洲诸国将造铁路，无论官商，必俟议院允准，公司例得纳资于议院，非贿非质，谓之议费。英国需此款最巨，瑞典无之，且地势多坦，易于致力，地价本钱无可居奇，而境内产钢铁木石不可胜用，随在皆是，无烦移运；铁轨较小而行缓，多用单道，无双道三道者；其火车之制，煤斤之费，亦因之而小，宜其获利厚也。顾或谓铁路之举，诚便于转运，如以利言，资本之轻如瑞典，且不获什一焉，至于他国，仅得百分之一二，则更微已，而犹必亟亟然为之者何哉？曰其大致有三：商也，兵也，农也。泰西重商，海口有轮船而内地无火车，百货壅滞，则税项必绌，有铁路以佐梯航之不及，足以兴商务。边海防营间隔辽远，养兵多则帑藏虚，养兵寡则军势弱，有铁路以调遣军马，朝发夕至，则各营军额可减，足以节兵饷。至若深山穷谷，人迹罕到，有铁路则以次开辟，国无旷土，设遇饥馑，赈抚无难，足以垦田而救荒。审是则知其用意在彼不在此。且人皆有而我独无，于事理时势则又断乎不可，故如是其亟亟也。若夫商家之情形，与国家迥别，其亦毅然举办者，以泰西银行存息极微，公司招股集资，自无难事，而国家又往往贷资本以赞其成，保赢利以持其久，盖有恃而为之也。要之欧洲内地河道曲折，通达者鲜，自来铁路日见其增，夫亦地势使然耳。故凡遇旱陆则行驶火车，苟有江河则讲求水利，如瑞典之舟车并用，为得之矣。

铁路利商利兵利农

泰西银行存息极微

河道

经营河道与铁路同

瑞典之经营河道也，与轨道等，而每岁获利亦相等。地势由东南沿海至西北诸山，渐进渐高，多筑闸门，蓄溪水为港路，遇阻隔则开掘河渠，近南各城镇皆通焉。其西南脱罗耳海堆地方有直港，长约十里，宽二丈许，水清澈弥满，两岸皆坚石，尽系炸药轰击而成，为境内水利最巨工程。他处亦多有开掘者。极高河道，距排耳低克海面四百六十馀尺，若不能行船之山溪犹有高于此者，故分水道为二：其浅淤者浚之，逼仄者开之，量水势之高下为闸，使满而不涸，止而不流，以便船只运载者，曰河；然节节堵截，而宣泄失宜，设遇淫雨，或上游雪水骤至，则下游低洼必成巨浸，乃复造堰坝，择其两山相夹中有石碛，内外高下悬绝，易于泻注之处，凿石为界限，河水高于偃坝即奔腾湍激，顺其就下之性，众壑争流，汇大川以入于海者，曰溪。上游河道受山溪来源，虽大旱不竭，必与界齐，下游河道逢旱则水势稍浅，灌溪水以足之，溪与河同出一源，交相为用，而又各不相涉。盖一则蓄之使止，其势平衍，一则泄之使行，其势陡急，往往间不及里，而所见截然两途者。制造各厂多聚于山坡间，分大股溪流，借水力运机轮以省煤斤。其相度得宜疏治尽善如此。凡有闸之河道十有九，共计闸门一百七十八重。

那威南境亦有河道，以地势过高，修理工程不易，故逊于瑞典。其都城之西约四百里，贡斯卑附近之处，曰腊渐恒湖，为境内五大湖之一，周围六七十里，多浅淤，有已涨者，土肥而色黑，宜于耕种。湖底高出海面寻丈，拟开沟渠于南岸以涸之，可得沃土千顷云。

书院

纾泼帅耳（乌普萨拉）大学

瑞典国家设大书院二，一在纾泼帅耳城中山坡上，既避都市之嚣，又因往来之捷，相地得其宜焉。戊子年学徒一千六百九十一人。院系近年重葺，其绘图者乃国中大将，故结构颇臻完美，规模堂皇，工程坚致。为楼三重，上梯有回廊，列石像数躯。其后进为诸生偃息之所。前进第二层楼为讲堂，分门肄业，自为一室。室之顶饰以彩画，类皆人物花卉。有一室独异，上绘称物之天平，中央四隅各一具。导游者指而告曰：此为讲求律学者，我国家最慎刑罚，苟非当局至公无私，求其至当，未有不失于轻重偏倚者，惟如衡之持其平，如权之得其准，斯断之者无愧怍而受之者无怨憾矣。盖欲学者触目而警于心，故绘此示之，即箴铭之意尔。一在伦特，学徒八百人。

最慎刑罚衡如天平

那威大书院在京城，距王宫半里许，面南，院宇三所，作品字形。中央博物院，楼三层，第一层油画石像也。上层毛羽鳞介之属，麋鹿狐狸豺狼虎豹犬羊猕猴海马田鼠鹰隼燕雀鱼蛇虫豸，种类繁多，有猴高于人、燕小如指者，大都其北省及沿海所产，至来自他国新奇仅见者殊鲜；更上一层百谷草木之属。盖其民以渔猎为生，罗列之而识其族类之别。其地之耕种不易，试验之以求其土性之宜，民生所赖，国计所关，异乎搜奇志怪者矣。旁两院为肄业之堂，藏书颇夥，学生千七百人。导游者曰：此我国翰林院也。那威大书院即此一所，士之俊者累举乃得入，而肄业由此出身，遂可行其学于世，其谓之“翰林院”，宜哉。

学馆

大学馆一百三十所，共有学生二万人。小学馆一万零二十七所，教习一万二千三百九十人，学生六十九万三千六百八十人。此外尚有武备水师技艺航海瞽哑聋子各学馆。其小学馆半系义塾，由各城乡就近捐资设立，每岁需费约计银二百八十万两，国家津贴四分之一，系存项利息内拨给，故民间子弟皆得就学，无须自行束脩。女童专设学馆，其教习亦系妇人，大率习英法德语言文字，间涉算法，或亦旁及格致，若缝纫编织一切女工，又必有学习之所。其国家于学问一道，办理周密，不论大小学馆，必派员于各城乡巡视，各馆同门年齿姓氏录必有刊本。凡学问之优劣，功课之勤惰，行为之良莠，所诵何书，所肄何业，阅七日一计，每岁则综计之，汇为一编，俟视学者按临，馆师以是呈览，乃试其符否，以第其甲乙。举大学馆诸生考列优等者，拨入两书院肄业，小学馆之优者入大学

瑞典小学半系义塾

女童专设学馆

瑞典识字率高

馆，其不愿附入于义塾者，则必设馆于其家，亦一律考试。案前岁应隶军籍之民通计其不识字者千人中仅得三人，论者谓比来瑞人学问大有进境，良然。

不拘贫富皆得入学

那威学校之制亦相似。城中子弟自七岁始，在乡者自八岁始，均至十四岁止，此数年内不拘贫富，皆得入学。大学馆十七所，分设各城，共计学生三千四百四十五人。小学馆六千四百十八所，学生二十六万一千三百九十二人。学馆费约合银一百有六万二千两，大半由民间捐集。以上俱系乙酉年数，为西历一千八百八十五年，以总册阅十年始造，故未能核其近年数目。

书库

图书馆

斯朵阁姥城中有书库，四围多隙地，为楼三重，每重十馀间，楼梯阁板，门窗户壁，皆以铁石为之，慎厥藏也。楼下一厅颇宽敞，玻璃罩内多古书，系洋文抄本，有著色画册尽绘神鬼，盖我华僧道家物。有印度经典，书于简策，状似黄篛而厚倍之，长宽正与尺等，审非贝叶，疑是槟榔叶或蕉类也。其书纯以圈，或半或全，相聚成文，空谷传声之谱似之。楼上卷帙充栋，中国书籍往往与日本错杂，西人亦知其误而无从辨认。出数种见问，阅之，盖中国书刻于日本者。直省舆图一轴，纸色甚旧，板大七尺，而境界模糊，地名颇略。手卷一轴，高五寸，长二丈馀，纸纸深青色，以泥金书《莲华经》，楷法二王，卷末

中国书籍

不纪年不署名，未知从何觅来。因告以此卷最佳，当什袭藏之。前在意大利罗马曾观大书库，搜罗富有，只以逼近嚣市，筑室之法无此周密。其纸以羊皮制者为贵，白净坚厚，每叶高二尺，宽尺馀，尽系手录。有汉文抄本，殊庸劣，至以日本者为中国，厥弊维均。五经四子书之翻成法文者，各库皆有，谅译者必淹通之士，惜匆遽未及借观耳。

四书五经译成法文

商会

商会由国家设立，商家捐资，国君简亲王为督办，绅宦为总办，佐之以司事，与诸富商巨室联为一气，凡有利益之举，莫不为之。筹画招揽承办诸事，商会得以居间。各国都城及通商市埠之繁盛者必设之，以助商部之不及。瑞典都城，商会事务烦剧，督办者为王子，总办名戴虚。勋等入境时，其内部派戴君暨水师制造监督崧耳恪林导游，极承款曲。其司事皮耳脱者能英法语言文字，会中委令游历中国、印度、日本各处通商市埠，专纪商务，约三年始能周遍，拟设公司运钢铁及杂物至中国售卖。戴崧诸君尝谓中国大宗贸易大率由英商承揽，而英商则仍购各国之价值相宜者以往，即如从前之钢炮、近时之铁轨，皆伦敦商家来瑞典采办，转售于中国，若得设立公司，互相交易，则两中商务大有裨益，特虑道路辽远，往来运费不资耳。

商会国立亲王督办

拟设公司与华贸易

地理志会

应邀听讲地理志

戊子五月末，由意大利抵瑞典，即次都城，阅四月，游既竟，寒气渐逼，将赴葡国而未发也。九月下旬，毖耳恪林邀往听讲地理志，且言同人愿见，今已濒行，借是欢聚，可乎？诺而往，诸人已登堂宣讲。堂大容二百人，讲者坐，设大案，置书数本，照相数十叶。其人游阿美利加回国中，博雅士也。右旁悬巨幅舆图，左旁各报管执笔者。是日会中至者约百人，皆故家望族，亦有二三妇女，列坐数行。第一则讲北阿美利加洲人少，土著由亚细亚往者居多，古时髑髅可验也。朗朗数千言，惜系瑞典语，不能解，毖君为述其略。既终篇，少停又讲一则，复入席饮啖，尽欢而散。聚时戌初，至是已丑正矣。斯会也，固不仅考其山川道里风土人情已也，凡盛衰得失之故，五行百产之精，莫不探赜索隐，穷其事物之理，同人亦得辨析，必言简而意赅，君子以朋友讲习，故谓之会，曰地理志者，其所包者广而其为益也大。泰西各国皆有之，以视侈宴饮竞征逐者，不诚相去天渊哉！

五行百产莫不探究

铁器博物院

乏伦铁器博物院

瑞典都城过西北二度有省会曰乏伦，中有铁器博物院颇著名。及入其室，则一览无馀。无机轮枪炮，亦乏大件器皿，凡有陈设者，钢铁固佳，而物皆习见，窃为疑讶。既而察之，则知诸物之所需者要而其为用也繁，正如布帛菽粟，利赖无穷，非若奇器鬼工，无关实际也。院为高楼一楹，广二丈有奇，长约五丈，楼梯旁置犁数具，皆装就者。犁镵前屈曲之木，越俗名犁冲，镵长尺许，前锐后平，后阔五寸馀，竖长方铁片，宽称是，长尺有咫，微凹，作侧势，左旋耕则土块落于左，形制与我华悉同。院内诸器悬于壁列于架盛于匣，精细者玻璃笼之。如兵农之具，则有甲胄戈矛钯锄镰锸；工匠之需，则有斧斤钻错刨凿锥锯；庖厨之供，则有刀叉瓢杓壶铫锅铛。又如针烙刀剪，佐女红也；盎钵筒瓶，资玩赏也。至于枢钮镉钥钉索钩镮之式，不一而足，有丝细如发片薄如纸者。柜列矿石数种，瓶储强硝硫磺，皆土产。闻是院之创造已逾百年，诸器之杂陈盖亦多日，乃视之其光莹莹，叩之其响铮铮焉，鉴藏亦精且善已。近城多铁矿，拟往观，毖君尼之曰：矿惟轰击装运，无他技能，深入坑中，徒劳足力耳。遂止。

犁镵形制与华悉同

百年陈设鉴藏精善

瞽人院

瑞京之乡有瞽人院，乘火车往约五十里，地僻静。凡瞽者至十岁外送入院读书。书用硬纸敲成，字画作凸形，以手摹其文，读之既识字。男人教以各种技艺，女子教以缝纫之类，务令娴熟一业。院内约二百人，教师指地球一

盲人教育手巧心灵

处问一小鬟，即触手答曰天津，又问，曰广东。球不甚大，而了然于心，手熟之至矣。

哑人院

聋哑教育孜孜不倦

哑人院，读书则以十指作势，象二十六字母凑合成文。两哑相遇，各以手谈，甚为便捷，其学业亦易于瞽者。时见教师率二三十人间行过市，导游者谓我国哑人颇多，计近南诸省在院者二千馀人，通国当倍之。瞽者能视，哑者能言，皆代之以手。在上者为之经营其事，孜孜不倦，足以补造物者之偏缺，其成全为不少矣。各国皆然，教法亦同。

邮政局

邮政

丙戌年瑞典邮政局共二千一百零三所，寄信及日报书籍等一万零一百十五万件，进款约银一百四十二万两，用款一百三十六万五千两。

那威同年邮政局一千二百十七所，共寄信四千一百一十万封，出入之款仅足相抵。

电报局

瑞典通国有电线之路约一万六千七百里，共计电线长

电报电线

四万二千六百里，设局二百馀所，寄报一百二十四万馀封，进款约银三十万两，除用款外略赢，丁亥年数。凡官家铁路公司所设电线并有局三百馀所，不在以上数内。

那威电线路并铁路公司所设者，合计长于瑞典二百二十三里，线长三万零三百八十里，局三百馀所，寄报八十五万四千馀封，是年进款约银十九万八千两，用款二十六万两。查各国邮政电报，赢利无几，或且折阅，十馀年来，泰西邮政电线有增无减，苟利商贾必为之。瑞典、那威所设局较十年前各增五分之二，国中贸易倍于从前，则知其增设之意将以兴商务，非于此两项求利也。

卷七 瑞典、那威内编

斯朵阁姥

瑞典都城也，北极出地五十九度十五分，赤道北五十九度十五分，顺天府西九十九度七分，在其国之东南，美拉湖之东，排耳低克海之西北隅。港汊纷歧，林麓蓊薱，北接陆地，东西南环以群岛，有小不及里者，总计得百馀处。距海不过七十馀里，而旋绕以入，自辰及未始达。近内湾折浅狭，不容三四桅巨舰。阖城五岛以桥通之，傍西北一岛建王宫，向东北，前架石梁，宫门高敞，列铜狮三，四面临河，皆城中极繁盛之区。宫之右列衙署。市肆有桥，甚长，跨三岛，以置铁路。登宫楼俯视，轮船电掣，商旅云屯，全城形势都归眼下，为境内第一市埠。其东南两岛，一为经营水师之处，一则仅供都人游嬉，凡园

都市繁盛 商旅云集

民间情调 太平景象

林戏馆茶肆酒楼与夫一切玩具咸在焉。夏日午后，纳凉者群集，遍于山上，或坐或憩，乡人或携酒食，席地欢饮，人影衣香与野鸟山花相披拂，恍然见太平景象。其乐熙熙，不至奢侈，视他国为不侔矣。

在斯朵阁姥北二十馀里，由此往纡泼帅耳，有官家铁路。村落在道旁，山隈有一厂，是懒姥设以造倍耳里脱炸药处。

纡泼帅耳

纡泼帅耳城在斯朵阁姥之北稍偏西，计程一百二十里。火车轨道其直如矢，河道略纡，即美拉湖北岸，有支河以通之，河底深丈馀，轮船得直抵城内。其地气候亦清，土田尚沃，屋宇整齐，街衢宽坦，有贸易而少制造。城隅大书院一所，防兵一营。为都城以北省会之最大者。阖省户口十二万人，居于城者二万一千有奇。

纡泼帅耳（乌普萨拉）屋宇整齐街衢宽坦

乏伦

由纡泼帅耳乘火车往西北四百里，至乏伦，距斯朵阁姥五百二十里。河道虽通而较远，以地势渐高，须过闸门数重。西百里有大湖曰细利盎。由西北发源曰蹈耳河，分东西两道，纳众壑之水，各长四白馀里，近城西乡，两河汇流，曲曲向东南行百馀里入大江，又折而东北四百馀里

乏伦（法伦）

铁路四通八达

以入于海。城中户口不及万人。有铁器博物院一所，以附近各乡多铁矿，产铁最旺故。铁路分数道达南边诸省，其西南八百六十里即各当蒲海口，轨道直捷而少纡折，便运载焉。自城以北只有一道往东，至延忽来省傍海向北，直上四百馀里，印大耳斯河之南折而西行，抵那威夺龙堆姥海湾，由印大耳斯河过北百馀里，近罢得尼阿海滨，其东岸即泛朗特之物捱牌，海面宽约五百里，瑞典与俄罗斯铁路已各造至其地，将来拟从北边兜转，通共二千里有奇，计工程正各得其半。惟北边近海湾尽处吕来捱口岸，有一道向西北通那威洛富台恒海湾之内，约千里，由商家承造，现已造至中途。案北省地面诚广，然已届黑道，人烟稀少，苟铁路之有无，无关利害，似可无烦兴筑矣，乃其地多未开之矿，非是则人力所不能至，直弃之如遗耳。且俄已将逼其北鄙，而瑞犹宴然处之，一旦有事，其何所恃以保边圉哉？顾势有缓急，事有先后。其已筑之道，因其所当为，以言转输，则东偏西偏各通海运，以言货殖，则矿务商务自有生机，此补偏救弊之方也。其未筑之道，出于不得已，俄增瑞亦必增，勿偷安以贻祸，俄止瑞亦姑止，勿劳民而伤财。此制治保邦之意也，其筹画不诚详且尽欤！

制治保邦筹画详尽

散夺尾铿

散夺尾铿（桑德维肯）

散夺尾铿近延忽来省城之南，由乏伦乘火车东行至此三百里，地极平坦，而道尤直捷。在纡泼帅耳之北稍偏西，距斯朵阁姥四百里，轨道有二，其一由京城西北经纡泼帅耳向北，直至延忽来海口，转折而西南数十里，其一由轮船渡美拉湖，距京城西二百馀里，湖之北岸有城曰韦斯忒腊。车道向北行二百里，跨蹈耳河即至其地。由是再向北，直上六百馀里，抵脑阿兰之南，除寒带下横亘之道，当以此为极北者。散夺尾铿本系荒郊，三十年前尚乏居民，自筑铁路后，设制造厂，户口日增，竟成巨镇。匠人半在村外，聚族而居，比邻相接，为屋百十所，疏散而又整齐。每屋三间，自成一家，开轩面圃，编花木为藩篱，艺蔬菜瓜果以自给，两旁多隙地，种树成阴。入其室，见厨灶床榻，亦颇精洁。匠人勤操作于厂，家属执女红于室，即鸡豚狗彘之畜无不备，家裕户饶，熙然自乐，以视他处厂工，迥不侔焉。异而询之，乃知由商家购地筑室，贳与工匠，订定章程，令居住者每年纳赁屋费若干，至若干年本利收讫，作为居住者己产。如造屋费本银百两，岁纳赁费十四两，以十年为期满，若本重则展其期。是在商家每年收回本银十分之一，又获利银四厘，在工匠得零星置产，与住他屋不同，彼此计算，两得便宜，而尤利于商家。凡厂大者工匠必多，抚驭为难，如或失当及暂时停止工作，最易恃众滋事，大半由于无田庐之依恋，升斗之积储耳。近年法国各大厂辄因停工激变，当轴者时形掣肘，几无策以制之，不知苟得其道，停工何患，况筑室者能使地方繁盛，尤一举而备数善者哉！

修路筑厂竟成巨镇

家裕户饶之原因

淘姥乃物忒

淘姥乃物忒在乏伦西南百馀里，附近多铁矿，设厂于溪旁，以化矿质炼精钢，亦制水轮机器。其厂后山凹内筑一小室，中置水轮式样，下为方丈浴池，引山溪之水自上而下，由水轮过，轮轴系直竖者，试之颇灵便。西北四十馀里即东西两蹈耳河汇流之处，至此经厂旁过往东南，河两岸相距约五十丈，铁桥横亘，高约八丈，分上下两层，上铺轨道，下走马车，两旁各有路，以便行人。乏伦省内少官车厂，由此东南往斯朵阁姥，西南往各当蒲，皆商车，惟中间一道往麻耳瞒者约千二百里，官家之道为多。

双层铁桥

脱罗耳海堆

由淘姥乃物忒往各当蒲轨道向西南二百馀里，歧而为二，一道为南行，不及百里，抵韦柰湖东北岸，舍车以渡。一道由西行百馀里，折而西南，傍湖滨约五百里至南岸，湖尽，曰懒纳姥，国之大商胜特跛居于是乡。其附近山间有峭壁一带，即土人所谓石头城者。稍南曰脱罗耳海堆，有河与地名同，为湖水入海之道。轨道傍河东岸百里，至各当蒲海口。脱罗耳海堆山阜重叠，溪涧交流，沿溪多设制造厂，皆以水力运机轮。其最大者为造火车之厂。主人相待甚厚，观厂已，赠照相二十馀版，皆诸式汽

造火车厂

车也。谓村后有大瀑布，盍往观乎？诺而从之。上小山之巅，远望三里外，其地形颇高，溪水湍激而下，触乱石溅细沫如雾，不辨村树，水从山下过，目光为之摇，亦足移情，然实非瀑布，盖溪流之急者耳。乃登杰阁，题名于册，与同游者留小影，遂下。行数里，陟一山，有亭翼然在其巅，凭阑俯视，亭外石壁如削，其下为亹，计距水面丨馀丈，对岸高亦如之，中宽仅丈馀，石色黝暗，口光所不到，可知当时开辟工程之巨。复邀往观闸。其地之相去不过半里，为闸门四重者二，每上一重，水势高六七尺，则八重共得五十馀尺。自下望之，见岭头林麓之上，时露风帆一角。由海抵湖，经闸门十六重，人力至此，伟矣哉！

各当蒲

各当蒲亦名远堆薄，以其地属远堆兰部也。在斯朵阁姥之西偏南八百二十四里。通商市埠，此为最大，贸易之盛，胜于都城。帆樯蔽日，楼阁冲霄，河渠池塘，园囿林麓，悉臻美备。户口约十万人。近因货财日盛，制造日兴，乃复拓地营治街衢。有小河环围如带，河外皆新建立地，故分新旧二城。火车由此至都城，程途稍觉纡回，以城东二百馀里，有韦柰、书堆两大湖间之，取径于两湖之适中，自西南斜行向东北，长数百里。其赴那威京城之道，傍海向北直上略偏西，计程六百四十里，较为直捷。

各当蒲（哥德堡）通商市埠此为最大

湖通于海巨舰出入

内地水道，亦可由韦堆湖通达各大城。湖之来源在那威京城东北四百里丛山之内，有大湖水向东南入格拉河，二百里抵瑞典界，又东南四百里入于湖。湖西南尽处即脱罗耳海堆河，至城北隅以入于海，故以此为荟萃之所。且地势极得形胜，其海口正西二百里为丹玛之极北地角曰斯卡旋恒，由西北折而西南为斯卡旋腊克海湾，约八百里出口，各国巨舰皆由此入，火车之往来欧洲者亦得由地角对渡，然不若麻耳瞒之尤为便捷也。

泊福斯

各当蒲之东百馀里曰泊福斯，在商家铁路之旁，轨道向南五百里即麻耳瞒，其地村舍散布，溪河四达，自此往北多山岭，有本籍商人设炮厂于此。

斐恒斯蓬

泊福斯东南百馀里曰斐恒斯蓬，纵横二三百里之内，仅有商家小铁路数道，其河道北通两大湖，西南达各海口，有枪炮厂。商人住宅，规制雄伟如王宫。主人出所藏中国笔墨索书，为留名，译法国音注之。又以华人小影见示，盖即信彼教之闽人题名于乏伦博物院者，影作侧形而无眉目，时在百年前，未有照相之法也。

商人住宅规制雄伟

中国笔墨

麻耳瞒

由各当蒲遵海而南偏东一度，计程五百五十里，为瑞典极南海隅，曰麻耳瞒，在斯朵阁姥西南一千一百一十里，皆轨道。伦特省城在其北，仅隔三十里。铁路四达，附近各口岸商贾咸集于此，内地贸易繁盛，亦一大都会也。自此东北方广五六百里，壤地皆极平坦。南临圣特海峡，即日耳曼西北边境。丹玛都城在其西，海面宽三十里，半渡则望见，两岸往来便捷，一船日航数次，故无庸巨舰。船埠对岸有沙涨一区，设制造厂，铁桥通焉。桥外二里许即海口。南北两岸较宽，筑石堤以捍波涛，留一隙容船出入。堤两端相距甚近，造塔灯于其上。居民四万五千馀人。自斯朵阁姥及各当蒲二城之外，当推此为市埠之大者。 麻耳瞒（马尔默）亦大都会

爱斯基耳斯的纡乃

爱斯基耳斯的纡乃在美拉湖之西，由斯朵阁姥至此，计水程约三百里，轮船一夜即达。火车路较远，商车轨道在湖之北，环绕至湖尽处，从西兜回。又一道在湖东南，系官车，半道换商车，势如弓曲。两道各得五百馀里。其地颇似乡野一村镇，街衢不甚热闹，民数不及万人，为工匠者居多。有铁厂一所，基址宽大，制造杂项机器，常时 铁厂厂主饱学之士

工作五六百人，多至千馀人。其主人住家厂内，系饱学之士，和蔼可亲，极承款曲，为言制造之利，以寻常论，每岁所获约得十一而稍盈，有时仅数厘，微如银行之息，至若多至二分以上者盖亦仅见。城中多技艺诸厂，但较小，各种刀剪农具之类是也。

发哥斯带

商家迎勋观者如堵亲朋满座问中国事

爱斯基耳斯的纡乃之西约百里曰发哥斯带，中多树林，为王家所置产，派弁兵守之。有炼钢之厂，以纯钢抽丝制造绳索。厂旁溪水平衍，半里许流入湖，势甚湍急，设水轮于湖滨，以辘轳架铁索，节节引入厂中。轨道河道，皆能通达。附近多村舍。由爱斯基耳斯的纡乃乘舟往，抵岸，商家以四马之车来迎，观者如堵，尽厂中工匠家属，欢呼道左以致敬。及入其庭，则亲朋满座，乃知勋等将往而预邀至者。主人有孝行，老母年近大耋，艰于步履，其坐具有轮，而室中无阈，行则推之，主人时揣寒燠问安否。同胞者四人，二姊一弟，俱老人不嫁娶。童子数人，其从子也。乃设盛馔款客，老人自为主，辄问中国事，耳重听，大声答之，有所闻则颐为之解。筵散，以二人为偶，或闲步园林，或登楼打弹，或出精巧玩具似叶子戏象戏等类，必令诸客尽欢。游瑞典时，凡无旅馆而信宿商家者类然，北道主人其贤也如此。吁，足以感已。

林秋平

爱斯基耳斯的纡乃之南，计轨道二百里，在海湾内大江之旁，曰脑秋平，再往西南八十里曰林秋平。轨道距斯朵阁姥四百一十里。往麻耳瞒必由之路，故地方繁富，有织布染色及自来火技艺制造诸厂。水道通达各城。城之东有远堆河，国之大川也。一日乘马车游于河滨，毖耳恪林指谓曰：此河上游之韦堆湖通气于瑞士国之贡斯当斯湖，若值水落时，彼必盛涨，此涨彼则必落，自来无爽者。询其故，亦不能答。贡斯当斯在瑞士东北边境，由挨耳泼山发源，湖水向西流入德国之耳兰河，经荷兰国入北海，曲折千五百里，两湖之相去也南北二千五百馀里，有圣特海峡及丹玛、德国以间之，若以陆地论，当由东北入俄罗斯折向西南，由德国以至瑞士，则更远矣。且两湖皆上游巨浸，下注于海，海水不能逆行，无涨势，其非潮泛可知，顾乃互相消长，如此奇已。

林秋平（林雪平）

瑞典之湖与瑞士湖互相涨落令人称奇

马带腊

由林秋平溯远堆河而西百馀里，傍韦堆湖东北曰马带腊，在河之南。河东流百里，近林秋平，分二道，其一径趋而东约百里经脑秋平，又东百里入排耳低克海；其一即向林秋平南行，多支河，汇众壑之水，四百里以入于海，

马带腊（穆塔拉）

统名远堆河。计闸门五十八重，境内他河之闸无多于此者。湖之西，河道四达，能通韦柰湖。轨道约五百里至各当蒲，由城往西南七百里为麻耳瞒，两处道皆直捷。城中厂房极盛，有制钢甲造火车轮船机器自来火木纸等厂。造舟车之厂颇大，商家设有学塾，为厂中工匠子弟读书，其塾内列各种木器之式，皆精致而小，计百十事，系诸徒手制者。

工厂极多
设有学塾

克利斯低亚尼亚

奥斯陆
旧称

那威都城曰克利斯低亚尼亚，赤道北六十度，黑道南六十三度二分，顺天府西一百有六度三十分，东至斯朵阁姥计轨道千有三十里，正南至丹玛斯卡旋恒海角计水程四百五十里，深踞湾内，距海口一百六十里。城南向，纵四里，横倍之，依山面水，形若飞鹰，首略侧，为经营水师处，有散小炮台。稍北半里即阓市。左右两肩际各有火车栈，有船埠。城外溪流一股自北来，曲折向东南贯全城，其附近十馀里之两旁，多设各项制造厂。街衢以阓市之北横亘一道为最宽而直，计长二里有奇，东抵火车栈，西入王宫园林之内。宫在山坡上，园颇大，傍西有池二。戊子年城中户口十三万五千六百十五人，前十年仅七万馀人，增益之数几至相倍。即通国各城每阅五年一计，辄增十之二三，各乡只增百之二三，可见制造贸易渐有起色，种植之事不免限于地利云。

十年之内
人口激增

好登

好登在克利斯低亚尼亚之南，计轨道一百九十里，水程约百里，距海口六十里。城踞西岸，距东岸十馀里，然有小岛数处，轮船出入，必得逼近城外二三里内经过，故以此为京城第一重门户。入内复宽，向北三十馀里则又窄，仅如港路者，约二十里，为第二重门户。东西两岸其地狭长如岛，伸入湾内，东岸向北，西岸向南，参差相对，中留一隙，口内多暗礁，船不易入，诚天险也。好登驻水陆师，设水师厂，基址宽大，而屋宇机轮无多，盖以备修理船炮，或亦兼及军械。厂旁小山上有炮台，登而观之，见台外有湾如湖，台在湾内，远望则多所阻隔，揣其形势，殊非扼要。台固旧式，已历多年，殆陵谷变迁，在当时或不尔耶。窃疑新式之台别有所在，然禁他国人入览，欧洲通例也。抑又闻诸西人，谓那国炮台无紧要者。

好登（霍滕）

京城门户驻水陆师

挪威炮台无紧要者

贡斯卑

克利斯低亚尼亚西南百七十六里，有城市在山阜之上，曰贡斯卑。山下设制造火枪厂，已历四十八年。距城约二十里有铸金银铜钱厂，往观，正值停工。丛山之内有银矿。

贡斯卑（孔斯贝格）

卷八 瑞典、那威内编

枪炮厂

枪炮工厂官商皆设

枪炮厂官商皆有开设，钢铁纯净，制造精良，其厂之大而专。铸炮位者在南省之泊福斯，系商厂，即以地为名，能铸四十馀顿巨炮。见有二十馀顿者二，其一铸后新出于范，一已架机上用钻。惟十顿以下者最多，法愈善而售亦广。均系后膛，中有旋纹，铸时炼钢至极纯，倾范内，约重千斤者，粗如升，长三尺。厂中有缸，围盈丈，深丈许，以大半埋于地，满储青果油，旁有灶，其状似炕，中实煤炭，以巨练运炮卧其上，覆铁版烧令尽赤，起竖浸入缸，油沸火然，少顷缒上，犹赤也，再入，火渐熄，升降者三，烟灭为度，能令钢性略柔，乃上机用刨，炮转运而就焉，钻孔亦然。后截装药弹处裹一环，环内径约五寸，博八寸，厚寸馀，用钢块烧赤，以机轮轧成，内外磋刮圆匀，持规细测环内，必使小于炮外一纸，既准，烧赤套入，一如熔成，无豪发隙。后膛启闭机括，斗笋合缝，多赖手工，非机器所能为力矣。计重四五顿者，后亦上环。丹玛定造四十尊，派武官驻厂监制。环径尺许，遍列小室，监制者一一测验，以白粉志环内。已购两巨炮去。闻三年前英商购一车炮运往中国作式样，约重千斤，价银六百馀两。连架炮新式后膛即顷所见浸油一种，视克虏伯之制无少异而值较廉，因厂中炼钢既极纯净，虽有大锤，比来已可不用，铸成坚固无比。彼厂犹用大锤，一炮必数次烧击，多费煤斤，况交相比例，铁价匠工与夫一切资本费用则又悬殊故，均此一式之炮，彼必昂贵而我得平允也。若各购一尊试放，当自得之。盖主人之言如此。官厂在斯朵阁姥及街斯克洛拿，制造师船炮械。都城附近之麦利爱培制双筒枪，一次藏药弹九枚，他国所制或多至十七枚。商厂在斐恒斯蓬有铸炮者，兼制枪，备大小长短诸式，多系猎户用。都城有制新式手枪者，极佳。

英商购炮运往中国

炼钢纯净炮价较廉

双筒枪

笔码厂

然枪最初用火绳，旋易之以铜帽，后又变焉，制铜管长寸许，药弹实其中，其名曰笔码。以机轴轧铜为版，凿成圆片，形如钱，初压如碗，再压如筒，底平边竖，屡沃以沸汤，使不裂，更数机则如管，长盈寸，底周围起圆

枪之笔码

线，中微凹乃成。以引药少许涂管底，中置火药，衔弹于口。弹以铅为之，形长，前锐后平。制造之机大小十馀具，火炉蒸锅皆备，各有铁架，颇精致。购自英国，价七万三千两。一日成万馀枚。此为国家必不可少之厂，无论有事，需用浩繁，苟或告匮，虽命中之技立困，即平时训练士卒，演习准的，非此无以成劲旅。购自他国，毋乃縻费，故必自制。岁计若干，分给各营存储武库者，胥于是乎在，诚有以多为贵者。厂在麦利爱培枪厂之旁，附近村落悉住弁兵，山内地僻林深，校场宽大而平衍，为操练枪炮诸队者，国家设武备大学堂大兵房于此。

日成万枚 国不可少 非此无以 成劲旅

那威笔码厂在克利斯低亚尼亚山坡上，其机器亦购自英国者。厂屋方整，一间列十馀机，周转作四方形。炉在别室，布置遒紧，制法悉同。窃思笔码之名，殊不可解，若铜帽圆顶，其下有檐，似洋人冠，故名，今笔码式似铜笔帽而短，意者码帽转音之误欤？既装弹，形似笔，出则疾于马，谓之笔马，不尤可傅会欤？且二字固非西语也。自来器物之来从外洋者，辄沿用其名，闻之竟不知为何物，而机器尤其中多零星，名之不识，实将焉求？必也有意义，可译则译之，否则为命以名，如绘图注曰甲乙，缀说于后，当曰甲为某，作何用，乙为某，作何用，庶业此者易识，览此者易晓焉。

笔码之名 殊不可解

鱼雷水雷

水师用以攻敌船者，炮之外有二，曰鱼雷、水雷。鱼雷范铁片为圆柱，围约二尺，长丈许，头锐，置棉花火药，适中一杆大于拇指，直达至尾，为铜叶四，悬师船头舱下，近水面有月窗，并列如鼻孔，临阵发以机，鼓气而行，形似游鱼，触敌船，炸力极猛，然行不过三十丈，气息即止。惟专用鱼雷小轮船舱面低于水，仅露烟筒，一艘只数人，每出或数艘或十馀艘，四处飞集，执是役者皆效死力，敌甚畏之。水雷如圆球，中实炸药，外围可七尺，散布口内外要害，各通以线，聚其绪于防营，分甲乙为识。寇至，如测其船经甲上，由甲线发电轰击，无不中者，其法胜于鱼雷。瑞京水师鱼雷船无几而水雷甚多，一日入厂，见兵丁群集，出所藏水雷除锈添油，约百馀具。盖海口入内远，又多歧途多浅淤，节节设险，巩若金汤。那威京城有船厂，用木为船坞，其法颇巧，厂中所造，渔船商船过半，亦有师船。监工者出图见示，阅至一叶，谓此系前岁俄罗斯向本厂定造者，二艘一式，闻驶往中国黑龙江等处，式与意大利利伏恒官船厂所见者同。观此则俄人之经营水师已可概见，故或谓埋水雷于海口以资固守，尤当置鱼雷于师船以备远征，二者各有所宜云。

水雷之法胜于鱼雷

俄定两艘驶往中国

熔化铁质

矿质皆灰白色石块，石内似碎米者即铁屑，佳者屑多于石。熔化之炉，以巨砖砌成圆形，围二丈许，高三丈，下旁有窦，以砖泥封固，矿质煤炭自上口倾入。厂内地上铺黑沙泥甚松，划泥为槽，十数行，长六七尺，既熔凿窦，令流入槽内，以次递满，即成生铁。

炼钢

炼钢之法极纯且速

炼钢之法，极纯且速。每铁百斤可炼至八十七八斤，耗折有限，加以煤斤工费，其值贵于铁者仅十分之二，故凡轮船轨道机炮机器向有用铁者，今皆用钢，愈臻坚固又悠久也。炼钢炉生铁铸成，内外垩泥甚厚，巨如大石缸，上下小而腹大，两旁有耳架之能转动，中有窍通铁管，十馀丈外设方丈火柜，烧煤令火入管。又一室设铁筒三，各径尺许，出地三尺，筒底有铁柜，亦通于管，以木屑杂泥土纳筒口，频纳频筑，使其中不生火而生烟。距此数丈设吸风机轮，驱烟火向炉奔注，先以他炉熔铁，火候既至，用蓝玻璃眼镜窥之，见铁汁如白水，明净无渣滓，乃运以铁桶，倾炉内，转炉口略侧，开其窍，风火激荡，其声震耳，火星万点，飞喷而出，红光高二丈，似花炮喷筒，皆铁屑也。由是光渐缩渐淡，点渐少，约至一刻或十二分钟，火缩至二尺馀，光纯白无纤微点，仍入桶。桶底有窍，启之灌长方范内，成巨块。每炉炼钢得万四五千斤，作七八块。瑞典厂之大者必自炼钢，如淘姥乃物忒、泊福斯、发哥斯带诸处皆然。亦有专制钢块钢甲出售者。试钢性之坚韧，其法不一，最确者以厚三分方五寸之钢片，不必入炉，但用大锤轻击之，初折为二层，再叠为四层，无稍裂痕，恐绕指之柔不足夸矣。 瑞典大厂必自炼钢

银矿

那威之贡斯卑地方，乘马车曲折入丛山十馀里，有银矿焉。石灰黑色，矿高广不盈丈，深十六七里，铺轨道直达于内，坐车入。车制颇异，以四轮架木版，轮殊小，径不及尺，版厚二寸，长约四尺，博三尺半，中设横凳，版下有机括，通铁条于上，条端横木六寸许。车容三人，一人坐中间，向前两手握横木推挽之，二人背坐于旁，毋竖立，毋妄动。中昏黑，然油灯入，行颇速，一刻七八里。其间甚宽广，适得其半，遂不复进，乃下车，拾级以登。有石室方二丈，中置汲水机器。铁路旁有穴，梯而下，皆水也。矿质尚多，向下开采已低于海面二十馀尺，随汲随聚，取之不竭，令流山外过厂中，为鼓动水轮之用。作工者各悬一灯，凿壁采取，或轰以炸药，声甚震，必先鸣号，恐惊众也。矿银色白亮，粒大若碎米，细若芝麻，半在石甲，似有纹可觅。以铁桶运质入厂，块大者击碎之， 银矿开采

分粗细纯杂为数等，再以机杵捣成细粒，摊于木床。床宽五尺，长丈馀，边高二寸，并列十馀床，微侧向外，令时时震动叩向内，各设管，有水冲下，石质轻，震则随水向外，银质重则向内，复盛以盘，于水中淘汰之，其石中未净者研粉，架木为沟，粉和水流出，有长方水柜，距水面三四寸，承以密网，网底有吸力，水经过，有银粉即吸入，取之务尽，然后入炉铸为大条，重约三百两。炉房内列矿质甚多，皆本矿所出，有如须发成绺，禾麦结穗，又如点滴凝聚，根株郁蟠，最巨之块重千两以上，皆极纯粹不粘石屑。其原物已熔铸，此则凿巨石贴银肖之耳。盖由大气磅礴结撰而成，洪炉之鼓铸胜于巧匠之经营矣。工作共二百人，督率唯谨，不得擅离。夜则群聚而卧，刳木为榻，每室列数十具，以铁丝高悬焉，中宽尺有咫，锐其两端，仅容一身，杭州西湖有小船名瓜皮艇者似之。

瓷器

瑞京北隅有瓷窑，室中排列已成诸器殆满，多花瓶。其极大者高三尺，绘五色花卉人物亦工，值颇昂。无花盆。曾于意大利见白瓷者二，形色类江西窑，上绘花鸟，乃西人笔也。其酒杯用玻璃，无用瓷者。碗但见粗劣者，供庖人用或作盆盖。饮考非亦用小碗，其坯差厚，精细者偶见之。具膳每食几品则易几盆，故窑中造食盆最多，质松而厚者全白无画，稍薄者以纸印花粘其上，印之如青花

意国白瓷形类赣窑

考非（咖啡）

瓷，或用乡间女工著色。其极精者必令名手绘古今人物，悬之壁间，以为珍玩，虽径尺之盆，价数十金，有贵至数百者。作坯砂质亦洁白，且薄而能坚，惟外层所上之油，细察之光泽稍逊耳。造法：置一轴粘坯于其端，以绳绕轴数匝，或用辘轳，皆以足踏之使转，指头挟铁片按坯上刮之，不用机器，谓一切淘砂制造之法，皆仿中国。近城亦有陶器厂，造盎钵盂罐之属，法相似而较速。西人初见中国瓷器，宝贵之以为不可及，今渐推渐广，诸国皆能仿造。然近年东洋贩往者殊夥，辄以重价得之，指为中国物。其鉴赏犹有未精者，政不独瓷器然也。

制瓷之法皆仿中国

木纸厂

瑞典多木纸厂，大者十馀家，制造广幅洁致坚滑，足供境内用，又能运售邻国。法用杉木围一尺七八寸者，去皮尽截为段，长尺馀，竖插入磨机，轮转极速，中有水管，木屑和水度入池，以机搅成浆。初犹粗浊，少顷又过一池，则质腻而色白。复过入床，有密网筛去渣滓，细浆和水沥下，则极纯净矣。乃流入横管，管有缝约三尺宽，如纸幅，吐浆出，承以绸，绸极匀细，宽与缝等，长约十丈，回环无端，周而复始。自此以后，每机皆横轴，初轴转出，浆匀粘绸上而湿，更数机，则轴中有蒸气，烘之既干，绸与纸分，绸向后从机下回，承浆纸向前再过一机，轧数轴即光滑。两旁有刀，齐其边幅，前置一案，纸至案

用木造纸之法

约三尺馀，机前横刀截之。日成纸约二万张。其木皮制者黄色，较厚，为肆中包裹等用。泰西之纸，本以旧布败絮故纸为之，今乃用木。上海有机器造纸厂，专用布絮，甚有极污秽者，初制纸殊劣，近尚可用。案《东观汉记》黄门蔡伦用树皮及敝布鱼网作纸，《初学记》亦云后汉蔡伦锉故布捣抄作纸，可见中国用此法最早，后易竹制，则更佳矣。泰西古时用棕叶或树皮，以锥刻画之，旋易木版涂蜡于上，又易铅版。及意大利人得埃及地，见有树一种，摘其叶试作书，良，遂取以归，行之最久。近耶苏时，有羊皮制者出，乃兼用焉。至耶苏后千数百年，始以敝布造纸。近百年内，其法始善。若用木为纸，尤为近事。彼土故无竹，而法亦大备矣。埃及之树名拜毖耳虑斯，今法人犹谓纸曰拜毖爱。

上海造纸专用布絮

造纸简史

法人称纸拜毖爱

自来火厂

自来火即洋火，亦名火柴，又曰洋漆灯，物虽微而用最广，泰西各大国多设厂制之。比来中国用此日盛，由英美德法诸国来者固多，而来自瑞典者亦复不少。颖秋平城外有大厂二，将往观，导游者有难色，致书厂主人，初拒而旋许之。先是日本人有往游者，观厂回，仿造之，售于中国，竟夺其利，因是迟疑焉。厂基广可二十亩，积杉木甚多，状类白柞树，理直质松，若斜理或坚多节者不能成细茎。其木去皮截段，与造纸厂同，乃以机器刨成版。器

颖秋平城火柴厂二日本仿造售于中国

如长凳，置刨于端，以轮横轧，木段于刨前旋转，版从刨后出置凳上，厚仅半分馀，长全丈许，用手略折即断。叠数版夹实切之，其刀口外面平，内面每间寸三分有锋嵌刀旁，竖出向版，入木不及一分，刀起机推，版出刀下半分馀，刀落切成四方细茎，起落极速。茎长寸三分，以刀旁竖锋先割断之也。上筛去其细碎者。又一器方二尺，高二尺五寸，上平铺一栅，厚不盈寸，中皆四方之孔，孔约八寸，栅下铺薄铁版多孔，孔容一茎，版下为薄夹片，竖之高五分许，纵横排列甚密，其隙如铁版孔，夹片之约空四分，承以版，茎自筛中取出，错乱不整，即置栅上，机震栅略动，茎皆竖，由版孔漏入夹片中，启栅及版，将夹片缩紧扣住，每一分时约成十夹，每夹计二千五百茎，无一隙遗漏，乃蘸油蘸药，仍置机上，松其夹，取茎出，用机器纳入盒，盒外有套，亦以机成。白蜡为茎者，机简少而工繁多，制之良否全在火药。昔所制者，不待引药，到处触之，即炀磺气臭不可闻，又易受潮湿。今则化学家揣摩得法，诸弊尽去。其所用药，无过硝磺之类，然秘不示人，收藏必慎，配合亦难，苟不如法，非特既成而不适用，即以调和之药安放逾时，且能自焚，故防火险特严。备水龙于别室，近汽炉旁，厂中人导引至此，欲演与观，以手碎墙上玻璃匣，工匠立刻奔集，套皮条数管，水冲激颇高，盖常常演习者也。是厂日制木茎者百馀箱，箱计千馀盒，岁得三万馀箱，以二万箱运售中国。虽日本之厂日多，上海亦有二厂，而瑞典售数终不减，但亦不增耳。

机制火柴日得千盒

火柴良否全在火药秘不示人防火特严

岁两万箱运售中国

风雨寒暑时辰表印字机

钟表之用，不尚新奇，惟历久分秒不忒，乃为上品。然必以手制，无借机器。瑞士造者最佳，而瑞典技艺多具巧思。近有大匠创制机器一具，笼以玻璃匣，匣高约六寸，广尺许，长倍之，有架如几案，轮大小无几，皆平置近底，有横轴三，圆长似洋烛，上为墨，中为铅字，下为纸卷，机中有极细电线众匣底度至壁间，通风雨寒暑时辰各表及屋顶占风向之针，每届一刻，机动中轴，铅字各自旋转，连缀成行，墨轴俯就蘸之，字转向下，纸轴略转，向外迎上，印之成横行，其文曰某时刻风何向气何度候何度。纸宽约四寸，每一时印八行，则间分许，每六时当子午正则间寸许，位置厘然，截之可订成帙。此机全赖手工制造，天文台最合用，美国已购去两具，每具价不及千两。器诚新奇，然仍视各表之准与否耳。

瑞典制表多具巧思 一表多用 美国订购

铁版数

泰西以笔算，不以珠算，其杂技书中亦绘算盘图式，作九行，每行计珠十只，能加减法，殊拙，已废不用，故未之见也。今有铁算盘，亦长方形，面为铁版，有隙宽三分，横列数行，隙中露数目字，间以空白，旁有小柄，以指拨之令转，下嵌一条，可左右推移，加减乘除皆有位

铁算盘

置。欲用何法，当先推条于何位，乃拨出待算之数列于上行，则应得之数已在下一行，略拨动即转出，无少差忒，可免误笔遗珠之患。盖数虽参伍错综，盈千累万，固自有一定者，智者当能推阐得之。此器观于瑞京制印字机处，不记西语何名，因名之曰铁版数。

德律风

电线传言语之器曰德律风，以小木匣悬壁间，内储一钟，外筒二，筒大盈握，式如钟，线端在纽，匣有小柄，转之电发响。甲欲与乙语，厂中为度线，乙家钟即响，两人自相问答，音在筒内，一听一言，彼此百十里与面谈无异。瑞京小于罗马、那波里等处，而德律风电线之多则过之，以城乡岛屿回环，非是不便，故其用甚繁。市中架线于屋瓦上，纵横密布，其厂高竖木棚，四隅置线，楼上一室极朗畅，两旁列木柜，离壁尺许，柜内电线盘折殆满，其前如几案，每方有小孔数十，编列号数，一塞子如指大，案前坐一人，视机动，听之知为某某号，移塞子纳其孔，音即接度，语毕机复动，乃去其塞。职是役者皆青年妇女，列坐两行，约四十人。总办谓若辈耳聪目明，心灵手敏，而音更清彻。有两班，阅时更替，不能久坐。夏设吸风之筒，冬用暖气之管，一切坐息澡浴诸处，莫不精洁，以此事似逸实劳，凡近电气，易耗精神也。电必盛于玻璃瓶，专有一室藏之。

瑞京电话多于罗马非是不便其用甚繁

接线员皆青年妇女

倍耳里脱炸药

懒姥之侄善制炸药

瑞京有业医者曰懒姥，其侄善制倍耳里脱炸药，经国家试验准行，各矿务总办有知之者，咸致书赞美之，订成帙，懒姥邀至其家，出以相示。屡次来访，极道其药力之猛，胜于向来地柰米脱炸药，而价较廉，亦极稳妥，久藏不坏，经火不然，必置引药，始能轰击，且为胪举其用，谓莫妙于开采诸矿，其他则开铁路之山洞，祛河海之礁石，临阵者轰营垒，筑室者掘窨窖，在所必需。制造处距城西二十馀里，村镇曰罗堆勃罗。一日邀同往观，山隈屋二所，仅四五楹，工作数人，大约以硝磺之类，用化学法合炼。已成者糖形而米色，以筒为模印之，每橛裹以纸，长约四寸，大于拇指，即倍耳里脱也，引药不知何名，其招揽单内开列用法甚详细，亦但曰引药而已。色纯白，实铜帽内，一枚不过二分，扑撞磨擦不炀。监工令试之，有铁礅在墙下，墙高二丈处设辘轳，以长索系大锤，置铜帽于礅，縋锤及顶，纵其索猛击之，帽压薄如钱，沸热不能着手，而药固依然。又出一炉火正烈，以炸药掷入，烧一刻许形色不变。乃之山上，置药石壁之隙，击之以枪，不炸断为两橛。杂以引药，即然声甚震，此必待引而后炸之验也。复验其药力，山坡草间有方铁块不盈尺，一面作凹形，圆而甚，线中有穿眼通药线，线端及引药纳炸药一橛，阁大弹于凹，重六十斤，然以火，弹起高三丈，落十

倍耳里脱炸药胜过地柰米脱

引药功用

丈外。至轰山之法，预用机器钻孔于石上，大正容药橛，深四五尺，入炸药七八橛，铁杆筑之，加引药药线上，半孔弥以泥砂，孔外线长二三尺，及然，立石上远望，见烟出，砰然响，有斗大石块冲上，趋视，崩裂者纵横丈馀。再试亦如之。下山沽饮于野店林下，遂归。闻其药盛行于境内而未行于远方，以制造至今无几时也。 轰山之法

闸门

瑞典之地约分三等，南省平壤多膏沃，则为土国，然方广不及千里；由此以北，东为泽国，傍排耳低克海，澄潭大湖，河港纷布；西为山国，近独哇勿里恒大岭，多溪壑；惟北方黑道相近处，人物稀少。若南方皆有河道以通运载，其自卑登高而能履险如夷者，惟闸门之利是赖。凡上下河水面高下约至六七尺，则为一闸，其陡高二三丈者，则为闸数重，如梯可阶，而升阶而降焉。闸底铺石，与下河河底之高处相等，两旁砌石为岸，其弥缝泥砂经久不沉漏，即崔门土之类。每闸为双扇门两重，旧式门宽一丈八尺四寸，二门相去中长八丈四尺五寸；新式门宽二丈零九寸三分，中长九丈五尺二寸，门之高视河深浅为度。如脱罗耳海堆河及马带腊地方之远堆河，其河底浅处至水面八尺四寸半，又有一河能行入水九尺三寸之船者，为最深，蹈耳河仅容四尺四寸，又有四尺二寸者，为最浅，故门高者二丈以外，低者丈四尺。用杉木或榆木，厚过三

东为泽国 西门山国

自卑登高 闸门之利

各种河道 闸门设置

寸，间二尺半，有横档，门面向下河，背横板为桥，宽二尺，以铁杆斜支之，每门一扇宽一丈有奇，其低者为方尺之孔一，在下半扇居中，高者上下二孔，门一重为四孔，或排匀平列，以板紧掩于门背，钉铁条竖出，高于门尺许，条端有齿，承以小轮，轮有柄，右旋则条上孔启，左旋则闭。门之启闭亦用铁条，宽二寸，厚一寸，长丈馀，横置之，一端系门背，一端在岸地，上平放小轮二，一有齿，一仅轮廓，轧条于中，以木柄长三尺许斜植轮心，一人推而旋转之司启闭焉。如船在上河欲下行，值中间水满，即可放入，倘水低则两重门俱闭之，先启上一重之方孔，灌水入，转瞬水与上河平，乃开门关船于闸中，启下重之方孔，船随水低，及水平，已入下河矣。有欲上行者，入闸中，启上重方孔，船随水高，水平已在上河矣。浮沉上下，全不费力，无虑击撞，无忧阻滞。凡掘河造闸，择有石之处，以炸药轰之，坚固而经久。若泥砂则易淤，常须修浚。且凿山石为堤岸，可造单重闸门以备蓄泄，非是则不能任水力之冲激也。造双重闸门一约计工料银自一万六千五百两至二万三千五百两，各处情形不同，费用亦因之而异。每放一船，量大小以取其资，计货之重轻而增减焉。其桥梁之造费巨者亦如之，有以费足为限而免收者，有永远照收为岁修之费，并以济工程局之需者。案闸门之作始自明初，意大利有读米尼瓜暨利亚那读地樊希二人首创其法，荷兰国仿造最早，瑞典之有闸门已在明季。厥后数十年，法国造于郎轧读克河，英国造于颠米士

上下行船全不费力

闸门之法意人首创

河，其式较小矣。窃思中国内地河道，莫不曲折通达，即如江浙苏松嘉湖等处，水势极平，而浙东各府地有高下，恒造闸及堰坝潴水，以资灌溉，节节堵塞，船至闸，必待潮盛涨始能行，至堰坝下，两岸各竖一大木，系以篾缆，缆之端为环，束于船后，十馀人转之，缆绕木十数匝，船始能过，俗谓之车堰。或用十馀人以肩承船舷，竭力拖拽之，或用牛数头，以长索牵挽而上，谓之拖坝。又有不能车不能拖者，则必搬运货物，更易一船。造一堰坝，其稍坚固者费辄千两以上，若改作闸门，其式可减小数倍，遇旱可启门灌潮水入，似于农商各有利益。至于运河之闸，法亦相似，然彼但需一池之水如船坞者，便令上下自如，而运河必待有数十里之水，放船数百艘，即使无须待雨，而水之灌注，闸之启闭，不无濡滞。瑞典至高之河出海面四百二十馀尺，每闸上下河相距七尺馀，拾级而登，则五十馀闸已臻绝顶，而运河水势之高下，犹不及瑞典十分之一，自徐州至通州，为程二千馀，为闸七十二，地势中高而南北下，若造双重闸门，相度得宜，不过五六闸，至多亦十闸足矣。下游河道受高处来源，务令水满至八分，旁为界水坝，水在坝上，任其宣泄，间一闸置浚河机器船一二艘，常常浚之，粮船以小轮船带之，有风则扬帆，二十日已可往返。计造闸所需款非甚巨，足以省护送之费，节畚锸之劳。盖尝悬揣之，而知其形势似可改造者，特未知其实在何如也。

中国河道改设闸门有利农商

浚河机船

船坞

船厂必有坞，以备造新船修旧船之用，或即在坦坡上，其大者深二丈馀，长约三十丈，三面砌石为岸，有以山石轰成者，最为坚固。坞之口有用门者，有用船者。其船首尾锐，空其中，两岸为槽，横截于口，启窦入水沉之，堵如墙。坞中水以机器汲出，涸可立待。那威京城有一厂，以木为坞，状如船之中段，两旁有墙，而前后无之，下有孔，灌水即沉闭孔，汲水出乃浮。其制颇巧，他厂未之见也。

挪威船厂以木为坞

水轮

大制造厂皆赖水轮

制造厂之大者，大率在乡间，人工贱地价廉，尤能借水力运机轮以省煤斤。轮旧式，用横轴，于溪沟筑闸，钉木版或铁版为轮叶，水冲激之而转。贡斯卑淘银砂厂有水轮横装室中，殊大，径可丈馀，钉版于轮廓，众机皆赖之。新式用竖轴，力较猛，围尺有二寸，长约丈八尺，轮径约六尺，引溪流入厂中。有架木为沟铸铁为筒以引水者，掘坑深丈许，砌石为方形，竖轴，以轮平置水中，流激之，转甚速，每轮抵马力六十匹或八十匹，瑞典、那威之乡，用此最多。有专造水轮之厂，那京东北隅山阜上沿溪设厂房十馀家，皆用水轮，溪流一股，贯城而过，由东南入海，似不甚大，然总计之已得马力四千匹云。

水龙

泰西城市之人烟稠密屋宇丛杂者，防火灾慎且周，器具药水莫不精良，苟有失，必驰赴力救，故易扑灭。胥由工程局筹备，更有商家保险公司。凡海洋轮帆商贾货财居家什物，视值贵贱，纳资于公司，遇险毁坏，由公司赔偿，且有保身命之险者，始自瑞典。然诸险鲜能防护，公司以所集之资，必浮于赔偿之数而取赢焉，惟火能设法救灭之，故各处保火险者最多。而那威京城其事系国家办理，内部有总办一员，专管房屋保火险者，设局于城中，多备水龙。四隅各一局，中为总局。又有小轮船装水龙者。城东南隅架木为岑楼，如浮图，四面开窗，以备演习，救火者腰间各系绳索及斧，升高则用梯，其端有钩，可传递上，自高而降，有腾身跃下者十馀人，绷布帐承之，有用绳索层层缒下者，有用麻布为长囊，人从中溜下者，囊挂于窗口，洞其底，立桩系稍远，使作斜势，法较稳妥。游那威时曾往观水龙，其总局以电报集众演升降之法于岑楼，复为演水龙于河滨，习练精熟，办理认真。凡保火险者，千取其十，如房屋值万两，岁纳银约百两。夫国家为民捍灾御患，当事者真实如此，虽以治道得民财为政体之变，然犹是保乂之意居多，向使劝令捐输，有不踊跃从公者哉！

身命保险始自瑞典

保火险者多备水龙

水龙救火

风磨

瑞典风车颇具匠心

筑斗室，置磨于中，上通铁杆，以木版钉成轮版，皆欹侧，使受风旋转，或仅用四方版作卍字形，如孩童玩弄之顺风旗，欧洲乡野时一见之，惟瑞典特多。法京赛会中亦设有数具，颇见匠心。中国北省沿海居民编蒲席架高处承风，以汲盐卤，即风磨之法。南省山溪间有水碓舂米，水磨碾粉，即水轮之法，但出于山陬海澨之愚氓，不求精巧耳。

卷九 西班牙内编

西葡岁政，二国一辙，绝少官书，惟就士夫之载，笔者译之，其详不可得闻焉。然而今昔衰盛之概，已见于兹矣。

疆域

西班牙之疆域位置

西班牙国古名爱斯卑利，又名意卑利，其曰意斯拜尼，即今西班牙之译音也，亦译日斯巴尼亚。在欧罗巴之西南，西界葡萄牙，北背大西洋，东北与法兰西接壤，东南临地中海，纵自北纬三十六度二十分至四十三度二十分，约一千四百里，横最阔处一千九百里，最狭处八百二十里，得地四十九万九千七百四十平方几罗迈当，合一百六十一万九千一百五十七方里，视中国中等之省三。有大岭数道，皆自东而西横亘境内，最峻者曰拿怀达，高千丈，故中土之地亢旱异常，艰于耕作。都城南北山岭之外，沃壤较多。通国分四十七省，京城居其中，曰马达利。地中海之白来挨、大西洋之加拿利两岛各为一省，合之得地一百六十五万九千四百六十五方里。

沿革

西班牙隋以前属罗马，唐中叶属峨特，后属回回，野番各部，分裂占据，未归一统，扰攘七百馀年，侯王之奉天主教者日众，以回民异类，驱逐出境。至明宏治八年，女主意撒盘耳时国始合一。女主秉性聪颖，有决断。时有渐那伐人名克利斯朵夫哥伦波者，年十四，善操舟，比长，业益精，思地体既圆，则欧洲之外当有广土，向西直行，必得新地，或至中国，未可知也。径往葡萄牙陈其事，萄王漫应之。复至英法说，书数上而卒不报。乃至西班牙，女主信之，与以大舰三艘，不数月探得古巴及意斯伯尼哇拉各岛，徙国人实其地。继复行至阿美利加洲，探得墨西哥、秘鲁、智利等处，剿抚互用，尽为藩属。其地多五金矿产，西班牙因以致富，势日益强，奄有细细利、沙耳代尼两岛及意大利之南省。传至费立第二，明嘉靖三十六年，以葡萄牙嗣位无人，遂兼并其地暨其所属，此为西国最盛之时。当其驱逐回民也，有未及逃归者，以姑降免而实非其志，至是王令举国奉天主教，有不从者杀之，回民不堪其虐，四出奔避者数十万人，资斧乏绝，遂以摽

乱至女主国始合一

相继外报殖民各地

掠为生，盗贼纵横，为商旅患，西国贸易顿衰。嗣王好武，频年战争，养兵过多，帑藏空虚，国势日以弱，终为法王拿波仑所败。自嘉庆二十二年以后，阿美利加之各属有不愿归附者，皆自立为国，亦莫如之何矣。由今观之，已成强弩之末，扶衰救敝，盖戛戛乎其难哉。

国势日弱为法所败

政府

首相为政府长，无他职，佐之者外部刑部兵部海部户部内部农商工部藩部各大臣也，共九员，无参议。

议院

光绪丙子年新例，上议院议员之额定三百六十名，半由国王派委，永不更调，半由各省城乡公举，以五午为一任，任满或调或留，听国王主裁，然不得俱留，至少当更调一半，所出之缺，应于三月内选员补充。院中正副首领，由国王选派。下议院议绅之额定四百三十一名，悉系民间公举，举人之人与应举之人须籍隶本国，年逾二十五岁，有恒产者，乃为合例。戊寅年新例，古巴岛百姓之有产业者亦可举人入下议院议事，如有公举之地方多至二十六处者，虽其人未及二十五岁，亦得破格入选。院中正副首领自相推荐，议事人员不得兼充他事。上下议院均不给俸，每年会议一次，由国王召集，察其贤否，定其去留。

上院议员半委半举

下院议员民间公举

各部大臣如有不合者，下议院人得入上议院参告。比者西班牙大僚多君主党，己丑二月开上下议院，官绅聚议，以为国政之不修，由于大臣之不职，于是胪举其事，明斥其非，其官绅之党大臣者为之委曲剖辨，迨议至月馀，过失愈著，同党之人莫可置喙，都人士佥谓数日之内各部臣当尽易。时国王年三岁，前王之妃以为恣意评骘大臣，殊失敬礼之道，乃亲至院中谕禁止之，议遂寝。

议员议政大臣答辨

外部

正副大臣各一员，以下各部同。总办四，一管理交涉事务，一管商务，一司出纳，一带领各国使臣引见。

刑部

总办三，一曰刑务之总，二曰律，三曰例。

兵部

总办六，军营总办一员，马队步队炮队枪队技艺杂队总办各一员。

海部

水师总办一员，副之者六员。

户部

总办五，管国库国产事务一员，钱粮税则事务一员，各关总税务司一员，掌国债一员，掌官银号一员。

内部

总办四，一管理国家紧要事务，一管邮政电报，一管善堂医院，一管监狱。

农商工部

总办四，一考察各业教习，一农务及技艺事务，一工程事务，一掌地理及各种记载之册籍。

藩部

正副大臣之外，有司事尢总办。

王宫官员

朝内掌仪官一员，妃宫掌仪官一员，王宫执事文案一员，王宫总管一员。

军营大员

分驻各省提督十四员，古巴岛提督一员，北耳笃利加岛提督一员，吕宋岛提督一员，以上三员兼巡抚事，统归兵部简放。水师官员则由海部铨选，通国有统带水师提督一员，系二等水师提督，副之者六员，系三等水师提督，帮带共二十六员，又驻扎古巴、吕宋两岛统带水师三等水师提督各一员。

陆营军额

陆军兵种人数

陆兵分三类，有常额步兵一百四十队，骑兵五十六队，炮兵二十队，守台炮兵十三队，上山炮兵六队，炮五百尊，技艺兵十队，共计常额兵十四万四千六百六十四人。有事时炮兵可增至八十五队，步骑各营可调集八十七万人。境内兵分十四路，各有一提督管辖。其出戍兵丁，吕宋岛一万一千零十六人，古巴岛二万六千三百四十二人，北耳笃利加岛三千五百六十六人，均由该处提督管辖。

水师军额船炮之数

铁甲头等兵轮一艘，中有炮台，任重九千六百五十顿，马力七千匹，炮十六尊。二等兵轮三艘，共计任重一万九千八百八十顿，马力一万零一百匹，炮二十五尊。头等巡船三艘，共计任重七千四百顿，马力一万五千四百匹，炮二十二尊。巡哨船一艘，任重四百六十顿，马力三千八百三十匹，炮一尊。守口炮船一艘，有台，任重五百五十顿，马力一百九十匹，炮一尊。夹版兵船四艘，共计任重一万三千八百九十顿，炮六十八尊。巡船五艘，共计任重一万五千九百五十顿，马力二万二千匹，炮三十六尊。此外有炮船头等九艘，二等八艘，三等三十艘，传递书信船四艘，练船四艘，听差船二艘，合之上年造就之甲铁船一艘及议准添造之兵船六艘，鱼雷船二十四艘，统计大小船一百有六艘，武官六百四十五员，弁兵一万四千人，备额兵七千人。其保护各属地之船另有六十八艘，不在以上数内。 水师兵员船炮之数

各省城镇理事衙门

各省城镇理民事定税则，皆由本地设立理事衙门经理。每衙门有总管一员，由议绅公举，掌所辖地方之全权。副之者员数不等，视事之繁简为多寡。各有议事院， 理民事定税则

议事绅董至多四十人，至少五人，皆由民间公举，每二年更换一半。所议之事，苟于民间无害大者，国家不得过问，权莫大焉。

政治

君民共主
大臣画押

西班牙君民共主之国，王位男女并传，亦得及外戚，如再乏人，则由民间公举新君。其政事条例定于光绪二年，首载庶民不得干犯国王，王有谕旨，必由该部大臣画押乃可颁行。然观近年国中政治，多有未按例章者。即如国用，自同治丁卯年以后，报销各款未见国家准销明文；自己巳年以后，每岁征收支用各款，国家迄未稽查。出纳之政如此，其他概可见已。

风俗

胆气粗豪
睚眦必报

西班牙人胆气粗豪，睚眦必报。身躯不甚魁梧，而体质坚固，生育繁衍，能行长途，不辞劳瘁，饮食菲薄，为欧洲所仅见。相传有马兵常啖橄榄莱菔咸菜之谚。尤可异者，阿美利加水土之恶劣，他人所难受者，西班牙人独能当之而无疠疫，故史册尝称西国之兵为欧洲之难得者，惜训练未甚精耳。欧洲士人大率好学医好读律，而西班牙为尤甚，谓此二者易见用于世，乃好之者众，徒有其名，终身不一售其术者比比焉。其士民性多诡谲，凡与人言语，

性多诡谲
俗好斗牛
彩票极盛

则五官四体皆动，喜怒哀乐多以眉目手足作势，各有态。俗好斗牛，国家不能禁。彩票极盛，都城各省多有开设，一月三次，一次约二万号，每购一号需银十两有奇，其数大者岁数次，以五十两购一号，尤大者岁一次，以百两购一号，得标者获银五十万两。此风甚炽，他国虽有之，而数未尝如此巨也。前者天主教盛行，每值节候或逢神诞，则百工休息，结队闲游，其期转多于七日之休沐。国家虑民间旷废职业，旋即禁止之。或谓其俗午饭后必昼寝，今所见固不尽然，盖以其偷惰而为是言耳。其境内客民，多英法及比利时人。如开采诸矿锻炼五金建造铁路行驶信船等事，皆客民为之。以其国僻处一隅，农务未勤，工作亦拙，良由日用之所需无多，故安于愚惰而不能出奇以制胜。欧人有言，曰人必有所不得已也而后可以有为。北方诸国其不得不尽心力于艺事者，以俗尚华美，故工竞精巧，非若西班牙之淡泊自甘，优游自得，得以享其逸也。然都城居民每当春秋佳日，天晴气暖，午后妇女竞妆饰游于衢路，乘以百数，谓之跑车，即凡日用服御亦渐奢侈，是则风俗之变，或人工之所由兴乎，不然仅享其逸，不适得其困哉！

淡泊自甘
优游自得

气候

北省一带多高山峻岭，气候极冷，由此以南有平壤，稍温和，中土又复高亢。都城之南，地气和暖，草木终岁不凋，田间收获丰稔。南边沿海之地，过于燥热，致蒸为潮湿，有阿非利加吹来热风，感之则病。

户口

户口册自光绪丁丑年刊印之后，久未清厘，按其时所载通国民数一千六百六十三万四千三百四十五人内，农民仅得四十万三千七百六十人，为欧洲各国最少者，田地业户二十七万三千七百六十人，他国之寄籍者二万六千八百三十四人。查民数较十七年前增百万，较八十九年前增六百五十万。欧人谓西班牙人最易生育，故增益之数如此。以地面核之，每方里得十三人。

农民人数西国最少

兵制

兵制悉照法国定例

兵制自同治戊辰年议准，悉照法国定例，本籍民人年至二十岁皆应隶军籍，若捐银百五十两者准免。凡百姓之年岁相符应充兵丁者，入营操练，谓之正额；至三年后家居演习，谓之副额；又三年后有事听调，谓之备额；又六年乃出籍。前后统计十二年。其出戍远域者充当八年即谓期满。

财用

每岁财用，亦于上年预议，然其逐结出入款项，自同治辛未至今国家未曾刊印清单。按官场纪载，则自乙酉至戊子出入相较，皆有绌无盈，国债日增，民生愈蹙，虽尝撙节，终形支绌。查戊子七月朔至己丑六月终止，常额入款田地房屋贸易矿务各税四千五百八十三万两，内有田地税二千七百万两，以国人苦苛征，较昔时已减去一百八十八万两，关税二千二百八十四万两，造酒税一千四百七十四万两，烧酒税七百八十三万两，铁路利息二百万两，王面纸八百十三万两，造烟厂铸钱局及彩票各项出息二千八百八十四万两，国产利息四百八十八万两，国库入款四百零四万两，总计一万三千九百十三万两。出款国王常供一百五十万八千两，国债利息四千六百五十一万六千两，政府议院经费五十六万六千两，津贴费八百四十三万二千两，理事衙门经费三十一万两，官俸及税关人员薪水一千五百零六万六千两，忽爱耳囊特岛属地经费十一万一千两。归各部支销者，外部八十九万六千两，刑部九百八十四万八千两，兵部二千五百七十八万七千两，海部四百十四万七千两，户部三百三十八万两，内部五百二十万零九千两，工部一千六百八十万零七千两，总计一万三千八百六十三万三千两。以入准出，是岁得盈馀银四十九万七千两。然无定之额其数颇巨，即修造船炮军械，岁费亦在二

国债日增民生愈蹙

千万两，以上故费无所出，极形支绌。惟常额入款外有造淡巴菰公司每岁报效七百馀万两，稍资贴补云。

国债

国债逐年增多，结至戊子年，总计得银十万万有六千六百万两，每年应偿利银几至五千万两。户部告匮，屡议减利。此外尚有积欠官银号银二千六百八十三万两。故现

各部经费裁撤颇多

在议院凡事力求撙节，闻每年各部经费内裁撤颇多，其馀各项开销亦议核减矣。

进口出口货值之数

进口货多五谷花草，岁计值银一千四百六十八万两，棉花布匹一千二百七十二万两，铜铁麻木皮革鱼酒绸缎等物共值银一万三千五百二十万两，内从各属地来者值银一千二百七十七万两。出口货多酒，值银四千七百万两，运往法国者丨之七，英国则不及十之[illegible]，矿质[illegible]千四百四十五万两，铜铁铅七百万两，果品一千万两，馀如软木羊毛六畜青果油等物通计值银一万二千零三十六万两，内运往各属地者值银一千三百三十五万两，丁亥年数。

地利物产

西班牙之地在欧洲尚属中上，厥土赤壤。距都城南北数百里以外不乏平原，气候亦和，宜于耕种。凡车辙所经，见南省沟浍纵横，豆麦茂美，然沿途亦间有圆石子大如卂斗，散布田间，农人拾而聚之，间三五十步为一堆，似初开垦者。至都城东西赴葡国一带，千馀里皆童山，不植树木，田亩亦多荒芜。通国之地以千分计之，园圃及种杂粮者三百三十八分，植百果者二百有八分，种草宜牧畜者一百九十七分，植葡萄者三十七分，植青果者十六分，共得七百九十六分。馀地亦非不毛，特未开垦耳。按西班牙人农事本极疏懒，农具更不精巧，其所出产，蔬果为多，五谷转少，故进口者岁值至一千四百馀万两。惟牲畜颇多，以驴骡绵羊为最，岁产驴约九十万匹，骡九十四万匹，出奥大鲁齐者尤良，绵羊一千七百万头，亦颇著名。出酒美而且多。机坊所出，有白斯鲁祈之棉布呢羽，又虽各维之呢羽，奥大鲁齐、米耳西及乏朗斯各处之绸缎。其南边土人间有畜橐驼、染色虫及蚕者。土产多百果棉花青果油织席草料等物。

农事疏懒
蔬果为主

矿产

境内多矿，特不甚开采。现经开采者，如白铅矿煤矿在亚斯举利，铁矿在皮斯加意，又比来纳，又加大陆尼；银铅矿在麻答利耳，又利拿来斯；铜矿在奥大鲁齐，矿质既佳，所出之数亦多。亚耳妈荡产水银甚旺，欧洲他处不能及。街低克斯多盐井。岁出矿质约值银一千五百万两，矿工五六千馀人，英法人居多。

亚耳妈荡（阿尔马登）产水银

轮帆之数

轮帆之数

商船之能载百顿外者，戊子年共有九百六十八艘，内轮船三百八十艘，任重三十八万八千顿，帆船五百八十八艘，任重十四万四千顿。丁亥年通商各埠进口商船一万九千四百三十一艘，共载货三百零四万一千一百六十顿，出口货重七百十二万零七百十七顿。以往年例之，进口较少，出口较多，然商务关税未见起色，以出口多粗重之货也。

铁路

铁路商办国家担保

西班牙铁路皆商车，无官道，然必由国家担保赢利或帮贴资本，溯自创造之初迄光绪甲申年，帮贴之款为数甚巨，共得一万零六百九十八万六千两，大半由官银号集民间资财交与国家，再由国家交与车道公司。铁路既成，公司必从丰报效国家，凡民间出资者得同沾利益，盖即纠合股分之法，不归公司卖股票而归国家经理，故能取信于民，巨款易集也。通国铁路共长一万八千九百四十里，又有三千六百里现已兴造，尚未竣工。

邮政局

丙戌年邮政局共三千零六十九所，寄信一万零二百四十一万六千封，日报书籍等一千八百二十一万九千八百十五件。

电报局

电线造至丙戌年，终共长九万二千三百七十四里，电线路长三万六千八百三十八里，设局九百五十二所，是年所寄电报约三百五十五万封，内与外国往来者约九万封，官报七十一万封。

商务

内地贸易殊形清淡，以境内道路崎岖，河运极少，虽有铁路转运，终觉不便。其通商口岸生意较大，与法国交易最多，次则英美等国与所属各岛。然近来进口之数递增，出口之数递减，盖由境内一切物产悉与葡国相同，葡人生意已归英商，英固多财善贾捷足先登者，西班牙人何能与之抗衡哉！ 内地贸易殊形清淡

书院

大书院十所，设各大城，每院派监院一人。又四十九所分设各省，亦派有官员纠察，然办理向未认真。自光绪辛巳年始整顿之，乃设专管书院事务官，按时分道巡视，亦未能遽臻谨严，各书院师生仍视为具文。良以积习使然，久则难变耳。

学馆

咸丰丁巳年议定学校之制，每五百人设小学馆一所，教习束脩岁合银八十两，或仅四十两，菲薄已甚。民间父兄不令子弟入塾，亦未尝示罚。光绪丁丑年查悉通国男女十二岁以上者七百二十一万四千人，内不识字者十之六，于是思挽颓风，谕令官绅认真办理。乙酉年国中设立义塾二万四千五百二十九所，每年经费约四百十二万两，由各处工部局筹备，国家津贴无多。私塾五千五百七十六所，由民间设。除书院学馆外，有讲习机器农商建造绘画雕刻音乐诸学馆，俱由国家设。丁亥年此项开销动公款者约银三十一万一千四百两。

不识字者十之六

兴办学馆思挽颓风

教务

西班牙信耶苏旧教，民间大率奉之。教中用款，国家间有津贴。道光乙未丙申两年，部臣以教中占据太广，资财太厚，奏请削其产业。事闻于罗马教王，驰书争之，历久不断。至咸丰己未年议乃定，除教堂及教士住屋外，悉变价归公，适足抵偿国债之数，盖其时旧教之势亦已衰矣。查光绪丙子年新例第十二则，准民间信从新教，惟不得公然传授，即凡他教亦听奉行。丁亥年教中查明之数，除旧教外，信新教者六千六百五十四人，信孺达教者四千有二十一人，信圣贤道理者九千六百四十五人，其馀信他教及无定教者一万三千六百八十五人。 宗教情形

马达利

西班牙京城曰马达利，在国之中央，为欧罗巴京城之最高者，出海面一百九十丈。傍孟若拿来斯河，河终岁多干涸，地气燥烈，郊原荒芜，无园林之娱，山水之乐。城内无古迹名胜。盖其地本乡村，自明成化间加禄监为王时，取其为四境适中之地，建都于此，略具规模。至宏治间费立第二经营缔造，始成都会。惟博物院收藏油画著名欧洲，以当时探地得阿美利加后，力能罗致之也。其国人谚云：人生极快事，是居于孟若拿来斯河滨。言居京城之 马达利（马德里）

可乐也。然外人视之，直以为愁城，皆谓其昨日新造者。城中户口五十九万人。其市肆繁盛肩摩毂击者，惟吏部衙署前一处。至内地如南省各耳驮及虽维易诸城，多村野景象，不及他国内地省会之整齐。惟东境距京城一千二百七

柏绥隆恒(巴塞罗那)称小巴黎

十里，有海口曰柏绥隆恒，为通商市埠之大者，人烟稠密，廛市华美，有小巴黎之称。若南境距京城九百里，有海口曰徐勃腊耳带，极得形胜，为地中海门户，则已被英人占据久矣。

徐勃腊耳带海口

直布罗陀通商门户

西班牙极南海口，其对岸即阿非利加之西北隅，海面极狭，自地中海入大西洋，此为要隘。百年前英人利其地可为通商之门户也，占之，西班牙王屡攻不下。相持久，王病，臣下劝王还都城再议兴伐，王曰：身可死，地不可失，不克不还也。诸臣度势力不敌，与英人约，令军士尽下战舰，伪为撤师者，王信之，乃班师，遂薨。自是英人筑炮台驻水师，凡他国人入内，登岸必报明姓名籍贯，作何事住几时，一一注册，以备稽查，其防守之严如此。近闻英廷愿以其地还西班牙，易其他处属地，西班牙不许也。

边防

西班牙惟东北隅界法兰西，西南隅界葡萄牙，馀皆临海，其繁盛者多在沿海各处，故口岸较多而防守亦较重。现在已筑炮台守护者三十七处：西北沿大西洋者七，在白斯克省内者二，在爱勃拉河左者九，沿地中海者七，在爱勃拉河右者三，与葡国交界者六，在徐勃腊耳带海峡者三。

边防炮台三十七处

属地方里户口之数

属地共十二处。在阿美利加者二：曰古巴岛，地面三十六万零九百七十七方里，居民一百五十二万一千六百八十四人；曰北耳笃利加岛，地面二万九千六百五十方里，居民七十八万四千七百有九人。在奥斯亚尼者五：曰非利比恒岛，即吕宋国，地面九十五万四千八百六十二方里，居民七百五十万人；曰苏罗诸岛，地面七千九百三十四方里，居民七万五千人，此岛自西边孟达那亚岛起至东边薄耳纳亚岛及亚拉哥亚岛止，光绪乙酉年由英德两国公议签押归西班牙保护；曰加禄利恒岛；曰巴拉哇斯岛，地面共四千六百七十七方里，居民共三万六千人，加禄利恒岛亦于乙酉年由教王之意经英德两国公允为西班牙属地；曰马利亚恒岛，地面三千五百零八方里，居民八千六百六十五

美洲属地二

太平洋属地五

非洲属地五 人。在阿非利加者五：曰忽爱耳曩特，曰阿拿蓬，曰各利斯瓜，曰爱禄培，曰双纡盎，地面共七千一百三十七方里，居民共七万人。近又于阿非利加西北即薄祈亚读及勃朗克两地角之间新得地一区，纵约一千五百里，横约六百里，已设官理事，官受加拿利省总督节制。考三洲属地，其地面与民数约得本国五分之三，然散布各处，控驭綦难，与国无大利益，惟古巴与非利比恒两岛为紧要耳。

古巴

古巴旧分三省，今改为六省。东南及腹地较繁富，户口亦多，有城二十二，村镇二百有四，省会曰夏槐恒。（夏槐恒（哈瓦那））丁亥年居民九十万八千二百七十一人，合岛居民一百五十二万一千六百八十四人，内西班牙人九十七万七千九百九十二人，华人四万三千八百十一人，白人约一万人，黑人约四十九万人。光绪庚辰年创立学馆，令民间子弟读书，壬午年已有生徒三万四千馀人。岛中电线路共长八千一百五十里，铁路二千九百里，土产糖及烟叶最多。丁亥年出口糖六十二万三千四百五十三顿，烟叶十八万一千三百五十三件，烟卷一万八千一百万枚。是年进口货值银四千七百五十万两，出口货值银六千六百六十六万两。每年常额进款约一千九百四十二万两，出款约一千九百有六万两。积欠公债三千二百八十万两，系乙酉年添造铁路者。

非利比恒 菲律宾

省会曰妈你耳，在吕宋部内土产颇多，以淡巴菰、考 妈你耳（马尼拉）
非、麻、糖为大宗。丁亥年进口商船三百九十八艘，载货重三十一万六千二百四十八顿，值银一千四百七十四万七千七百两，出口货重三十三万三千二百四十四顿，值银一千八百八十九万二千八百两。岛内有电线路二千零八十八里，设局三十七所，铁路五十二里。因吕宋属西班牙，或 大小吕宋
称西班牙为大吕宋，而以吕宋为小吕宋云。

卷十 葡萄牙内编

疆域

葡萄牙国分六省

葡萄牙西南面大西洋，东北与西班牙接壤，地形长方。纵自北纬三十八度至四十二度，约千里，横约三百八十里。国分六省：曰米诺，曰脱拉哇斯蒙脱，曰倍拉，曰爱斯脱来买提纡，曰亚耳姥堆祈哇，曰亚耳茄耳佛。辖县十有七，得地八万九千六百二十平方几罗迈当，合二十九万零三百六十八方里。大西洋之亚沙岛、妈台岛亦隶葡国，地面一万零三百九十方里，合之尚不及中国一省之大。国中有大河五，皆发源于西班牙而入大西洋者。内地多山溪，道纡水浅，不通舟楫。其都城曰里斯琫，在国之西南隅，大西洋海湾之内，极得形胜，故或以葡为大西洋国，指海口言之也。其北边海口曰博耳多，亦市埠之大者。

沿革

葡萄牙蕞尔一隅，自宋哲宗以前向未立国，即西班牙西北之省会也。至徽宗时，北狄峨特侵之，其地有侯爵亚耳风斯者，乞援于法兰西，法遣大将盎利率师来援。盎利貌魁梧，勇尤绝伦，侯妻以女，且激之曰：凡狄所侵之地，若恢复者，即畀之。于是盎利益奋。既退狄人，以境内近北诸处向有回民盘踞，乃乘势驱逐，自瓜亚提亚纳至博耳多悉平定，遂自称伯，名其地曰葡萄牙，是为立国之始。传于其子亚耳风斯盎利甘池，复与狄累战皆捷，歼其五酋，土宇日辟。群情爱戴，尊盎利甘池为国王。至南宋中叶，所辖版图已如今日。传至元季，有贤王段尼斯者，子惠黎元，甄陶士类，始建学校于都城。毖爱嗣位，省刑罚，薄税敛，称盛治焉。明以前欧洲商船往来，近海而已，自葡人知指南针之用，乃遣大舰出洋探地，得属地甚广，商务日兴，国遂以富。厥后有善航海者继之，率兵裹粮，遍历诸洲，所至营市埠，建藩属，以阿美利加之巴西国为最大。明嘉靖间，国人麻极朗环绕地球，至今称焉。当时富强之极，欧洲各国有莫能出其右者。然藩属多则人心易贰，商务盛则风气易奢，军需繁则府藏易匮，于是善政渐废，国势浸衰，而外侮乘之矣。隆庆以后，凡海口贸易及各属市埠多有为荷兰夺而踞之者。时因立新君，众议未决，西班牙遂并吞其国。越五十年，崇祯之末，复自

国名之始

麻极朗（麦哲伦）

主。自康熙间与英吉利立约，国中利权概归英人。道光初年失巴西。盖自明季迄今，二百数十年之间，江河日下，其势殆矣，而犹能自立为国，不尽失所属之地者，议者曰亦惟英吉利有以护之，或又曰万国公法有以存之云。

万国公法

政府

葡国政事分七部办理，曰内部刑部工部户部海部兵部外部，各有大臣一员，在政府与议，其首领即内部大臣也。又设参议六员，选部中大员或前任者当之。诸藩事务归海部大臣兼理，不另设官。

议院

上议院中教师十二

上议院议员有亲王有世爵，不计名额，有教师十二人，又有百人由国王派委，终身任之不更调，此外尚有四十六人，由各处公举，瓜因勃落大书院例得举五人，里斯琫举四人，博耳多举三人，其各县举二人，所举之人由国王考察。光绪戊寅年例，察得公正者改归永不更调班内。葡国议员向有传子之例，已于乙酉年删除矣。下议院议绅皆民间公举，举人之人须为一家之主，年逾二十岁，知书识字，每年能得利银九十两者，应举之人每年能得利银三百六十七两者，始为合例。惟讼师、教习、医生及有官符之文人学士不拘此例。议绅一百四十九人，每年议事三月。议事之时每人日给俸银二两有奇。以四年为一任。上下议院会议有定时，不必国王诏命也。

陆营军额

光绪甲申年，议院议准陆营实额步兵二十四小营，快兵十二营，马兵十小营，炮兵三小营，上山炮兵一营，守城及守台炮兵一小营又四队，共有炮二百六十四尊，技艺兵一小营，有事时弁兵可调至十二万五千人，骡马一万二千七百匹。此甲申年数，嗣后裁撤甚多，弁兵止三万人，骡马三千三百零五匹。近复新招一万三千人补充水陆各营，此外尚有三千名专备有事时征调者。属地弁兵八千八百八十人，系就地招集，不在以上数内。

裁撤甚多

军营大员

节制各路提督八员，技艺队炮队统带各一员，分驻各省统带五员，守属地统带三员，水师二等提督一员，三等提督十一员，管带五十二员，帮带四十四员。

水师军额船炮之数

铁甲头等兵轮一艘，马力三千二百匹，大炮三尊。二等兵轮六艘，共马力四千一百八十匹，炮五十七尊。内一

英造兵轮最为坚固

艘名乏斯瓜待加麦，光绪乙亥年由英国颠米士河船厂承造，最为坚固，船头有尖锐铁块。暗轮夹版船七艘，共计马力二千二百六十四匹，炮八尊，内一艘系丙戌年添造者。炮船八艘，新造炮船五艘，共计马力五千五百匹，炮五十二尊。载运军需船三艘，共计马力二千二百匹，炮六尊。鱼雷船五艘，共计马力二千七百匹。帆船十三艘，练船三艘，守护海关炮船一艘。共计轮帆船五十二艘，炮一百二十六尊，武弁一百三十八员，兵丁二千八百五十人，医生、管机器匠、舵工等不计数，戊子年册。

理刑衙门

总理刑衙门在里斯琫，系代国王听审者，掌通国刑务。分设理刑衙门三：一在里斯琫，一在博耳多，一在亚沙岛。其馀县内亦各设审事处，以理狱讼。

政治

国政与西班牙大致同，惟王位不传女主，利权已授英人，其不同者耳。

民风

长于航海

葡萄牙人和蔼可亲，善待商旅，勇敢有为，长于航海，惟技艺不精。农事疏懒与西班牙同，气候亦同。

户口

户口册久未刊印，按光绪辛巳年官绅所纪，通国民数四百三十万六千五百五十四人，亚沙妈台两岛民数四十万一千六百二十四人，共计四百七十万八千一百七十八人。以地面核之，每方里得十六人。客民之寄籍者亦复不少，黑人约有三千名。葡人少土著，半出腊丁族类，其北边多奥国之茄利细人遗种，南边多阿喇皮孺达及英法人之遗。

兵制

葡国兵制，屡有更改。按光绪乙酉年新例，百姓年至二十一岁须隶军籍，然有不在此例者，有捐银得免者。当兵之期限十二年，常额四年，调额三年，备额五年，其自愿投效军营者年限亦同。

财用

戊子七月朔至己丑六月终止，进款关税九百九十五万六千两，淡巴菰税三百八十四万两，五谷税一百八十八万两，酒税九十七万五千两，里斯捧入城货税一百七十万两，田地房屋产业等税五百四十万两，邮政电报八十万 财政收入两，铁路一百二十六万七千两，存项利息等二百万两，以及货物技艺官俸银行各项杂税，总计进款合银三千三百四十六万七千两。出款有抵押债款应偿利息一千二百九十六万两，由国库归偿利息二百七十五万六千两，分年归还债款二百四十万两，国王常供四十四万二千两，议院经费十一万两，归各部支销者，内部一百九十万两，刑部六十二万五千两，兵部海部共六百有八万两，外部工部共三十四万五千两，铁路七十万两，邮政电报塔灯浮标之类八十八万两，以及修路费各项工程一切杂用，总计出款合银三千六百十七万三千两。出入相准，约绌银二百七十万两。上年进款亦较出款短十三万六千馀两。

财政支出

国债

葡国之贷债也，自嘉庆元年始。其第一款为数尚少，合银三百七十三万两，后亦未尝有加。至道光丙戌年始借第二款。自是以来，进款日少，出款日多，国帑渐虚，国债屡增，迄今有抵押债款多至四万九千七百七十六万两，其间向外国借者二万四千四百五十二万两，本国借者二万零三百五十二万两，皆常年三厘起息，又四千九百七十二万两，五厘起息，此外尚有无抵押借款一千四百八十六万两。其岁入之款不过三千三百馀万两，而每岁应偿利息得一千五百九十馀万两。户部筹款殊难，时形支绌。国债之数与民数摊算，每人应出百两，与英国同。

筹款殊难
时形支绌

进口出口货值之数

葡国贸易，尚属繁盛，进口货值较三十年前增多一倍，出口货值增多百分之六十六，然利皆为英商所沾，其本籍商人所获转少。丁亥年牲畜雏卵进口约值银一百七十五万七千两，出口十六万五千两。食物进口一千有九十万两，出口一千三百五十七万两。绸缎棉花布匹等进口五百万两，出口十三万两。矿产五金玻璃进口四百九十二万两，出口六十三万五千两。羽毛齿革进口一百六十五万两，出口二十一万六千两。器皿机器及各项制造之物进口三百九十二万两，出口三十万有五千两。材木进口一百有三万六千两，出口十万有九千两。各种杂物进口一百有五万两，出口二百三十一万两。免税各货进口四百有五万六千两，出口二百三十八万两。烟叶进口六十三万五千两。共结进口货值银三千四百九十二万四千两，内英商贩入者居多，从各属地来者二百七十九万两，出口货共值银一千九百八十二万两，内运往英国者约一千万两，运往属地者五十八万两。进口之数多于出口一千五百一十万有四千两。 贸易繁盛

地利方物

葡国山岭重叠而少田亩，其可种植之地，以千分计

所出杂粮不敷民食

之，数仅得半。粮田二百二十六分，每年所出杂粮约值银三千五百万两，不敷本国民食。牧畜地一百六十七分，树林地八十分，葡萄地二十二分。土产山芋橘子无花果葱蒜运往他国者甚多，亦产绵羊，每年约三百万头，骡马猪牛等六十万头。滨海之民多业渔者，渔船约有四千艘。矿产惟铜稍多，间有出口者。煤铁两项皆不敷用。制造厂约有工匠十万人。多卤田，汲以烧盐，沿海皆是。

轮帆之数

葡国商船容百顿外者，戊子年共有二百二十艘，内轮船三十艘，馀皆帆船，共计任重七万九千五百十六顿。丁亥年各国商船进内地口岸者五千七百八十七艘，货重三百四十五万四千顿，出口商船五千八百四十一艘，货重三百三十九万五千顿。尚有沿海口岸之商船，来者六千有四十六艘，往者五千九百有四艘。

铁路

铁路皆归商办，国家亦设法津贴银两以赞成之。查已经行车者，结至戊子年终共长三千四百四十五里，又有八百六十七里已于是年兴造，尚未告竣。

邮政局

丁亥年共计邮局一千有二十七所，寄信约一千零二十二万封，各业招揽买卖单三百有五万六千馀纸，日报书籍一千六百九十四万四千馀件。

电报局

乙酉年共计电报局二百七十五所，电线长二万一千五百八十二里，电线路长九千九百七十七里，是年共寄报一百七十三万一百有七封。

学务

通国学务归总教习院管理，院中首领即内部大臣兼之。至若散处各县之义塾，悉归教中派教士监察。道光甲辰年定例，民间子弟皆当入塾读书，违者惟该家属是问。然督率不严，中人以下无奉行者。查近年不识字者甚众，其能诵能书者百人内仅得十八人也。 督率不严 识字率低

书院

大书院一所，在瓜因勃落城，建于元至元十四年，光

绪乙酉年有生徒六百七十三人。博耳多城天文地理化学杂学书院一所，生徒二百有五人。

学馆

各种学馆

杂学学馆一所，学生八十六人。农务学馆一所，学生八十五人。里斯琫商务技艺学馆一所，学生七百七十一人。博耳多技艺学馆一所，学生五百三十一人。以上两处各有医学学馆。国家设立中等学馆二十二所，学生八千二百五十八人；小学馆三千五百八十四所，学生十七万七千三百七十二人。民间设立中等学馆不计数，小学馆一千七百七十四所，学生六万二千一百七十三人。有教中设立之义学，专教教中子弟，学成即为教士者二十二所。夜课学馆一百七十五所。己丑年学馆费由国家给发者合银八十八万七千两。

教务

葡国奉天主教，他教亦准信从，例不禁止。通国教务归大教师一人管理。教师驻里斯琫，不受罗马教王节制，有房屋五所以为别墅。大主教二人，一在勃拉茄，一在爱伏拉。主教十四人，分驻各县及各属岛。大教师以通国之地区为三千九百七十九所，每所遣一教士住之。教中出息每年可得二十七万两有奇。道光甲午年国王降谕，设有产业变价入官。其时男女修院共有六百三十二所，悉充公售卖，以偿国债。自是进项骤减，各处教堂无力修饰，日就倾圮，教士学问亦不遑讲求矣。近年教中经费专赖民间捐集，时形支绌，势难持久也。

修院售卖以偿国债

里斯玮

葡萄牙都城曰里斯玮，在大西洋东岸海口之内，大索河之滨。河发源于西班牙都城东南，中途有支河数道来会，向西行，由渐而宽，至此约一千五百馀里。城南一带成巨浸如湖，长二十馀里，宽八里，深八丈，外形势天然，无待筑堤，泊舟甚稳。由此而西出海口六十三里，口内有港汊，宽二十里，长倍之，凡遇风飓，海船之湾泊者辄数百艘，故欧洲傍西洋各海口推此为最胜。都城对岸沿河十馀里，楼阁参差，林木茂美，英商所设市镇在焉。其地自昔著名欧洲，与土耳其之贡斯当的拿泼耳、意大利之那波利相仿佛。自乾隆二十年地大震，河水激荡，城内房屋倾覆殆尽，迄今不能复旧观。惟他国无城，此有围墙若城者，左右及后三面皆是，高不及二丈，多坡阜，随势曲折而上下。王宫在西偏山岭之外，距城市三五里，岿然独存，非离宫而在乡间，是又异于他国矣。计户口五十二万人。其北边博耳多，城市在山阜，经营完美，气象闳丽，视都城犹过之。城中户口十万有六千人。

欧洲海口葡京最胜

博耳多筑堤工程

博耳多（波尔图）筑堤工程

甲申之春，葡萄牙工部为博耳多海口来格沙地方筑堤之事，与承揽之法国工师独代宜暨提伯耳熙二人立券约，经始于是年夏，限八年告成，需工料银四百四十八万两有奇，兹述其工程之略。谓应造者有三大端，即南北二堤及作工之船坞也。堤为圆形，口西向，岸与堤周约八里。左边之堤从东南岸伸入海，环向西北，至口门，自水面量之，长三千一百七十尺，中经爱斯毖纳拉数礁，因增长七十尺，共得一里三百二十九步；右边之堤从东北岸伸入海，环向西南，至口门，长四千二百八十九尺，中经五礁，高出水面，堤从上绕过，因增长七十尺，共得二里一百五十二步。口门宽六百二十尺，为轮帆出入之路，作工船坞造于何所，由承揽人审择，宽广得五百亩，水深当在四尺以外，所用石料及一切工程亦不得草率，将来即可为渔船避风停泊之所。至筑堤之意，原为海口散漫波涛险恶起见，凡附近浅滩与出没水面一丈四尺之礁石，尽当围在堤内。堤高出水面二丈七尺六寸，厚一丈二尺六寸，上筑垛墙，顶用遮盖，下砌石脚。全堤高下厚薄相等，惟环折处加厚十分之一。墙脚之浅深广狭，因水势砂性礁石各有不同，当临时斟酌，未能预拟也。筑堤脚之石块有三种，第一种最重者每块二千五百斤，轻重综核每块千斤；第二种最轻者每块二千五百斤，轻重综核每块三千七百五十斤；第三种系未凿之石坯，其重得万斤。以上综核每块重一万六千六百二十五斤。堤脚内外面护以三和土胶成之石块，形长方，高七尺有四分，长一丈一尺二寸，宽五尺六寸。堤顶亦用长方石，惟略小耳。制三和土法，用石灰一分，波查腊恒土或崔门土二分，碎石二分，石宜净，不杂他质，加麻杆少许，以机轴共研极细末，和水合成，水勿过多，恐不坚韧也。以土胶石入长方木模内压极坚实，俟少干出模，四面宜光洁，忌有漏孔砂眼。堤上暂置铁轨，以起重机器运石，其深处填堤脚先用第二种石，至略高用第三种石，而以第一种弥其空。既平，乃用长方石块内外平置，层累而上，中空约四尺许，乱石实之，虽经洪涛巨浪日夜鼓荡，必无稍损。戊子冬十二月游博耳多，步堤上，观许久，盖成功者已十分之八九矣。其地临大西洋，风涛固劲，然堤之西北二里外有石礁一带，出水尺许，浪为礁阻，其势已衰，而堤下多礁石，可为基址，工虽巨而不甚艰。博耳多城在堤东南四里，船之出入者从堤外西边经过，不必入堤也。

属地方里户口之数

非洲属地十一

葡国属地共十六处，在阿非利加洲者十一：曰加泼佛爱岛，地面一万三千七百八十方里，户口十一万有九百二十六人。曰奇纳，地面二百十七方里，户口四千九百八十五人。曰兰泼斯岛，曰三笃买斯岛，共计地面三千七百九十一方里，户口二万一千有三十七人。曰阿俞达，地面一百有八方里，户口四千五百人。曰盎瓜拉，有铁路一百一十里。曰盎勃利时，曰盘恒轧拉，曰买斯梅特，曰贡轧哇，共计地面二百六十一万一百有六方里，户口二百万人。曰麻状皮克，有铁路一百六十五里，地面三百十九万一千二百有六方里，户口二百万人。在亚细亚洲者五：曰轧哇亚，地面一万二千一百有七方里，户口四十一万九千九百九十三人。曰达马，曰提纡，共计地面一千三百十九方里，户口六万一千四百七十四人。曰印度之次冒群岛，地面五万二千六百二十四方里，户口三十万人。曰澳门，地面二百三十五方里，户口六万六千有三十六人。以上通共计地面五百八十八万五千四百九十三方里，较本国大十六倍，户口四百九十八万八千九百五十一人，较本国多二十馀万。戊子七月朔至己丑六月终，通计各属进款约合银三百六十三万两，出款约合银五百四十七万两。盖由新得之地经营伊始，需用正繁，旧有之地贸易多衰，入项有限，然旧地尚可就近贷债，而新地惟有拨款接济。其通商最繁要者，系阿非利加西北之加泼佛爱岛。若亚细亚之澳门，葡商每岁贩运之货价极微。合亚洲六处计之，由各属至葡者仅三万馀两，由葡至各属者犹不及二万两，商务如此，势难持久。惟各属向有贩奴恶习，光绪戊寅年四月已禁绝之矣。

亚洲属地五

贩奴恶习

卷十一　总略

欧洲政事大率从同，散文各见则重复必多，自郐无讥则遗漏乂甚，因辑总略，系于内编。

国政

欧洲之国分三等：曰君主，曰民主，曰君民共主。君主者，君有权，位传子，事无巨细，君得而主之，惟俄罗斯为然。民主者，位传贤，由国人公举于议院，择众所推戴者为之主，曰伯理玺天德，译即总统之意，事由众济，以七年为一任，任满去位，与常人等，如今之法兰西是也。君民共主之国，位亦传子，或例准传女，有以姑从侄弟及姊者，且有以私生为公、他族类我外戚入嗣者，政事由上下议院政府拟定，国君画诺，如守府焉，若借债增税一切关涉财用者，必俟下议院议准，以下议院聚各省绅 三种政制

君民共主事势各异

耆，深悉民隐，非是恐无以服国人，故谓之君民共主，如意大利、西班牙、葡萄牙、瑞典、那威皆是，特事势各异耳。盖意、瑞之为国，一则并诸部，一则废诸藩，各省大吏由国王选授，除兵刑海关铁路邮政电报数大端外，馀事虽归各办，而其势犹一统之治也。西班牙各省总理长官不尽内放，民间自相公举，并有自主之省比年始归统属者，名为共主，实则百姓之权重于君相。至若葡萄牙，虽自主之国，利权已暗移于英人；那威实无主之国，大纲乃统摄于邻主，其政又一变矣。

军政

陆军水师各项比较

各国陆营军额几十倍于水师，而水师技勇大半胜于陆路。分营分队，其数不等，各因额之多寡以定，大致以十人多至二十五人则有一长，聚二长或四长则有一总，三五总聚为一队，三五队聚为一营，水师亦然，人数较少。营中有训有练，练则分技按队，逐日演习之也；训则什长率其所属雁行立，口授军令营规战阵攻守之法，杀敌致果尊君亲上之义，令默识之，至紧要处，令接诵数语以试之，如是者日二次。训练之馀，时有赏罚，能者给铜钱数枚，或给假片时，准其出营游娱，尤能者拔之；不能罚，使守营，使读书。自文案医生与工匠之营造修葺，下至缝纫浣涤之事，皆营中自为之，而水军为尤备。陆营则京城护军，边境驻防诸路，练卒皆常额之精壮者。营设于城隅，

军队训练

兵营设施

或在郊野，自成聚落。员弁住宅，衡宇相望，有重楼小园，辄白十户，又必于三五里内筑精舍，为讲艺游宴之所。兵房为楼数重，院落宽广，一室排列数十床，或悬榻而卧，院内别为数室，以备兵丁看书习字，览舆图阅日报，间习测量格致之学。其兵丁之有家属者，于院内比屋而居，或给田亩，得以馀暇播种，设学塾令其子弟读书，大都为久远计，无充当年限。校场支青布帐，式与华同。每季则大操，总督阅焉。岁则会操，国君阅焉。水营弁兵常年驻海口，有属地者固按时瓜代，即无属地，亦必遍历各处海洋，以习风涛而谙沙线。其技勇之胜于陆营者，以陆营惟枪炮营造诸队，水军则诸队外又有鱼雷水雷，为攻守利器。每岁各国海军会于冲要海口，操演驾驶轰击之法，借军务之讲求，联友邦之和好，实以壮泰西之声势也。顾平时之训练既勤，而临时之号令尤要。马步队则止齐步伐，节制进退，毋稍紊也。边海炮台则扼要固守，相依为命也。防海之炮较大，架后有弦，能左右转，而不能转向内，故必置有向内炮位，以防敌船之突入也。水雷埋诸要隘，惟在测量得准，发电击之。鱼雷船敌所甚畏，其船之小者更勇猛迫近攻之，虽巨舰必坏，预立标识于海口数里外，如不及而返，以临敌逃避论罪，故有进无退也。常额之外有备额，其数辄十倍于常额，若陆路之乡团，水军之渔团，或由民间自募，不归正额而亦听调用。各国营制不同，有当常额二三年或四五年而后入备额者，有兵费不足常额无多约略训练而即为备额者，故论国势之强弱，

水师技勇胜于陆营

在军政不在军额。

学政

国赖人才
才由学校

欧洲诸国竞尚富强，似于偃武修文之意相悖，而其实不然。为国端赖人才，而人才必由学校。里选乡举，升之国学，优而后用，犹古者学校之遗焉。约而言之，在上者为书院，在下者为学馆。馆之官私大小，学之精粗纯杂，各有区别，教习生徒，从其类以为差。或限于方隅，则由教堂捐资，或绌于经费，则由国家津贴。幼童入塾后，能书能诵，执业分其类，男女异其塾，其不能为士者，则为农工商贾。女子则习女红，皆别有塾。瞽聋喑哑者，亦必有塾焉。凡民间子弟，至七八岁，无论贫富，例得入塾。如有溺爱纵容，至成童而犹荒嬉者，罚其父母。各国设学部，学校之政，岁有清册，若为家塾，若为义塾，若为杂技之塾，总计通国共得若干，教习学徒各得若干。中等之国，辄有学馆四五万所，师徒二三百万人，即里有塾党有庠也。各省书院，由国家设立者如乡校，然其最大书院设于京城或在大都会者，乃国学焉。教习有总有分，国学乡校，总教习必品学兼优者，由国家特简，分教习则必由翰林考试而后授之。学于校而优，得为教习于庠，学于庠而优，得为教习于塾，持符为信，毋有滥充。国家命使巡察学馆，拔塾中之俊者入庠，三年肄业有成，试入乡校，如生员，又三年再试入国学，如举人。至是必待四五年或六

无论贫富
例得入塾

品学兼优
国家特简

七年然后试，出学如进士。其入教习书院者如翰林，出学后不必定入仕途，多有复就他业及为商贾者。每试录取，由官授以符，如医生律师，非是无得售其术，然不尽由国学出身。国家命官亦然，生员举人皆可录用，供职勤能者择优推迁。惟学臣非三考者不选。武官必由武备学堂出身。充师船管驾者，既有海部或商部考取之官符，尤当有同船管驾之保荐，若学习管驾，曾历数艘，则数艘之管驾皆曰可，然后用之。为商船管驾者同。水师制造监督，必有本厂或他国大厂给以学习既成之符，然后用之。为他业监督者同。盖学为专门，鲜有博而不精者矣；学为实用，鲜有习焉不察者矣。宽其途必循其序，尽其量勿违其材，为国者之待士如此。纵务为富强，重武备技艺之学，以讲求夫军马船炮农工商贾诸事，而其相与为理者，则惟国中之老成耆旧以读书明理见推于其国者也。欧洲盛设学馆，多藏书籍，各国皆然，然其间实事求是者势日以隆，奉行具文者势日以替，人材之盛衰视学校之兴废，而其国之安危治乱系焉。议者谓欧洲诸国重武而不重文，岂其然哉！

学为专门 学为实用

盛设学馆 多藏书籍

农政

农部掌农政，大率以商部兼辖，鲜有自为一部者。京城外省暨各乡邑间，土田膏沃户口繁盛之区，辄设农事博物院，以讲求树艺之经，器具之制，似未尝不尽心于是也。乃历览各国，田野之夫，未甚温饱，阡陌之内，时有

农事博物院之设

荒芜，有不以农为贵者。盖尝察之欧洲诸国，少燠而多寒，论纬线度，惟西班牙南境在直隶省以南，气候暄和，种植岁再熟。意大利南境与顺天度数相等，仅宜于麦。欧洲中段与满洲蒙古度数相等，而气候较暖。若瑞典、那威，南境尚堪播获，北境已在黑道，植物难于长养，此限于天时者也。少壤地而多山阜。其郊原平坦，绣壤相错，宽广至数百里者，惟德、法见之。瑞典南境尚有平原，其他各国水复山重，或溪涧纵横，或砂石历乱。若意、瑞、西、葡之土田，例以《禹贡》九洲之等，则当列在中中，且有下下者，其上者则殊鲜，此限于地利者也。天时地利若此，所赖者厥惟人事。顾西人之于事也，殚精竭虑，斗异争奇，工巧夺天，神速缩地，必至尽善尽美，无毫发遗憾，然后已也，惟农事则不然。国家无耕耤劝农之典，野老无沾体涂足之勤，车辙所经，固无有挥汗如雨荷锸成云者，即偶见田间操作，十亩五亩之阪，仅寥寥二三人耳。耕不用牛而用马，农人握犁推之，到处皆同。一日见有耕者，其犁独异，服两马，柄横木尺许，耕者坐于犁上，其惰可想。因其俗以牛羊为饱，所需之𪎊麦无多。其种树林花卉瓜果蔬菜者，圃之业精于农。盖性耽逸乐，不耐艰辛，其人事又若此。故西人之曾游中国者，见中国之重农，尝赞美之，谓气候和暖，土地膏腴，尤服农事之勤劳，而往往訾议夫农器之未巧，是殆狃于机器而为此言也。然于瑞典之爱斯基耳斯的纡马城观制造农器厂，凡芟削刈割诸器与中国同，无所谓机器者。旋于瑞典南省见簸

西人性逸不耐艰辛中国重农西人赞美

麦之器，柜中装机轮而用汽，重倍于车，须数牛牵之始能行。后于西班牙乡间见灌田之器，井上架辘轳而汲水，连缀以斗，须数人挽之始能转，诚不若风车桔槔，仅一手足之力为灵便。或别有器之巧者，游览时未之见欤？中国夙称繁庶，为农者十得八九，国本所系，民食攸关，农服先畴之畎亩，工用高曾之规矩，出作入息，安为固然。斯民皆三代之遗，有必不当讲新法用机器者，此类是也。若欧洲者，人既不敷于地，民又不愿为农，意大利民数约三千万人，而农无千万，瑞典民数四百七十馀万人，而农仅得半，不可与中国同日语矣。观其以商部兼农部，则国家之经理者不贵农而贵商可知，虽曰人事，盖亦天时地利使之然耶？

中西之农各种差异

理刑

诸国大率承用罗马律，稍损益之而增其例。理刑之官，必精熟律文，屡试拔取入国学肄业，优而后仕，医学亦然，重民命也。古有苛刻之刑，今尽删除，命盗案不论抵，惟拘禁以终其身。滨海之国，辄筑牢狱于孤屿，若内地则在郊外坡阜，亦有远徙于海隅者。案情极重，则登三木为高架，曳犯上，猛下毙之，或然火枪击心胸，然亦偶有而非常刑。拟罪至此，若已无可原，国王犹必赦之，减等为永禁，盖上体好生之德，卒不照办，特律文未删耳，是永禁已为极刑。故折狱者，惟以罚锾之轻重，坐监之久

用罗马律删苛刻刑

暂，察其情，判如律例。至无例可援，则出新意，酌量科断，有宽无滥。国家命使巡按境内，岁一至或数至，视城之大小，政之繁简，以别察其罪罚监狱，毋致枉屈欺陵，有疑狱亦就地会鞫而断焉，无鞭扑捶挞之威，缧绁枷锁之苦。监中房舍洁净，供应周至，转优于贫苦之家。或谓待罪人如此，得无有失之太宽而故犯者乎？然例止监禁，犯之者已为大辱。盖上之人有以养其廉耻，而廉耻自生焉。愧厉之用，神于刀斧，夫何烦苛刻为哉！

监舍洁净优于贫家

理财

各国各省之征民财也，名色甚繁，章程互异，总括之曰税。关隘城门，地亩房屋，其同焉者耳。其尤者产业之税，而复计其岁入之工资；丁口之税，而下逮夫豢养之牲畜。且常税无定则，国用足则减，国用不足，又从而增之。其多且刻如是，而民无隐匿无怨谤者，诚不以损下益上为聚敛也。以境内之财供境内之用，税务官征之，户部库部掌之，度支大臣核之，议院定之，详载于简册，传播于报章。经理者涓滴归公，无中饱浮征之弊，斯入之也易；举办者工役必兴，无因陋就简之说，斯用之也繁。时闻有议绅恤民，不愿加征，司农告匮，屡次求退者，必计无复之而后议增议借，民间已家喻户晓，急公好义之忱油然而生。上若曰必不得已，民亦曰是诚不容已也。案各国财用每岁预算，其常额则量入为出，率有盈馀，惟无定之

税则减不损下益上

额入不敷出，以入款皆零星琐屑不可必得之数，出款大半系兴举工程，其数必巨，如建轨道筑堤岸置船炮等繁重之役，其非年例者，皆归无定额内计算，故必致短绌增税，不可以为常则。惟借债各国，债款往往浮于岁入总数，有专掌债务之官，分期项款，定其年限，利息有别，抵偿有准。如债为某项需用，必预计某项之利，足以拨还而有馀，而后为之，是以债虽多而国不患贫。间有无抵者，必非巨款，至无抵之款巨，利无所出，则必议增税减利，民贫而国患矣。若夫师旅饥馑非常之款难逆料者，视乎当事者之筹画，又当别论。综其大端，无非税之与债。国家以税征于民间，民间以债借于国家，似非措办之正，乃不以为上下交征而以为上下交济也，理财如此，鉴其烦苛而效其清明，则近道矣。

综其大端无非税债

商务

欧人重商，他务未遑，商务为急。商部之外有商会。会之在京城者官设之，其在各口岸内地贸易繁盛处者，皆商自设之。盖官商一气，国家之视之也弥重，而待之者甚周。举凡通邦交整海军遣公使驻领事，俱因商而设，不惜巨款。然非虚縻，而亦非帑藏，某处之需，即由某处筹款，设官管辖。属地则有总督巡抚，租界则有公使领事。属地之可整顿者，其刑罚税敛学校军营及一切工役善举，有利益于地方而能招徕商贾者，治之悉如其国。租界之事

欧人重商官商一气

通商益处 则稍简，设工程局以理之。至各国通商，操赢计奇，争先恐后，是不独商家之利也。物产农生之贩运多，则利于农，器械工成之销售广，则利于工。此往彼来，征收税项以裕国课。其岁入之数，固当以关税为大宗，即杂项之税，亦出自商家者大半，则尤利于国家。又以各国寒燠异候，土田异宜，工巧异制，以羡补不足，非商不为功，诚不若中国之地大物博，境内之产足以供给而无虞匮乏者，商务之难 此其不能不重商者，势也。然亦有难焉者。金银钱钞尽浮于市，故屯聚多而生息转少，火车轮船不绝于途，故转运易而居积维艰。至于远越重洋，广开市埠，当其先获利三倍，趋之如鹜，厥后集者日众，获利日微。以彼中之利较微，则犹略胜一筹耳，迄于今不惟无什一之获，且竟有折阅者，贸易之利已衰，费用之繁如故。即如香港及印度数处，近年用款极形支绌，债项屡次加增，其他市埠，官商之仅得敷衍而无盈馀者，更难枚举。夫巨海洪涛，天之所以限异域，而越国鄙远，即天地之所以疲西人。观欧洲今日之商务，正不得已之时也，其所由来者渐矣。

教务

教王之势昔盛今衰 泰西教王之势，昔盛今衰，而行教之事，昔非今是。昔者国王信从之教，臣民不得违背，有信他教者，众辄攻讦之，于是潜结党援，互相仇杀，为祸甚烈，不可胜纪。然彼所分为某教者，实即耶苏门徒，迨至支分派别，教之类愈纷，而教之祸转淡。彼此聚其徒，自相唱和，著书立说，道其所道，必各有见解，足以耸人听闻者，推原其故，犹是教人以善之意为多，又往往能为义举，补国家所未逮，若因而生事，岂设教之本旨。比者各国更定新章，臣民愿从何教，悉听自主。诚见夫各教名异实同，初无邪正善恶之辨，苟无过，自不必禁其情之所好，强斯民以必由，盖隐杜其党伐之渐也。且西人于国政必聚议，于事理必讨论，教也者，君民共之，亦政事一大端矣，乃上之人不敢拟议，下之人不闻辨诘，有自述其教之善者，断无评他人之教为不善者，不独陌路邂逅不可与言，即骨肉关切不能相强。夫昔之强人信从者，欲万有不齐之辈而同归于一，其事难；今之各得自主者，择性所相近之端，以听其自为，其事易，非所谓昔非今是者耶？惟亟亟焉以其教教他国者，阳奉诱掖之名，以隐行其笼络之术，今昔未尝异也。至用夏变夷之说，有必不能远暨于泰西者。中国遵圣人之道，崇圣人之教，即教即道，初无二致。欧洲书院或设躬行为一科，以课实践，询之则曰是讲圣贤之道者，圣贤指先正典型而言，与教无涉。其纪载之书，则曰中国民间信佛教，士大夫咸奉孔子之道，是分道与教为二也。西俗不敬鬼神，不别男女，闻中国有祭祀之礼，及大家妇女之深居简出，不以为然，妇女闻之，且惊为异。其礼仪游宴诸事，必后男而先女，而容貌服饰，语言文字，俱绝不相类，又无人焉遍行于其国，剀切婉转而晓谕之。况乎新例既行，各自笃信，各自默喻。凡事之不由劝导者，其信

愿从何教悉听自主

中西教义之异同

服必深，无与辨难者，虽瑕疵不见。诸教不外耶苏，而人人自矜独得，故今日之教，其势焰虽衰，而根株则愈固矣。即如日本虽用倭文，其士夫不乏精熟汉文者，明季曾建頖宫崇圣道，诵读四子之书，讲求经史之学。阅近人所著文集，辄能以道自任，慷慨激昂，极言时事，其俗喜为泰西装束，则大声疾呼，欲以笔舌挽回之，乃不数年而政府从西制，传闻举中国书籍付之一炬，非心服其道与教也，功利之说有以诱之，虽涵濡于吾道者已久，而犹不足以相胜。夫吾道固非急急于功利者，下乔木而入幽谷，故如是其易耶！观东人之不善变，即西人之心不变，不益可信哉？虽然，教者国之维，逸居而无教，则近于禽兽，是天下无无教之国。苟有教矣，彼且不自指摘，而又与吾道漠不相关者，更无庸指摘焉，特论其教务大致今昔异同有如此耳。

日本之变

逸居无教近于禽兽

爵禄

爵分五等禄按劳逸

各国封爵，公侯伯子男五等亦世袭，大率以赏战功。公侯之领部落者，或由邻国册命，或由百姓推戴，有以公爵封勋旧赐采地者，是为异数，今无闻焉。瑞典之待各部落主也，先以协和则锡之爵，后以携贰则去其权。近数十年以来，名器仅存，糈廪已撤，向之食大俸者并其家属得九百馀人，今已尽行裁革。西班牙有捐资得爵之例，他国无之。各国君王岁有常供，各官俸禄例必从厚。意大利大臣岁俸自四千两至七千两，武职倍之，以下员弁自千二百两至三千馀两。禄之厚薄，以责任之繁简劳逸为差，不拘拘于官阶也。瑞、那官俸略小于意，其俗俭朴，无不赡足。西、葡官俸递小于瑞，其俗奢侈，时虞匮乏。西以养兵太多，致虚帑藏，葡以通商未善，致失利权，不得不节饷减俸，颇闻员弁时兴贫窭之嗟，亦欧洲所仅见者矣。

户籍

民间生死婚姻，例必报官。男女老幼士农工贾各若干人，亦可查核每岁户口总册，登记甚详。及本籍出外者往至何国，他籍入境者来自何国，皆载焉。他籍寄居境内，例当报名隶客籍，一律输纳丁口薪水之税，亦得充杂职为胥吏当弁兵，惟大官及议院官绅，必待既入籍后始准除授。其入籍之例，各国不同，当于二年前或三五年前置有田庐者，或已寄居至十年者。若在客籍当弁兵，其本籍与有战事，得引嫌回籍。为商贾他事者听。

移民条件

婚嫁

西人二十一岁以前，婚嫁之事父母主之，逾期例得自主。其俗婚姻迟，故奉父母之命者殊鲜，彼此慕悦，即为配耦。女子自幼不闲束，街衢园囿任意闲游，惟每出必随其父母，少独行者。当男女邂逅时，侦知其为某家女尚待

廿一岁后婚嫁自主

求婚行径

字者，托于其亲知以达其意，无可托则自荐，折简以致其亲，无亲径授意于女，女允乃往见，不合则拒，合则留之，日一再至焉。由是行坐必偕，但食不同牢，寝不同室耳。如是者数月然后嫁，亦有迟至二三年之久者，甚或迟之久而又拒之而他适者。其为婚也，必报于官，必告于众，载册登报。婚之日，男女同诣教堂，长跽神前，矢皦日盟，教士忏数语，或诣地方官署，官为主婚，亲朋致贺，赠嫁有奁具，富贵者多与财产。既婚，夫妇偕往他国，作汗漫之游，久之始返。贫者同赴邻村，或僦旅舍，以行合卺之礼。嗣后辄离其亲，与妇家同居。尝见西人之待外父母恒过于其待父母，理不可解。游宴聚会之际，一切礼仪必女先乎男，虽宾客之尊，犹当后于主妇。其平日夫之于妇，诚有敬之如宾者。或好出游，夫不能禁。日用服御，所费不赀，供应良匪易易，故男子有鉴于此，女子虑其不给于供，有老大不嫁娶者。苟得温饱，其俗固不以似续为重，是以鳏寡之人甚多。夫男女居室，人之大伦，亦人之大欲存也，其重之也固宜，顾乃于五伦之中偏重夫妇，或且因其过重也而竟废之。中庸之德，鲜能求之，域外更难矣。

婚礼仪式

丧葬

弥月受戒

人之初生也，弥月后例入教堂，受戒命名，邀戚友之情好最笃者为主其事，即选一神之名命之，女孩以女神之名为名。如华俗村愚有生而艰于养育者，辄入庙拜僧尼为空门弟子，然亦间有之，非若西人自王公以至士庶无不然者。其死也，必请教士来家忏念，或携衣衾入教堂，诵经咒于其上。患何病卒，医者书一纸为据，署名签押，以明其非意外致死者，然后敛。丧主讣告亲朋，亲朋往吊送葬，葬后数日或复往致唁，值节序亦上墓供以花，无拜跪祭祀之仪。父母子女夫妻之丧，各服其年，兄弟姊妹之服六月，父母之兄弟姊妹服三月。父母之丧，不燕宾，不作乐，亦不去官，惟名柬用黑纸白文，或仍用白纸加黑边，丧服尚黑，与平素无异，不能辨也。丧葬礼仪

礼制

泰西礼制甚简，无等威之辨，无仪度之隆。姑举其最彰著者：如王宫基址广大，栋宇崇高，乡间形胜之区辄筑离宫，以时观游避寒暑，亦无过于华美者，而大国之使署，富商巨室之居及客寓之大者，其规模堂皇直与之埒，教堂之奢侈无论已。惟王之车雕镂物饰，金碧辉煌，藏之宫中，不常御也，其常御宫车不甚美丽，驾二马，遇有典礼则驾六马，迎邻国之君亦用之。使臣初至其国，迎以宫车四马。国妃屡出游，宫车两马，御者二人，服长袍坐车前，或四人，则二人立车后。王冠范金为围，宽五分，前后左右为梁八，宽如围，长各五寸，状似半环，聚于顶，略锐，嵌五色宝石，以白缎为里。爵五等冠制相似而式有礼制简易 冠服礼仪

差，皆用以为标识如旗帜然。凡官署公廨之类，则凿石象王冠置门额上，凡器皿系国家造者皆绘之。有爵之家，镌小印如冠式，用于柬札。王遇典礼，则戎服如大将军，衣皆黑色，冠饰金，有缨高耸顶上，短衣窄袖，以金为护肩，带宽约二寸五分，环于左肩右腰，斜系之，色白其最贵者也，次则蓝，又次红，袖边绣金丝为花纹，宽二寸半，佩刀，其鞘及于地。凡戎服略同，提督以下无带，职卑者护肩用白金，袖口金边无花纹，宽不及二寸，行或三行，以少为贵，弁兵职衔在袖之肘间缀红白色缕，自一行至五行，以多为贵，武职者终年戎服佩刀，自王至提督则不然。文职服官服时殊鲜，未尝见焉。大小臣工有功则赏宝星，佩胸前左旁。王与妃礼服皆尚白。王之服如华俗所谓背心者，长三尺馀，白缎绣金，殆满丈教师诵经时有此式服。妃之裳前幅垂及足，后幅连裾，长八九尺，服之则其半拖曳于地。缎之致洁，金之璀璨，皆良工所造，盖行婚礼时曾服此云。

乐器

乐器有鼓，有小钟，有钹有如喇叭而环曲者，大小数等。有胡琴状似琵琶，安弦二，大者高于人。有笛以木为之，亦六孔，因其相似也，吹之工尺位置果合，惟音高亢耳。有一器差异，以高五尺之木上端作曲势，系数弦，声大于琴。盖八音惟金丝革木而已。洋琴几于家置一具，而

家置洋琴

群乐竞奏则无之。用乐者，跳舞会、诸戏院、巨室之宴会、旅馆之侑食及茶寮酒肆之大者。若军中尤所必需，每队有作乐之兵，步伐止齐，咸合音节。市中亦有弄之以行乞者。其作乐也，不以鼓为先声，各置谱于前，乐师持尺木作势导之，虽不识曲，而但以意会，其轻而缓，似哀怨之音，重且急，则杀伐之音也。风琴仅见于教堂，以围大五寸之铜管参差排列，下截插柜内，管有簧，柜有窍，按之风吸入则鸣，其声镗然，教士诵经和之，腔调悉如华僧。 教堂风琴

卷十二 总略

巡捕局

城市巡防昼夜不辍

城市由地方官派员设局，以为巡防，兼管捕务。城中每方里约有巡卒十五六人，分为两班，昼夜更替，虽大风雨寒暑不辍。凡官署公所之前，逻守尤严。各车道栈巡防以二人为一班，有弹压侦察之任，以武弁如千百总者当之，虽中途极小车栈亦然。街衢中相距约二十馀家派巡卒一人，十字路口及街道弯折处则多派巡卒以看守之，见有形迹可疑者、喧嚣惊众者、乞人强索者、驱车无范致伤人者、酒后步履蹒跚或滋事者、互争执相殴骂者、污秽道途者及一切不应之处，必执之送局，由局转送理事官讯办。凡巡卒皆着号衣，持火枪，夜则系诸葛灯于腰带间，可望而知，黠者犹得伺其不察，乘间为匪，乃复派有暗巡者，衣服一如常人，杂稠人中暗自稽察，较明巡者更为周密，往往有所执获。若缉隐匿捕逃亡，则局中用有探事人为之指引，如中国所谓眼线之类，其耳目尤胜于暗巡，案情疑难者辄能访查清澈。其乡村之户口稀少者，守望相助，不设巡捕也。

工程局

局管营造各种杂役

工程局管地方之营造，惟平治道途之事为最多，如砌街道筑马路，必由局经理，稍有损坏，当时填铺。凡车马驰骤，皆应遵谕，行人作践，悉行禁止。其搬运污秽，洒扫尘土，春夏删树枝，秋冬扫落叶，以及置放自来水煤气灯之管，皆局中工役为之，实即清道局也。至如掘河造桥砌岸筑堤等事，另由工部招人承揽，或专设水利局。又如河海之立浮桩造塔灯袪礁石探沙线一切行船事宜，归海工二部辖之。国家之修葺古迹，商家之改建市房，固各由工匠承办，然必当遵守工程局所定章程，不得有碍于地方，故各国工程，无论城乡，莫不整齐坚固。其属地之小者与通商租界，必立工程局，且兼管他务焉。游历时所见堤岸墙垣，或用长方石条排比平砌，或用大小石块参差堆筑，其胶粘之缝从无沉漏脱裂，以弥缝者皆用崔门土及波查腊恒之类，询之西人，云此土出于产硫磺之处，为工程中极紧要之物。中国土产不乏硫磺，或当有此种土，用泥沙石灰麻杆末柏油制练之，以筑炮台，实异常坚韧。一切工程所需亦繁，所望有心者访寻而试验之也。

善举局

经理善举可谓仁政

善举局亦由地方官设立，委绅董之老成练达者司其事。凡养老育婴济贫疗病等院及一切善举，皆由局经理，其有未尽未善之处，或当添造堂院，议立章程，亦由局员协同地方官妥办。其城市偏僻户口稀少者，或即以工程局兼之，又或由教堂办理，不使穷民失所，可谓仁政矣。

书库

中书言理西书言数

天下事物繁赜纷纭，无非理之与数。中国之书多言理，西人之书多言数，天文舆地算学格致之书，固不外乎数矣，即其他有数可稽者，虽极细微之物，犹必综核之比例之以求其详尽。如国中畜犬者得几家，鸡生卵若干枚，进口出口若干枚，岁有总数，然或以收税故可查耳。有论人身者，且察至头发黑者每方寸得若干茎，较白者苍者盈绌几何，亦以书诸简册，故纪载之书汗牛充栋，宜乎智造一技，工成一器，必有书焉。著书既成，例应呈进国家，

书库坚固收藏丰富

藏于书库，然后可行于世，若未呈进，先见坊肆售卖，是谓私行，则有罚。各都会造广厦以为书库，其中多用砖石铜铁，鲜有用木者，防不测也。各国收藏之富，动辄数百万卷，大半系本国文字，英法两国之文亦复不少，比者兼

讲德文。中国书籍亦颇搜罗，见于意、瑞两京书库者，经史多不全本，医书本草无善本，无怪其不知简要也。如东南洋诸岛国亦间有之，备式而已。其馀本国之书，分门别类，有若律学、医学、画学、化学、国家掌故、圣贤道理之学、天文、舆地、武备、文事、技艺、制造之学，而总之者算法格致之学也，其学者亦各专一家，不在泛览。内设观书之处，明窗净几，供人披阅誊抄。每观书库时，见抄阅者列坐数行，间有妇女，皆寂静无声息，需何书，告监守者为取给之，亦得携以至家，限日交还，签押为信。盖收藏之意，使国之人皆能力学，由国家设立，胥关实际。书院大学馆中亦必多备卷帙，富绅巨室往往有藏之者，皆足以增才识广流传，其为益岂浅鲜哉！

观书之处静寂无声

武库

各国讲求武备，不遗馀力，积储军械，无虑不供，诚以师旅为国之要图，在欧洲尤为急务。苟非武库充实，一旦戎马苍黄，军书旁午，取诸宫中，预备无多，而其藏易竭，购之局外，公法俱在，而其事难行，惟亟亟焉先事而预防之，乃有备而无患也。尝于葡萄牙阅武库，一为火枪库，藏枪四万杆，新旧各半，旧式者他国已废不用，大率改造新式者，多双筒，每次实药弹九枚，是枪皆购从他国，笔码则由自造。一为兵车库，回廊列车数十乘，室中列炮约百尊，壁间悬挂鞍辔之属数千具，皮革坚洁，悉如

武库充实有备无患

新制。最大之车以油布为帐，可容十馀人。营弁乘之运粮饷者，以木版为围，大亦相似。其次专运炮弹之车，容弹四箱，计三百八十四枚，箱内以四匣为一行，上下各两行，计十六匣，匣长一尺二寸，宽七寸，高六寸，置弹六枚，匣中有木版，为圆孔六，以弹实其中，不致击撞。炮车不另置架，即装于车轴之上，旁坐两人，炮口向后，计重千二百斤。其小者以骡马负之，分作三马，一负炮，一负车轮炮架，一负车轴药弹，又三马以备骑者。每炮一尊，有六马二十馀人，时常演放，列马于炮后，使习闻不惊。临阵则一炮有枪队七八十名护之。大小车辆必有预备更换之轮。葡国壤地褊小，铁路少而山路多，势不得不多用车骑，又以境内少制造军器厂，故令阅武库也。意大利系各处存储，即未之见，非若葡之聚于京城者。瑞典水师厂见防海水雷不下百具，兵丁聚而上油，其厂屋下层电线盘折，浸于水中，以备水雷之用。凡军器有铁锈易致剥蚀，虽精良者亦不适于用，欧洲无论何队兵丁，皆自理其器，拆卸配合，无不能者。在营军器固皆光洁明亮，藏于库者亦必随时察看而润泽焉，不然竭意以经营，竟坐听其朽坏，虚縻巨款，贻误要需矣。乃不使工匠为之，而即以兵丁当之，则一兵有一兵之事，一器得一器之用，其收藏之法亦善矣哉！

收藏得法

画院

绘画之事，中国目为小道，即文人抽毫研色，无过遣兴而已，初不甚矜贵也。若西人之于画，则固有郑重其事者。幼童就塾后，既能写作，辄令学画，国家书院或亦特设一科，故各国率有画院以收藏之。绘事之精，向推意大利，至今不失其传。尝见有停车道旁，泊舟桥下，对景握管者，通国业此之男子三万一千二百人，妇女四千五百人，合雕镂物饰堆塑偶像者核计在内。搜罗之富，当以法京巴黎之鲁佛博物院为欧洲冠，其次即推西班牙之马达利，以昔时探地得阿美利加后骤致富强，故力能罗致，大都出自意大利、佛郎特、荷兰国人之手，由今观之，即建国之古如意大利，且莫之与京也。院中所藏油画为多，有方广丈馀之巨幅，有数寸之小帧，皆以布为之，以油调颜料涂抹于上，迫而察之，粗劣可嗤，略远审视，则光影声气诸相俱足。间有用纸为墨笔者。其讲求画理，必用算法比例，方之真者减若干倍，递高远则递减。虽名家偶着误笔，不值一钱，庸手有时合度，亦得善价。有以五色丝织成者，宫中最多，幅高丈馀，广几二丈，壁间皆是。伦敦水晶宫内，以机器织小片，机大如中国织布之机，能为各种人物花卉，或以照影令织，面貌衣履无毫发差，技亦神已。其以碎石嵌者，罗马教堂所见为最佳且多，今又有以碎玻璃碎瓷嵌成者亦佳。又或用他法为画，奇巧叠出，不

西人绘画郑重其事

绘事之精推意大利

搜罗之富法京巴黎

能缕述也。盖西人之画，因用算法，乃底于精，因有照相，乃得其真。举凡天文地理技艺制造以下，至于一草一虫之细，其形形而色色者，非图无以尽见，非图之精且真，虽见之而仍无以尽知。其将以各国人之博览，供妙手之临摹，郑重而收藏之者，比物此志也，固不仅为玩好之资已也。

医院

医院整洁侍候周到

凡人烟稠密处皆有医院，治寻常证候者即在城中。房舍必洁，伺候必周，男女大小，各有区别，聘名医住院中施治。若病之能传染人者，必于乡间特设医院，如瘟疫等病是也。治疯颠亦必专有医院。皆由国家设立，亦有绅富集资为之者。中国以医为杂技，与占课言命风鉴堪舆者流，粗识肤末，辄售其术，以博衣食，其害人欺世不顾也。医为人命所系，操术不可不精，虽间有专门名家，而庸手杀人正复不少。西人则郑重其事，书院中必设医学为一科，及其肄业既成，考列上等，然后由官授以准其行医之券。人之称之也，与国之进士及各业教习同，谓之曰铎克端，诸国相似，译即深于学问人也，其重民命如此。

设医学科郑重其事

养育院

养育院各国皆有之，由国家设立者居多。凡民间之婴孩与夫衰老穷苦无所依赖者，必各为院以养育焉。其院中章程与中国大略相同，有院内所不胜收者，则亦乞丐于市，终日坐立墙阴，行人过其侧，低声告语，不踵门求索也。视其人率皆衰残，经过各国，偶一见之。西班牙、葡萄牙两国较多，间有壮盛者。乘马车游览，辄有村童沿途求丐，因其乡间穷困者多也。至于各国待残疾之民，如瞽聋喑哑，则必分设习艺之所，使稍有所能，即得以自食其力，不至于废，其一无所能者然后收养之。大凡贫民之为工役者，当年力强壮时，亦仅足衣食而无所积蓄，及其老也，势不得不藉院中赡养。国家虑及此，恒专设钱铺以济之，或由殷富开设。为工役者，于逐日费用外，积得银钱一二枚或铜钱数枚，即交钱铺收存，立簿为据，不拘何时，随积随交，铺中代为生息，数年之后，养老有资矣。夫积少成多，事甚平常，然无人为之经理则必不能。其幼而孤者有产，则亲族理之，无亲族则官为派公正者理之，俟其成立交还，无资产者令幼孩入院。其国家待贫苦孤独之厚如此。惟育婴院每岁收养之婴孩有私生子甚多，约得十中之一，登诸户籍，不以为丑。或罚奸夫岁纳资于院，至十六年然后止，又何其俗之浇哉！

养育院由国家设立

专设钱铺以济养老

技艺院

技艺院亦国家设立，多归商部兼辖。选精通机器制造之学者，为院中考察之官。凡良工巧匠创造一器，或旧有是器，以新法为之，突过前人，乃专造一式，器之大者缩小之，并胪举其用以呈于院，院中细加考察，如勘得破绽，则指驳之，留其式为戒，不准制卖，以罔利而误世。如器之良者果适于用，有利于民，则标出之某时某籍某人创何法成何器，得益者何，胜人者何，藏其式于院中，一一陈设，以为圭臬，国家从优褒奖，给以符，或十年或五年，准其一家制卖，以专其利。如限内有私自仿造者，必罚之。倘本人无资本，或因年迈，或得重价，自愿售其术于人者听。又有关系较重如军器，得秘制新法，国家出资购之。医者创制药饵，能疗危难之症，屡试灵验，国家既授符券，辄复赏以多金，竟有因艺事而骤致巨富且得重名者。是故西人之于技艺，不惮罄产业竭心力而为之，或师长未尽善，子弟继之，及身未告成，子孙承之，务极其完美无少缺陷焉而后已也。其讲求技艺如此，盖将以利于民者利其国乎！然而智巧日辟，风尚日漓，不知奢侈伊于胡底。虽尝闻诸西人，亦力求节俭矣，如火车轮船，其钢铁价值制造工费省于前者数倍，而行驶之速倍之，煤斤之省又倍之，即今之为他技艺者，亦莫不曰用某法某器，工费之所需较减若干，制造之所成较增若干，夫如是，宜其获利三倍，而乃昔之本重而利亦重，今之本轻而利亦轻者，何哉？良由制造愈多，机巧迭出，售卖愈广，贩运频来，趋时者厌故而喜新，图利者争奇而斗异，苟非务为华丽工致，灵便新奇，恐不足以悦耳目而增声价，于是精益求精，巧益求巧，辗转慕悦，习俗移人，时势使然，而遂成

制器精良 专利保护

讲求技艺 利民利国

运会。其宫室车马，饮食衣服，华美无度固已甚，至旅馆奏侑食之乐，富家用土室之仪，举国若狂，不以为泰，即居恒玩好，寻常游宴，费且不资，如或稍为俭啬，将群焉鄙之，以为朴陋。夫朴陋固未为当，而奢侈究非所宜，制礼所以协于中也，若与其奢侈何如朴陋之说，诚不足为外人道。然而偭规越矩，奇巧是矜，鬼斧神工，精神误用，如编一草帽工至百馀日，制一时辰表价且千馀金，平心察之，其可从节俭者正复不少。不作无益害有益，不贵异物贱用物，彼讲求技艺者，其亦知之否耶？ 华美无度举国若狂

博物院

尝思《大学》无格致之章，泰西有格致之学，岂真吾儒失之而彼中得之哉？第袭其名，为夫妇可与知，核其实，为贤哲所难尽。夫求之于迹象与求之于性理，其浅深纯杂之故，判如霄壤，然而一物不知，儒者之耻，四海之大，足迹难周，纵未能精益求精，由博反约，亦庶几见所未见，遇物能名，此博物院之所由昉也。其院之大者，萃万汇之精英，罗五洲之物产，方以类聚，物以群分，若者为何地之材，若者为何时之器，纵横万里，上下千年，循流溯源，因端竟委，或彼善于此，或古不如今，诚足以长见识而资考证。然惟英法德诸大国有之，若各国博物院之总者。其搜罗未甚赅括，亦琐屑无关紧要，颇有若小儿之陈设玩具者，日本之物，往往伪托中国，以赚西人，如瓷 大博物院长见识资考证

分门别类之博物院

器书籍及什物之类，真者无几。惟分门别类之博物院亦有足观者。于意大利见古物教中物，则前民矩矱，方外衣钵之传如昨也；如西班牙见画院矿质院，则章施五采，开采五金之事可考也。瑞典各省多有讲求技艺机器制造者，弓冶箕裘，如读考工之记；那威专有罗列草木鸟兽虫鱼者，飞潜动植，如披山海之经。各院中常见伪制人身，可去皮附，洞观脏腑，非独医者得察之，亦使众人共见之，以为不周知一身之内，何以尽知万物之繁，其论亦是。盖人可以不识麟凤，不可不辨菽麦。西人之博物，虽非正心修身之要，犹是洽闻殚见之功，亦学问之一端矣。

观象台

天文台

各京城省会，筑台于高阜以观天象，选精熟天算者总司其事，有志学习之士时至焉。其间所用大小测量仪器，句股弦弧与中国同，但未见浑天仪。初至意大利，观教中陈设之衒奇会，有仪象以铜铁环制成，仿佛似之，环数重为椭圆形，外环径约三尺，日月星辰之运行各以其度，刻洋文，惜非法国者，不能识也。各国精制地球所见甚多，其至大者径可三尺，至小者如碗。惟天球则罕见，仅于意国书库瑞国博物院各得其一，皆古时之制，体殊大，油纸多裂纹，细察之，以颜色绘星象，有人形者，有兽形者，计十二种，译其名颇有与中国同者。导游者述其略，云上为某星，下属某国，月十有二分，属某星，差与分野生肖

星座

之说相似，然彼固无干支之纪也。凡天文台所用时辰表，多以木匣盛之，匣高四寸，方八寸，平置而不直竖，比来行船者皆用此定时刻最准。远镜长盈丈，上端口径尺馀，下端口径二寸，架以轮，能旋转，或并测者坐具亦可旋转，用以窥星辰，测气候，有非常风雨，十日前已知之，传电于各海口，使行船者得以预防。己丑二月之望，寓西班牙京城，阅日报，谓二十一二等日当有大风，已而果然。占风之器，以薄铁片作鱼尾燕尾诸式，高出屋瓦丈许，通铁丝于下，其端有铅条著壁间纸版，风向何方，力至何度，视版上刻画之铅痕，逐时详纪。测地震者，室中置铃系于电线，达各城天文台，凡遭地震之处，发电各处铃即响，不必转电报局，致需时刻，其意欲使闻铃之处即得细验其震与否也。法京多用电气为时辰表，热闹街道则置表于木竿之上，四方以玻璃为表面，中空无物，夜然煤气灯，即由天文台极准时辰钟发电各处之表，每一分时针一动移。英京大客寓有天文台传来电报，寒暑风雨时刻，即以字母凑合而成，忽定忽动，自转自舒，置楼梯下路旁，客之出入者，或当更衣，或当携伞，以及时之早晚，一览憭然。尝于瑞京观测验天文印字机，殆即此法。然此仅纸条宽五分，而瑞京制者日得测候之表，午前午后分列为二，合之可订成帙，尤为灵便赅括也。

气象预报

街道置电气时辰表

会院

聚同志同道于一堂，以相观摩曰会，各业皆然。其最大者，如古罗马不立国君，集国中之贤能者共理民事，谓之公会，今无此也。惟欧洲各君时或大会世子，亦以就姻，以讲艺，咸会集焉。戊子十月，由瑞赴葡，经丹玛京城，见道旁多悬旗帜，正各国世子群集也。统泰西诸国海军岁会于冲繁之口岸，各国中诸路陆军岁会于紧要之内地，又有以国家大庆或以得国之日为始，每届十年百年之期，则筑广厦，罗致五洲物产，各种制造，为衒奇会，以志盛事，皆会之大者也。他如商会文会天文舆地博物格致之会，以讲求夫测量占验造作摹仿之法，必专设一院，以时聚集。有一人宣讲众人听受者，有互相辨证折衷一是者，此西人所谓交换智识也。凡通都大邑，造高广院宇为总会，其地之富贵者，辄以闲暇之时，叙晤于斯，宴饮于斯，舞蹈于斯，及一切玩弄之具无不备，若是者为游憩计。或邀同业者为一会，盖惟联声气结交游而已。尤可异者，夏之泅水，冬之溜冰，春秋之赛马，咸以为胜会。法国京城且有终年赛马赌钱者，是又会之无益者矣。

衒奇会（博览会）

各种胜会

公司

凡国家商家，欲举一事有利于民而可收利权者，如资本重大，则纠集股份而办理之，谓之公司。合伙至五人以上者，亦谓之公司。择精明正直者总理其事，每岁出入款项，必于上年七月朔起至本年六月末止为一结核期，其简明总数载于日报，咸使闻知，另有详细清册，刊印成帙，分给在股诸人，使深明底蕴。各国公司类能持久，要在立法尽善，究其利弊，无致一毫之遗，用人各当，优其薪水，自得专心丁事，国家又必为之随事保护，按时查察。保护者，如设商会遣兵轮驻领事官之类，查察者，如火车轮船公司则时常委员察其道路船只有无损坏，一切运载行驶章程有无妨碍，银行公司则于岁终委员查盘现存银两有无亏折之类，故为公司者，大半事业繁干系重，商家办理之者惟谨，国家维持之者亦周，盖其利害往往有关于国计民生者，不仅顾全商局已也。

集股公司

公司持久之道

报馆

报馆有数类。画报画极工致，各国京城有之，他处罕见。日报持论较正，各处皆有之。新闻纸专述新奇之事，阅之以资笑谈。又有一种，仅载俶诡怪幻，即寻常一事，亦以诙谐出之，故作丑恶之画，令人捧腹者。意国除新闻纸不计外，其境内日报馆五十馀家，西班牙三十馀家，瑞典、那威数亦相等，葡萄牙十馀家，亦盛已。盖闻报馆之设，起自日耳曼列邦时，议及国是则有禁，欧洲他国未盛行也。厥后渐推渐广，禁亦渐弛，迄今遍及寰宇。即尊如

各类报馆

相臣，亦恣意评骘，但不非其君，与夫军国机要，无得而闻焉。综核其实，在泰西行之，似有所益。其篇首载论说，间有诗歌，稍涉深奥，以备文人学士之博览，其次则纪国政之得失利弊，人事之善恶邪正，足以供采择而资观感。凡政令科条税则款项，自国家掌故以至商贾农工货殖之书，树艺之经，考工之法，莫不绘图缀说而详述之，俾国人咸晓然于事理，其为益也多矣。而或以为多所损者，谓其能激变也，如普法之战，两国之民每阅日报，群情汹汹，抑知其实不然。人莫不亲其上而仇其敌，当时事已决，有慨乎其言之以鼓励士卒之气耳，战阵之事，权在君相议院，夫岂区区笔舌所能激成也哉？是以西人之于报馆，若视为必不可少之端，以识字者众，仆隶村野之愚贱皆阅之。闻中国向所未有，仅见于通商海口，辄以为异焉。

报纸内容

戏馆

都城省会必有戏馆

各都城省会市埠，必有戏馆，如英法京城各有大戏馆十馀所，意瑞等国亦不下三五所。此外有马戏馆，畜大小马教演杂剧，调驯如人意，犬猴狮象亦能舞蹈。有技勇戏馆，种种幻术变化不测，缘橦跳跃如鸟移枝。若斗牛戏，先以牛触马，复以人杀牛，极拙且惨，惟西班牙有之。然皆戏馆之小者。其大戏馆筑室为圆形，高四五层，容千馀人，第二层楼向戏台正面设王妃观剧之位，张黄锦为幔。

一馆之内，优伶乐人数且盈千。演时陈设华丽，装饰奇巧，每阕观者鼓掌，优人复唱，如是再三，优人鞠躬鸣谢，乃垂大幛障台前，少顷启幛再演。幛皆巨幅油画，名人手笔也。富商巨室，咸以为乐，或越数日辄一至焉，且有终年买坐者，故日用颇巨。观剧费月计得银五六百两，设一戏馆，动需银一二百万两。前二十年，法大败于普，迨议和，允赔普国兵费银八万万两，议院议善后事，稽查库款，所存无几，约合银八百万万两，断不足以供正项之用，抵一款之需，筹画久之，卒无善策，有建议者曰商贾为先务之急，京师为首善之区，勿使巨创后城市自此凋敝，急宜兴造戏馆，聘乐师，致名优，一切当突过从前，远胜他国，以为欧美冠，庶足悦耳目，来商旅，若不此之图，至既已落寞而始议招徕，晚矣。政府深韪之，遂罄府藏，造大戏馆于巴黎。盖泰西之谋国与西俗之好尚如此。优伶中男女老少皆有，惟淫戏淫词之禁綦严，无敢犯者。

富商巨室咸以为乐

普法战后建大戏馆振兴巴黎

卷十三 总略

朝

泰西宫室，无制度之区别，游历所止四国，惟意大利

罗马王宫

罗马王宫基址方广，墙宇高峻，宫前围以石阑，列高大偶像，门在左右，其中间筑石室作半月形，坚固如炮台，内有弁兵守之。宫之后为大园林，百官入朝者驱车而进，有时见有枪队二三十名列门内路旁。再进内为楼梯，有值班侍卫一二人，率皆躯干修伟，戎服执枪，立如木偶。历石阶数十级，其上宽广者，则为王受朝贺之处，设一坐，无

臣下朝王鞠躬握手

定向，不常御也。百官待朝之处亦宽大，常时视朝无定所，冬日恒御斗室，春秋暄和则所居之宫稍敞，夏日常往乡间避暑之宫。凡臣下朝王，鞠躬握手为礼，有俯首嗅王之手以为敬者。君臣各立不坐，亦不设虚位。曾见设位之

处，于两旁置坐具四，盖为召见亲王相臣者。臣下言事毕，鞠躬握手而退，此其朝仪也。宫中有大臣聚议者，为政府，供奉耶苏者，如佛堂，有历代王妃及欧洲列国君王画像之阁，跳舞之庭，宴饮之室，皆宽广者也，金碧辉煌，陈设华丽，墙饰织锦，壁悬油画，几案间多列彩瓷瓶缸金石镂刻玩器以为观美。西、葡、瑞、那略俭，宫亦较小。

市

各地方之稍繁盛者，则择人烟凑集之所自为一区，以为市。架屋如厂，凡牛羊鸡豚瓜果蔬菜之属，毕集其中。其都城省会地方较大，分设此等市屋数处，以便居民就近购买，若物之败坏而不新鲜者，不得入市。贩牛羊牲畜入城，必于城外要路设有一处，一一查验，或瘠或病，或察之有异，概不入城。夏日禁卖猪肉及一切野味，恐有毒也。酒类甚多，悉经医生试验，必取其有益无损者，各国同。

入市检疫要求严格

园

西人修养之方，务使气血不滞，休息之所，务使耳目堪娱。富家巨室，营别墅于乡，拓地十亩，有风亭水榭，嘉树奇葩。其大至数十亩或百亩者，于园林外围以藩篱，艺麦种菜，得田家乐趣。夏秋之际，挈眷居之。即农家者流，亦各为园圃，此家家自筑者，惟乡间能之。若城市人烟稠密，地价昂贵，阛阓毗连，楼阁高耸，断无馀地可为园者，然轮蹄杂沓，廛市嚣尘，日夜营营于斯，毋乃劳顿，是不可无清幽旷荡之境以舒畅其天机，故凡都会市埠，必造公家花园。其民数多者，辄有大园林三五所。意大利京城中间，有园在山上，大可百馀亩，溪流涓涓，清超绝俗，其石偶精细，老树参差，皆古物也。园东南隅，六角大石柱矗立于山坡之上，上刊泰西各国古字，有若钟鼎文者，其他石柱或圆或方，刻像肖古时人物。罗马建国于周幽王时，在欧洲为最古，闻城中之园，华丽有胜于此者，游人联袪褰裳，络绎不绝，然未尝涉览也。西班牙京城之园不甚大，中多乔木，仿俄罗斯自行车之制，架木为山头数重，铺双道铁轨车，容十馀人，一往一来，高下凹凸，如波折者三，游人辄喜乘之。葡萄牙之博耳多城，亦有山上园林，其地平宽而势雄壮，可观沧海，有广厦曰水晶宫，以玻璃盖屋，无片瓦。忆过英国伦敦，曾见一所极其高广，此则袭其名而小矣。瑞典京城别有一岛，以为园林，傍晚乘马车绕长桥以入，或以小轮船航之。岛中设酒楼曰好斯耳排铿，每当天气暄和之夜，列炬千百，宫中乐队奏乐于台，大家之宴会叙晤游览嬉娱者，辄日至焉。其山后僻静处，时见乡人席地而饮，或坐或卧，山前则百戏竞作，应接不暇，如生物园之畜珍禽奇兽，各戏馆之演杂剧技勇，其间饮酒为乐，品茗闲谈，吹箫行歌，射的赌胜

都会市埠必造公园

者，攘往熙来，几成闹市，夜分始散，日间衣单袷，至是非挟纩不温矣。此外有园林之清静者，惟以茶寮音乐供游人坐憩，馀无有焉。各城公家花园，多由工程局营造，以为居民所必需，或设以取资，游者必纳银钱买票而后入。欲令地方繁盛，众心喜悦，故虽游娱之地，国家亦必为之经办。即凡疾病养育等院，必有园林，诚为修养休息计也。而监禁亦往往有之，盖其国俗有如此者。

林

欧洲各国林木茂美

欧洲各国，有林麓官掌种树，令林木茂美，到处皆然。培植灌溉，毋致焦枯，疏密纵横，毋致杂乱。城市之路侧墙阴，剪除有法，沃叶繁枝，毋致妨碍；乡间之山坡陇畔，斧斤以时，拔一植二，毋致缺乏。其在官家者，街衢园囿游憩之所及古迹茔地，必多树林，以工程局巡捕厅管之。国家公产、国王私产之在乡间树林多者，以武弁驻其地守之；其系民间者，种植删伐，悉遵禁令。诸国有树林地亩，其数皆可核计，如意大利通国种植之地约得八十三万四千二百四十方里，树林十一万五千二百方里，业此者男女六万人。其间多树橄榄，故材木之用不足，乃购自他国，岁需银千三四百万两。西班牙亦多植百果，橄榄葡萄二种更繁，而少材木，造屋木料之进口者，岁五六百万两。葡萄牙树林稍多，进口之值约百万两，而出口软木之数过之。瑞典、那威地亩几以树林居其半，木之大者用以筑室，小者伐之为薪，境内所需极繁，而犹不可胜用，运售他国，岁得银三千万两。至各国城市之林木，有植无伐，或大可合抱，或小仅拱把，驱车而过，其为古治为新建，观所树之木即得其概矣。西人以为树林之获益甚多，试略述数端：谓墙下篱边，随在可植，是无废地；诸类杂木，各适于用，是无弃材；潜滋渐长，不烦培养，是无旷工。凡此皆足以生财固也，而又谓足以却疾病。绿树浓阴，蔽烈日而延爽籁，朝暮馀间，坐憩林下，清风徐引，凉意迎人，以树能收炭气生养气也。西人分炭养二气最清析，质言之，其重浊不正者为炭气，轻清自然者为养气，理或然矣。而又谓足以致雨泽，则以地球各国凡树林多者不致雨泽愆期为证此说。窃尝疑之，夫乙癸同源，其理固有可信，竟谓树能致雨，恐不尽然，正以雨旸时若，植物易于长养，如红海焦土数千里，终年酷旱，即寸草不生，出云降雨者山川之气，何关林麓？其他说姑弗具论。要之种树固民生要务，中国亦有种树令，而欧洲各国尤郑重其事焉尔。

培植树林获益多端

浊者炭气清者养气（氧气）

城

国之建都会郡邑也，设官以治之，驻营以守之，用能保卫万姓，捍御非常者，则有城。城也者，取一成而不可毁之义，其制高厚完固，苟或倾圮，则修葺之，初无有任其毁坏者。独欧洲诸国则不然，凡户口繁盛之区，无城郭

欧洲诸国市无城郭

而有界限，其不筑城郭者，以古时风俗犷悍，遇有争斗，必出阵野战，无肯固守，或亦缭以垣墙，仅足以防宵小，不足以当敌兵。迨至以火器轰击，新法迭出，城更无用矣。其严定界限者，为征税也。百货由他国入境则征之，设关于边界及海口；由乡入城亦征之，设关于城门。所谓门者，即四乡入城必由之车路，叠砖石为洞门，俨如闉阇，或阑以铁栅，关吏司启闭焉。土产入城，如牲畜粮食之类，其税则之轻重有无，各国不同，惟烟酒二种则必有税，且较重。各城火车栈必专有税务司查验，除城门车栈外，其周围非栅即篱，或即短垣，或如濠沟，又有环以火车之轨道，间以河海之堤岸者，别无途径得以绕越。城中街市纵横，人烟稠杂，其居民散处者即系城外，但不见城垣，似无从辨其内外，而其实各城界限固截然分明也。译西人书，谓意大利之罗马有旧城为护，极高且厚，周三十二里，明季又于城外增造围墙，炮台较前巩固。今身历其境，出入于其国门者屡矣，门诚有之，尝登高四望，并无环回周匝之城，但有炮台，又于郊原见有若高墉者，亦断续不足屏蔽，岂即所谓围墙欤?《后汉书》云：大秦国又曰海西国，所居城邑周围百馀里，桓帝时尝入贡东来。或谓大秦国即意大利国，周围百馀里者即指罗马之城。案其时正罗马极盛之世，或者其城邑之广袤如许，盖今昔沧桑，莫可考已。惟那波利旧王宫之东有石墙一带，高三丈外，坚固如城。细细利岛之美细恒，山岭盘郁，车路环绕而上，路旁砌石为短墙，间丈许则留一缺以泻山水，远望

设界征税严订税则

若雉堞然。葡萄牙之京城里斯琫，背山面海，其傍山之处有墙以蔽之，高不过二丈。至瑞典、西班牙两京城均无是也。中国之万里长城，彼中纪载亦时及之，法文则曰轧郎特末纡喇彝，法人谓大曰轧郎特，谓墙曰末纡，其高而厚者，无论民间之围墙、地方之护城，则概谓之曰末纡喇彝。夫城之与墙，其为事之公私与其所系之轻重相去悬绝，顾乃比而同之，无所区别，是知彼中国无所谓城者，不别其名，亦本无其制耳。

中国长城法文译法

关

出口无税进口必收

泰西重商，必使境内出产货物畅行他国，故无出口税，但报明件数，以备查核。或亦征之，其数甚微。惟进口则必收税，岁入之数颇巨，极少偷漏。盖尝思之，而知其立法善而办事易者有数端焉：其舟车与关津一气，凡官家所设轮船火车固无论已，即系商家，其经理者自不敢疏于稽察，以滋弊窦，一也；关隘不能绕越，陆路设关于边，水路设关于埠，自岸下船，悉听其便，自船登岸，即不持一物，亦必渡至关前，由关入市，而货物更当恪遵定例，边境非山即溪，天然界限，或在平壤，必沿途村落又有防边之营，且其俗无担荷而长征者，即欲为之，势亦不能，二也；巡缉严而科罚重，衣笥行囊，必一一启锁查验，虽细微之物，其应纳税者不先报明，一俟检出，例必罚锾，人莫不重廉耻爱声名，贪小失大，愚者不为，三

不报税者检出必罚

也。其大致如此。初抵意国渐那伐，登岸曾见同舟者诣关，于襟底出小包，仅妇女首饰一事，一童子持香蕉十馀枚，皆照例完税。其税则章程，粗劣之货大约值百取五，寻常什物百取十者居多，惟段匹丝棉茶叶烟叶瓷器之税，辄数倍于中国之值。其邻近运入之香水美酒亦然。各关税银总数每半年一结，比较上半年或盈或绌，出入货皆然。

路

平治道途以便行旅，固为国家所当务。欧洲各国经营其事，莫不尽善。意大利、西班牙等国，由工部管理，有专管道途之总办。瑞典、那威则归内部。路之大致分三等，曰铁路、车路、街路也。三者各分数种，要在平正通达，坚固悠久。铁路有快车慢车之别，仅筑路一端，工程浩大，责重事繁。马车路通国无间隔，即盘山过岭，亦必整洁，多用石屑填筑，间用泥沙。其在城市者，有街车铁路以达城之四隅，车容十馀人，两马任之，行殊速，或车中有旋梯，上层围以铁阑，亦设坐，皆由国家铺轨道置车辆，亦或贳于商。车行走每历五分时开行一车，有历十分时者，行人沿途乘之，常常来往，自朝至于夜半姑息，颇利于民间，而国家亦获利焉。街路木铺者为最贵，砂炼者亦佳，大概用细碎石屑者居多，其次则以石块嵌成，最次圆石子，即山溪之鹅卵石。木铺者以木锯成条，约长二尺，厚三寸，宽一尺，木心向上，竖立排比筑之，使弥缝

平治道途莫不尽善

铁路

公路

有轨街车利民利国

马路铺设几种铺法

垩以油，每一方丈需工料银十两以上。砂炼者与中国三和土之法相似，用崔门土及波查腊恒之类，和砂土石灰麻杆末等物，沃沸油搅匀，层层铺上，厚约尺馀，费较木路减半。此二种路惟英、法、德三国京城最多，如意、西、葡、瑞各京之繁盛处亦间有之，然长不过数十丈。凡讲艺会文治疾读书等院之大者，若系车马喧阗之所，其旁必筑此等马路，车过无轮辙声，至夜静但闻马蹄橐橐然如击柝者。其馀皆用石屑，则常须修理矣。城市狭巷宽及丈馀，必使两车来往无碍，街狭者二丈以外，宽者五六丈，有十馀丈者，中为树林，两旁为市房，其廊之下阶之上，铺石路或炼砂土为路，行人前往，大率以左手傍市房，此往则彼来，虽连肩累迹，不至于挤驾，驳舟车者亦如之。

河

地球五大洲，惟欧罗巴少大河，故少水患。然亦有之，如法兰西之砂恒河，在东境挨耳泼山之西三百里，发源于挨耳泼之北边与瑞士国交界之徐腊山，冈峦重叠，万壑争流，纳两大河，向西南行三百馀里，会为一河，乃向南入地中海，半途又有挨耳泼山水来会，通长千馀里。德意志之哇塔河，源出于奥地利之北，经德国之东境向西北行，入排耳低克海，亦千馀里。其最长者为埭愚泼河，由德国西南边挨耳泼山发源，曲折而东，贯奥地利国，经土耳其之北入黑海，约五千里以上。三河昔曾为患，砂恒河

埭愚泼河（多瑙河）

屡次涨溢，法人乃于徐腊群山间就其地之坑陷者筑为高厚之塘，以潴雨水及远来之潦水，其患遂已。哇塔河、埭愚泼河亦尝泛溢，贻灾甚剧，比来亦筑塘堵截之矣。西人之谙地理讲水利者，颇闻中国黄河时复决口，谓曷不如法以治，而不知砂恒、哇塔两河其长仅千馀里，即疏之浚之，亦易为功，埭愚泼河虽长，其患出于德国境界，是在上游，自可择低洼处筑塘为巨浸，成一大湖，以缓其就卜之性，其形势固不与黄河同耳。西人又谓北阿美利加之米西西比河，发源于洛基大山，向东南行，中途汇众流，至墨西哥海湾入海，通长万二千馀里，天下之河无逾此者，其下游亦屡经涨溢，现闻美国政府拟仿欧洲已用之法，于洛基山之东深坑处筑塘以截潦水，自英属坎拿大之南起，横亘西南，至墨西哥之北止。测量者云：若塘成，向苦旱潦之荒地俱可耕种，盖雨水灌注无虑成灾，雪水消融无虑积潦，或遇旱暵，又可放水以资灌溉，约计之，则膏沃田亩必较现在已垦者增多一倍。查米西西比上游与黄河无异，何不可仿造者，然闻治河之经曰疏为上，浚次之，塞又次之，西人之筑横塘，黄河之筑堤岸，均此塞也。或谓黄河河底有高于两岸地亩之处，案贾让治河策云：河内百馀里之地，为石堤者五。是当时已建此议。塞之之法，相承已久，万不可易。若塞之于上游，势所必不能为，何如疏浚于下游，仍用铁埽帚以拭其泥淤，开掘引河以速其入海之道。或虑上游有旱干之患，则多为闸于支河以潴滀之。西人治河道必用算法细细测量，自发源至入海，河身各深广

黄河治理难学欧美

治河之先细细测算

若干，必使上游足以容纳，中途无所阻挠，下游易于宣泄，水性就下，苟不致怒郁，即遇涨溢，为患亦浅。斯言也深得要领。观中国江之与河，其明证矣。如意、西、葡、瑞诸国，皆三面临海一面临陆者。意与瑞地长如股，各有大山亘于中，其形相似。意国中段大山之阳有波丹大泽纷布田野，瑞国傍东一带多河港，南境有两大湖，溪流曲折以奔腾，河道萦回而弥满，不惟无水患，且大获水利焉，虽人力之经营，夫亦入海之捷使之然耳。

桥

造桥讲求坚固灵便

筑路以便行旅，自必造桥以通舟车。欧洲火车轮船往来者多，非仅舆梁徒杠民不病涉已也，尤必讲求其制，务臻坚固灵便，始无窒碍。各大国设有专造桥梁之厂，意大利亦有之，在街斯带腊买地方，又曾见于他厂。即瑞典各国，皆境内钢铁厂自为营造，因地制宜，其式最多。若罗马低罢河之桥颇宽大，两旁列铜像数十躯，高盈丈，在彼中以为壮观。斯卑斯水师制造厂内有桥长约八丈，其下无柱，两端有轴在岸上，桥面铺泥砂，可行重车，中高而两端略低，微作环势，梁系两截斗合而成，巨舰出入，两岸以索起梁使直立，船过则放平，如门之启闭焉。物爱尼斯一城有桥数十条，欧洲各城此为最多，河仄狭而桥低小，有阶级，阖城居民皆用船，无用车者，此皆见于意大利者也。其在瑞典，桥之多而长者，如斯朵阁姥绵亘通数岛，高且宽者，如淘姥乃物忒上下分两层，脱罗耳海堆有一桥长三丈外，上铺轨道行火车，下为二洞，中间砌石为柱，柱头平面以铁为圆槽，内外二圈，桥梁中间下面置小轮，成围陷于槽内，围中心有铁顶之，俾减轮心压力，船至不必卸桅，但一人拽动桥梁，能令横者转而纵。若桥之短而无铁轨者，下面为平滑铁条，其一端较长，多在岸上，濒岸横置一轴，以阁桥梁，轴能转，三五人拽之，则桥在地上，以让船行。诸式可拽动者，各国皆有，因瑞典尝坐内河轮船，故常见之。至以高大论，莫如葡萄牙之博耳多桥，跨山上，其下即大溪，高离水面二十馀丈，亦分二层，长倍之，以兴造费巨，过客每人纳钱一枚，合制钱约三十枚，车马加倍。葡人见造桥者获利厚也，请仿造于都城里斯琫，议院以为多事，不许。凡此皆设于河渠之上，而又有在陆地者，专为铁路而设。欧洲地势忽高忽下，铁路必取其平，遇地之高者，开通之如沟渠，架桥梁于路之上，其低者则增筑之，如堤塘辟桥门于路之下，火车与行人一纵一横，或上或下，各不相涉，法亦善已。博耳多大桥纯用钢铁条旋螺钉造成，条宽五寸，以机压作半方式，溪中仅立二柱，其二层相间不及三丈，上下两旁多钉铁条如乂字形，以借其钩绾支撑之力，极其坚固，虽桥上来往马车与两旁行人挤满，不致震动。贵州黄平州重安江之铁索桥，以大铁索排钉于两岸山石间，铺木版于上，其长与博耳多之桥相埒，高且过之，闻落成之初殊为坚固，不数年其中段势已下垂，非必为舆马之压力受损，计铁索之重

欧洲桥梁各种式样

贵州所造铁索桥易坏之故

且长，即常时中间坠力先已不胜，故易坏耳，今即徒行者不敢过，仍绕道至山下以渡。其地为云贵往来要道，若仿造上下两层之桥，酌令过客纳资，想夫役必有主雇，行旅亦无不愿者，亦便民之一端也。盖西人将有所造作，必先细测其物能任重若干，如索容坠力条容压力至百顿者，用足以五十顿为止，凡舟车及一切制造机器之力，亦但用其半，断无不胜之患，斯历久不损矣。

造桥必先测算承重

堤

各国都城之近海者，多在湾港而不临海。西班牙之马达利，在国之中间，高踞陆地，可无论已，他若意大利旧京在那波利湾内，今迁罗马，则距海较远。葡萄牙之里斯琫在大西洋东岸，海湾宽广，如大湖当面，五里十里之外，有岛环回，为之屏蔽。瑞典之斯朵阁姥，由排耳低克海西岸进港，浅曲而多歧路。那威之克利斯低亚尼亚，深踞斯卡旋恒湾尽处，狭长而多要隘。此两城非本籍人之熟谙港路者，断不能驶，不必筑堤，已得形胜矣。若各国省会及繁盛市埠，不乏临海者。意之渐那伐、美细恒、利伏恒，葡之博耳多，瑞之麻耳瞒等处，皆傍海为市，一遇风涛，即汪洋澎湃，船之停泊者，不无颠簸击撞之虞，乃为长堤以捍卫之。由城隅岸旁伸入海面者辄三五里，或两岸堤环拱，缺其中央，或中亘一堤，缺其两端，又或左回右抱，各相其形势之所宜。凡海峡逼仄，则出口之水势必

傍海为市筑堤捍之

急，堤以承其上游，地据东南，则秋冬之风潮必劲，堤以当其西北。遇有砂梗暗礁者，即藉以为基址，筑堤于其上，堤两端造塔，夜则然灯以为识。是堤为船舶之屏障，使巨浪不致鼓荡，所以捍御波涛也。又为出入之门户，使海面有所收束，更足以保卫城市也。锡兰岛之哥仑波，在印度海之东，其地即在海滨西北向，波涛汹涌，有石堤蔽于前，自西南至东北直长三里外，船皆稳泊堤内，时见浪来为堤所激，水跃起高三四丈，如珠帘倒卷，素练当空，当时抛石下桩，工程良匪易易，此专为停船者也。其兼为防御者，如意国水师口岸斯卑斯海湾，以乱石为堤，横截于口内，值潮涨，出水仅一二尺，两端有路殊隘，逼近炮台。近又闻诸国人，将于旧堤之外相距数里，当进口处增筑石堤一带。其细细利岛之美细恒海峡，亦有砂梗为堤，自东南至西北，约得十里许长，过于岸上街市。堤上多置炮台，以护全城，若此者凡以为海防也。盖平时以之拒浪，其堤内边岸即砂碛土堆，亦无东涨西坍之患，有事以之拒敌，其堤端要隘即坚船巨炮不能横冲直撞而来。尤有堤之暗者，尝于美细恒、利伏恒两海口，见极大方石排列岸上，多至数百块，每块计长八尺，阔五尺，厚六尺，用大小石块，以波查耳所出之波查腊恒土和泥砂制炼，木版为模筑之，胶粘成大方之块，入水则合缝之砂土更加坚韧。他处筑堤石块，其制与式俱同，倘遇战事，以起重机器运之，沉于海边紧要处，环筑暗堤，填塞港路，事后仍运至岸上，亦易为力，堤之为用大矣。中国各海口重门叠

平时拒浪战事拒敌

户，天设之险，无烦筑堤，然使有堤以为之卫，如上海则堵于吴淞口外之浅阻，天津即环于大沽口外之拦江砂，留两端或中间为船路，必使足以宣泄内河之落水，无少阻滞，实较胜于铁索木簰梅花桩之类，其形势不更屹然完固也哉！

卷十四 总略

意西葡瑞京城晷刻

地球由西向东，历十二小时自转一周，为一昼夜，东西正午迟早不同，每偏十五度差一小时，偏至一百八十度，昼夜适反，同一经线者子午正同，日出日入时刻南北各异。罗马北极出地四十一度五十分，赤道北四十一度五十分，顺天府西一百四度五十分，减六小时三刻十四分，顺天午正为彼卯初初刻一分，子正为彼酉初初刻一分，日月交食之时，较早六小时三刻十四分，夏至昼六十刻，冬至昼三十六刻。马达利北极出地四十度二十二分，赤道北四十度二十二分，顺天府西一百二十度五十分，减八小时三分，以下子午正日月交食时刻俱可类推，二至时刻与罗马同。里斯琫北极出地三十八度四十二分，赤道北三十八 东西时差度四十二分，顺天府西一百二十六度二十分，减八小时一刻十分，昼长至五十九刻，短至三十七刻。斯朵阁姥北极出地五十九度十五分，赤道北五十九度十五分，顺天府西九十九度七分，减六小时三刻六分，昼长至七十四刻，短至二十二刻。克利斯低亚尼亚北极出地六十度，赤道北六十度，顺天府西一百六度二十分，减七小时五分，昼长至七十五刻，短至二十一刻。

论地球图说

将有制造必先绘图

西人工于绘事，将有制造，必先绘图，无不毕肖，故其技艺辄诣精微。即凡格致之学，亦必绘图列说，剖析其理，使阅者开卷憭然于心目之间，法至善也。惟地球图说则固有可嗤者。其图为一球，船远近数艘，有一人望各船，于目光所射处绘数线。其为说也，谓人在海边望远船，仅见桅之末，稍近见桅，最近乃见船，其先之不能见桅以下者，以地形如球，为中间海面微凸之圆势所蔽云云，辄载于卷册，亦有专印一纸单行者。尝闻西人之知地球自英人始，论地球自转之理自意人始，俱在元代。其时意国又有哥仑波之勇于航海，后有利玛窦、南怀仁之精于天文，则地之为球已昭然已，然每笑我华天圆地方之语，不知天如鸡子壳地如鸡子黄之喻，在东汉之季，蔡中郎固已言之。且天倾西北，地缺东南，虽涉荒渺，早已道破地球之半时犹远在上古，矧至今日，天文舆地算学，代有名

中国早知地球之理

家，岂犹未明地球之理也哉？以理论之，地球之上，即五里十里其间应有圆势，而必为是图说以证之，则目力之所及几何，遂谓海面圆势能蔽十馀丈之桅，何目光之巨而地球之小也！盖欲极形其圆，不自觉其言之过泥而近于拙耳。至其他所列诸说，有简明易晓者，窃谓万水皆从东流，凡五大洲之长江巨川无不然者，是东流二字可证地球之圆，转何不引之以为说耶？

潮汛

环地球皆水也，水随月行，则有潮汛，月光直吸故水涨，及斜照，其势自消。月有盈亏，水亦随之，故既望乃盛涨。然或以为不仅系乎月，且系乎日，朔望潮较大，以日之斜直适与月相等，有以助之也，月固借日之光以为光者，其说亦通。所至之国少见江河，惟瑞典曾坐内河小轮船，以山溪潴水为港，亦未见潮汛也。至各海口岸之潮，视月之斜直不忒，但觉少迟，其月出似亦较中国少迟。试询诸西人，则曰不然，谓水随月为消长，此据海洋言之，若口岸之少迟宜也，至于月出之时，盖环球无异云。 水随月行则有潮汛

热流

天地之生长万物也，非寻常推算所能知，若以常理推之，则瑞典、那威之北省已逾黑道，疑地上必无植物，况

北角傍冰海，尤为寒冱，当寸草不生矣。乃渔舟有至其地者，见临海峭壁之上荆棘丛杂，花木盛繁，归告国人，传为异事。然译西人探地志略，固有热流之说，则知其所以致此者，盖有由也。热流西语曰巨耳敷斯脱来姥，发源于大西洋中间，正界赤道，逆流向西，全地球之水皆东流，惟赤道下独西流也。流近巴西国，分而为二，一道回向东南赴好望角，一道由阿美利加之盎低耳海折向东北，经墨西哥湾出勿罗利特峡，直奔那威之北角，由冰洋回绕过阿耳兰、英吉利、西班牙、阿非利加，向赤道南下。西人谓热流一股乃大西洋中一极大之江，计深三百丈，宽二百里，较多于全地球之江水，其色深碧，其味极咸。海面无风浪时，船行乍至热流，视海水青色与流之深碧色截然分明，故阿耳兰岛夙有海翠之称。既入流，船势出水较高，其热以盎低耳海为最，测与人身之血等，过此则稍散漫，然犹气势蒸腾。水族之生长甚易，多有光彩者，每当疾风暴雨之夜，海面现白光，较电光尤亮。至北洋冰，冰为之稍融，热虽减，尚温而不冷，设聚其热气之力以为用，虽有铁汁，如中国黄河之水之多，能使不复凝结。论欧洲北境，度数交冬令，似应遍地冰雪，乃沿西一带，雨泽时行，牧畜无虑，即至北角，犹有花木，非热流何以能此？于以叹造物之大，化工之妙，为不可思议矣。

大西洋之温盐环流

欧洲诸国之有属地及商埠者

欧人善商贾，其探地设埠，凡以为利也。设埠大致约有三等：有以兵力得之者，遣戍守其地，人少则徙国人以实之；有移民屯垦者，海中荒岛，向乏土著，开辟而整顿之，遂为己有；有租界通商者，租地亩，建市房，造船埠，专为贸易。计欧洲之有属地在外者，向推八国：英吉利、法兰西、荷兰、丹玛、西班牙、葡萄牙、俄罗斯、土耳其是也。英之属地大于其本国六十六倍，是为最多，法次之。荷、丹虽小国，其出洋探地颇早，然皆弹丸小岛耳。西、葡自昔探得阿美利加之后，占据甚广，近数十年，或自主或他属，非昔比矣。俄、土两国之属，在欧洲外者疆宇虽多，抚驭未善，民不归附，绝少利权，远逊于他国之藩服。若土耳其之挨及，更无实际。此外有近年新得，如德意志在阿非利加东南沿海，意大利在红海边，各得地数百里，经营伊始。度各国或亦有新得如此等地者。至于商埠，不必属地，凡有约之国皆设立。又有以属地转租于他国者，大率由大国出资租界，而各国得因之以通商，有不能悉数者矣。 有殖民地欧洲八国

约从连衡

英、法、德、俄，欧罗巴之大国也。顾英吉利三岛悬

于海中，商务甲天下，苟为持盈，计可以无觖望矣。惟德意志处欧洲之中，日耳曼列邦推为盟主，自战败法兰西以来，法人创巨痛深，狡焉思逞，其不敢辄发者，不惟恐蹈前辙，盖亦见夫德之南则意大利、奥地利，北则荷兰、丹玛、瑞典、那威诸国，交好甚密，声势联络耳。闻比来德之于俄，稍涉龃龉，而法之于俄，相为指臂，德若有事于法，深恐俄人之窃窥其后，亦惟缮甲厉兵，静以持之而已。故德法之战越二十五年，自两国之人言之，人人自危，有朝不及夕之势，所恃俄法连衡，德奥诸国则约从，此数国者，苟不寒盟，尚无大患。欧人揆度时势，莫不云然。至如西班牙、葡萄牙之僻在西偏，则又瞠乎后矣。

俄法连衡 德奥约从

水师会操

水师会操 俄压英法

戊子夏四月，泰西水师会操于南洋之新嘉坡，俄军几驾英法之上。曩者必推英吉利为最，而德、法次之。若俄国，斯固不能与诸大国颉颃，比来讲求训练，遽臻精悍，故各报馆论说纷然，以为非欧洲之福。阅月群议渐息，乃为持平之论，谓今善于昔则有之矣，非真能超越诸军也。闻俄王英敏好武，有法国前王拿波仑第三气概，以其国北鄙泛朗特地方系瑞典旧地，并俄已久，迄不顺服，号为乱党，行刺者至十有三次，皆幸免，盖牵于内患，不能逞所欲云。

党与

自古君子小人之分，薰莸既异，冰炭不容，谓之为党，犹隐树之敌，非显立其名者也。今泰西各国之党则不然，不以君子小人分之，而以君主民主分之。如君主之国，党君主者已群以为君主善矣，而或犹倡其说，以为宜易民主，于是党民主者咸附和之，民主之国亦然。各国政府议院大小臣工，皆两党中人，其持论必直抒己见，始终执一，初无依阿。又有调停于两党之间，以不党自为一党者，其人可指数，必不踞津要。若大臣僚佐，即莫非党人，进退黜陟，悉惟其魁之从，而其魁之势焰，恒视党之众寡以为强弱，于是声气夤缘，诸弊不能免。植党如是，固非为国之道，然相习成风，欲禁之而不可得。盖党中人既不肯以自绝，而不党者更无能以相制，遂至国君不敢猜忌，臣下不复顾虑，视为固然，不足异矣。虽然，观欧洲诸国，其互相倾轧易致事端者，惟法兰西君民之党为甚。论党之多，君党民党外有南党北党，男主党女主党者，惟美洲之合众国为然。夫世运递迁，当王者贵，和衷共济，同寅协恭，顾乃背道而驰，分门而立，臣之事君，义果安在？然则君子小人之分，已不待辨而自明矣，而或者犹曰不当以是律西人，抑独何欤？

欧美各国党派情形

商贩

中国自开海禁立市埠以来，洋人得通商之实，华人仅通商之名，虽人与货互有往来，而洋人之来华者，上海一埠不过四千人，通计南北市埠不过二万人，其间殷富商人约五分之一，馀俱南洋诸岛国人佣于商人为钞胥者也，以华人之往外者，较之其数之多何止百倍。东洋如日本各岛，南洋如新嘉坡、新金山、锡兰、吕宋、暹罗、越南等处，西洋如旧金山、檀香山、秘鲁、古巴等处，通计无虑数百万，然皆为辛苦工役，仅免冻馁，无有为商人者，即或贩中国之货物以往，亦仍售于寄居之华人，与洋人无涉焉。至于洋人之货物，其贩入之数日益盛，而华人之用之者日益繁。试以从前进口出口之数衡之，其大宗为洋布，岁计价银几至万万两，中国之丝茶木棉犹足以抵之，其次为洋药，价约六七千万两，贩往之黄金足以抵之，其馀杂项之货，进口者甚多而出口者殊少，万不足以相抵。若船炮机器绒毡钟表之类，固贵重之货，至煤斤洋油绣针雨伞自来火等物，其价极贱，其物极微，然积少成多，为数亦巨。即如瑞典之颖秋平一厂，其自来火之运入中国者岁得二万箱，又有自各当蒲、麻耳瞒诸厂来者，且有自英法德诸国来者，以家常日用，取其简便，近通商口岸各处固已人人用之，而散运于内地各子口者亦复不少。况比来丝茶木棉，各国之土产渐多，其本质或不及华产，而制练之法

各国华人多为苦役

采择之精则过之，故中国销售之数大减。北洋市埠，多猪羊毛马鬃驼绒出口，仍由外洋织成毡毯运入，与木棉出口织布运入者同，姑弗计其赢利若干，而往来运费，制造工资，则必取诸中国，其厂中与船上往往有役华工者，是藉中国之物，用中国之人，而犹能赚中国之财，则自产之而自为之者，赢利可知。乃设为制造招商诸局，风气渐开，今则织布轧花等厂，次第举办，诚商务得失[illegible]大转机也。比者欧美各教堂中人，屡以传教游历中国，又以驻华教士之议论，深知夫洋药之流毒已甚，欲有以祛除之。盖擅其利者惟英人，被其害者惟中国，无关于他国之商局，事尚可为，乃集教中同志者为会，将明告于英之政府，请下令禁止商家贩运，印度种植，愿岁输六百万金以代洋药税，果允然后公请于中国，勿使内地种植，如是则利不尽失而害可尽祛矣。游欧时颇闻是议，苟能行之，正本清源，法良意美，关系于华人者甚大，又不独商务之得失已也。

设招商局商务转机

欧美教士议祛洋药

游历

西人重游历，为能增长器识造就学问也。各国世子，既入水师学堂肄业，尤必乘水师轮船运游。凡国中学士大夫以至各业杂技之人，有熟谙数国语言文字，周流历览学有成效者，其人辄以是增重，咸倾慕之，要各有实获，不务虚名。如他国政令之善，治法之良，遣臣下往访焉。闻某书院名士之多，教习之博，愿子弟就学焉。业制造者，

游历有成则获敬重

闻何厂最精，乃往学习，为帮办为司事，若监工绘图诸类。即以炮厂言之，英国之阿姥斯忒郎、德国之克虏伯，俱欧洲自昔著名之厂，各国智巧之士，在本籍曾习其业，材能可造就者，皆往从学，至速者住三五年，有所得而即回籍，或且迟至十年二十年之久，必俟尽得其法，然后回籍，故各国皆能自制新式枪炮。惟重五六十顿以上之炮位，所需无多，不自备制造之机，始购自他国大厂耳。学舆地兵法者，披览精细，图籍悉心审察，似亦了然，究不若身历其境之为真切。如德国地学之士名毛耳忒者，咸丰同治间久游法国，其于山川之夷险，道里之纡捷，攻坚击懈屯兵扼要当在何所，一一深明其故，厥后德与法战，毛耳忒为军师，运筹决胜，困强敌于掌握之中，论功得上赏，是法之败机早伏于平时间间然之一车一骑也。有不拘技能而领略夫风土人情之大概者，昔曾见西人来游浙西，至馀姚见利济桥，则握管为之图，复上龙泉山，照影为两城图。远望见麻栎树之末，知非凡材，乃于数十里外觅得之，在馀上交界处，山隈高几二十丈，愿出重价，购去为巨舰之桅，土人以数百年物，村落之荫木也，不许。又于乡社间见黄杨树，枝叶圆满如盖，甚欲之而不可得，遂去。其博览广搜，大率类此。有学业既成，游艺他国，以行其道售其术者；有遍览山水，寻名区访古迹，以适其逍遥自在之乐者。凡游历必多作纪载，归则聚同志详告之，其为益多矣。从来纪载之书，必兼绘图，近数十年游历者，必携照影之具，诚简捷之法也。更有举家远游者，新

各种游历注重实效

凡作游历必多纪载

婚同游者，辄期年半载而后返。至若家居者，每日闲游街市，父兄师长以时率其子弟出游乡村，则又西人之俗尚，无不然者矣。

翻译

欧罗巴一洲，轮船火车四通八达，今日此疆，明日彼界，语言文字，随地而殊，惟呼父曰伯伯，母曰妈妈，其音与中国同，历数国无稍异异，而询诸西人，乃知环地球皆同此，可见天性流露本无二致者也。欧之语言文字虽各异，而最要者有三国。官家尚法，商家尚英，以法为文字之正宗，英为贸易之巨擘也。比者兵家亦尚德，德国文学之士撰有文字一种，于英法之外独树其帜，欲以是通行于欧美诸国，闻瑞典乡塾中有读之者，据西人论说，谓未必能盛行耳。其所视为甚难者，惟中国之语言文字。法国大书院中虽有华文教习，而学徒仅二三人。次则俄文，学徒亦不及十人。若意、西、葡、瑞，能俄文者或有之，未有能华文者。那威之德益居中国者二十年，善操华音，亦未解文字也。西人尝谓中国文字与语言迥别而又多艰深，即中国惟士大夫能之，凡民之通达文理者鲜，况我西人更难学步，曷弗稍为变通，如泰西之即语言即文字，村愚皆知之为便哉？然而华人之视欧人，亦多有未便者，欧之有各国，犹华之有各省，乃语言文字歧出者十馀国，苟学为三四国，已为能者，尤能者至五六国而止，终不能无藉于翻

官方法语
商家英语

中文难学
俄文次之

译。且其俗重游历，需翻译为更重要，而翻译亦必因游历而愈精，假令翻译者拘牵文义而未尝游历，其讹误疑似之弊，必不能免。姑举其显而易见者，如华文载泰西地方，往往有城郭坚固之说，载其物产，多橄榄榨油莱菔熬糖之类。不知欧洲无城郭，其坚固云者，指人民之繁，形势之胜，炮台之多，榨油者法语曰哇利佛，熬糖者为倍脱懒佛，并非橄榄莱菔，特其形相似，竟与葡萄酿酒一律视之，谬矣。勋聘往翻译篑文卿名炳荣，年二十岁，浙之镇海人，性沉静而功亦纯熟，精于法文，兼能英文，入广方言馆肄业，时仅十二龄，今至欧洲，谒诸国君王大臣，译数语后即啧啧褒奖，且服中国之多材能也。盖泰西王大臣辄能兼数国语，固以翻译为学问中一大端，视之甚重，其于华文虽未能通晓，而教中之久居中国者不乏通晓之士，以习闻中国圣贤之大道，已将经书翻成英法文字，又有辑中国各省俗谚如巷语街谈妇唱童谣之类，译其意义，订成卷帙，谓能识风土人情之大概，凡以备国中好学者之博览，留心文艺，嘉惠士林，其用意深矣。由是以言，吾中国欲窥西法，非翻译书籍不为功，而翻译书籍，非透达精切不足据。然则学习各国语言文字者，尤必娴熟中国语言文字，庶几能臻斯诣，不然者即语言文字果如西人，亦一西人耳，乌足当翻译之任哉！

未尝游历译文难准

翻译为学问之大端

西人行习

游历所至，与各国士大夫往还，察其行习，不乏可取之处。其养身也，血气不稍滞，发肤不稍污，起居不逾时，饮食不逾度。其涉世也，笑语和蔼，容貌敬恭，有纯任自然之功，无遽色疾言之候。其所以致此者，由于父师之教不恶而严，子弟之率少成若性。欲其端于倡导也，督率之方，季有过则责仲，仲有过则又责伯；欲其无稍拘执也，功课之暇，既任其游行，复任其玩弄。若教之以习业，则见异勿迁，半途勿废，毋躐等，毋偷安也；教之以行事，则计日课绩，刻意求全，毋因循，毋将就也。其子弟之循良者，幼小俨具成人之概，即鲁钝者训迪，不施夏楚之威。夫自幼而耳目之濡染者既如此，比长而侪偶之讲论者莫不然，有不安为故常浸成风俗者乎！虽然，夫妇之敬如宾，宜家亦所应尔，至子进酒而父乃屡次酬答，则世故矣。经曲之仪不讲，太简犹曰可也，至仆执役而主必每事鸣谢，则繁文矣。凡处卑贱者，以屈膝为请安，此见于瑞典，与华俗相同，然惟妇女始行之。凡遇亲长者，以接吻为致敬，此遍于欧洲，诚夷礼之异，即系妇女亦如之。至于口舌相争，势必执一是，其律出恶声者有罚，故虽愚贱犹不敢詈骂，以干罪戾，其敦厚为何如。睚眦必报，至不欲并生，其俗有仇隙者辄斗，故虽士夫，犹或舍身命以赌胜负，其骄悍又何如哉！因述西人可取之处，并举其不

行为活泼
态度和蔼

兄弟之间
互相批评

良风美俗
自幼养成

睚眦必报
有仇必斗

可解之端，以见士习民风之略云。

彼中议论

西人评议事无巨细

泰西之士，好探索名物，讨论事理，其于他国政治之得失，风俗之良莠，物产之盈虚，类能穷搜博访，无间洪纤，每有品评，切中情事。即宫府尊严，陬澨荒僻，国中士民未尝闻知，彼且播于报章，传之众口，一若身历其际，烛照而数计焉者。法京巴黎报馆采访中国之事，阅七日刊印一纸，虽不乏传闻异词，而大致非出于无因。试举所习闻者述之：如谓中国治化之隆，制度之备，先于泰西之创造二千馀年，型仁讲让，安礼悦义，迄今不衰，其所钦服者也；地界黄道，气候和美，山川之胜，土田之腴，商贾之善居积，农民之任劳苦，国家之赋税维轻，民间之输将恐后，欧美皆莫之能逮，其所羡慕者也。其有遗议者，武备未臻完密，文事过于讲求，官吏不及泰西之清廉，禄养不及泰西之丰足。盖其论说，往往如此。巴黎有筑室于市者，结构既具，又复作辍，经营久之而未告成，新闻纸讥之曰，是殆放中国之所为欤！笑人之忠厚而无能者，亦曰是中国之人欤！然事非目见，终是门外人语。具食以燕窝为贵品，彼甚奇之，以为燕之巢也。游瑞典时，有大商将烹巢相待，遣人往乡野林间求之而不可得，且为告语，极道其抱歉之意。谓中国人好赋诗，数日不见，辄曰近日作诗必多矣，顷复作耶？此犹事之小者，至论及时

西人谈论中国利弊

务，深恶俄人之恃强，急宜练水师整边营以峻其防，论及洋药，痛骂英人之贾祸，急宜禁商贩绝种植以已其患。是则杞人之忧，野人之献，其论至当，其诚可鉴者矣。

游程纪略

略述游历欧洲历程

丁亥中秋出都城，赴天津，九月抵上海。仲冬之初，附德国商船西行，阅月至意大利之渐那伐。自上海至此，计程二万九千五百里，途中湾泊之处五。出吴淞向西南逾黄道，越二日至香港。向正南及半途仍向西南，约五日至新嘉坡，已出中国海，距赤道仅二度矣。乃折而西北一日，向西三日，至锡兰岛之哥仑坡，是为印度洋。仍向西略偏北，经阿拉皮海，八日至亚丁。于是径向西北，渡红海，五日抵苏彝士河，一夜即渡，至帕绥特入地中海。又四日乃至。以后皆火车道，自渐那伐至意国京城罗马九百里。戊子仲春南省之游，至细细利，往返三千四百里。夏四月游北省，西至的纡兰，东至物爱尼斯，由哇朗纳出境，共三千里。过奥国，至德国京城柏灵，约一千八百里。又二千一百里至瑞典京城斯朵阁姥，其间有海程二百里，时在五月末。瑞典、那威之游，总计得七千五百里，又有河道千里。孟冬之初，由南境越丹国德国里海之道，二百里，经比利时国至法国京城巴黎，二千二百里，赴英国京城伦敦，往返一千九百里。中有海峡，由是过西班牙，至葡国京城里斯琫，三千四百里。时已仲冬，葡之游仅月馀，程途最少，一千七百里。由葡至西班牙京城马达利，一千四百里，己丑春正之朔也。西班牙之游四千六百里。夏六月发自葡京，至渐那伐，四千八百里，仍附德国商船回中国。通计船路六万馀里，铁路约四万里。此外有铁路之近者，有坐马车乘小船者，有十里五里之徒行者，又数千里。忆勋自幼至壮，应试供职入都者三，游学往楚北者三，吴门者，再本省浙东西往来者屡，半生踪迹，何止十万里哉！古人有言：读万卷书，行万里路。盖必读万卷书，其胸次之积储者富，夫然后出而印证之，遍览天下事物之常变，以穷其理而尽其性，乃为有用，所贵乎行万里路者此也。如勋愚蒙，学植荒落，所读之书无过百十卷，而所行之路数且十倍。况乎是役也，轮辙奔驰，烟云过眼，若涉大水，茫无津涯，无益于厥躬，无补于斯世，过都越国虽多，亦奚以为！仅得就所见闻，粗存梗概，若夫见微知著，遇物能名，輶轩访求，洪纤具举，卓然成域外志乘之书，以俟宏博之君子。

就所见闻粗存梗概

卷十五　意大利外编

政教风尚，中外殊致，凡佚事陈迹，奇观异闻，无关典要而有系国俗者，姑录之辑为外编，以存其略。

教务述略

教之有土，其相承于今已二百六十有三传矣。考其缘始，即在耶苏降生之时，一传不过七年耳。权势之盛，自炎宋以前第九十五传名司对发诺第三者始。其时法人以落麦宜部落献，遂据其地，嗣后各部落主争献地媚之，亦有以争掠为己有者，法人拥重兵于罗马以为保护，预民事，号令所颁，无敢违背，且例无罪罚，欧洲各国有机要，咸请命焉。前三十年，意王与瑞士约得龙白地部落，仅以忙多挨一隅归教王。未几意臣细加提者奏陈教中权势少，敛资财太多，仍之有害于民生，改之有害于国计，王纳其 意国宗教言，遂下令颁行通国，凡教中所占资财，如田园屋宅之类，其可省者例得归公，于是教中利大减。又四年，下令稽查通国修院若干。修院与教堂不同，教堂供耶苏，住僧尼，讲经说法而已，修院则罗致幼年入教之僧尼者也。明年，下议院开列清单具奏，计通国修院有二千三百八十二所，约幼童二万九千人，男女各半，内茕独无依者约万人，大加删汰，房屋大率充公，改为学塾。旋下恤诏，其三年前已设誓入教者，酌量津贴，给予修院。至是忙多挨亦归意版图，教王之势已衰。不数年，法大败于德，撤保护之师，意王入罗马，尽收复其地，削其治国之权。凡教堂经堂修院，悉归地方官管辖，其各省乡镇教堂等类，向非教王出资分设者，一律归公。然近年查核此等堂院，通国计之尚得五万五千馀所云。

修院教堂各有不同

教王

教王宫在三秘衍教堂之左，踞高阜为屋，制度视王宫有过之无不及。有称红衣宰相者五十馀人，分住各城及他国，其资望深者即得嗣为王。先是权势甚盛，王出入，百姓跪道送迎，各国王入谒，膝行而前，嗅其足以致敬，俨然坐受，非若今之但以鞠躬为礼也。自意大利王迁都罗马，乃渐制之，假保护之名，拨弁兵以守其宫，虞有援之者。凡封固书札，展阅而后递。其处之之道，大率先乘其时势，而后持之以理，阳奉为神明而阴图之。如敌城中有

早期教王权势甚盛

一新闻纸馆，系教中开设者，每纪此事，颇为不平，时述教王之言，曰我意大利国王之囚也，语多冤抑，而卒莫可如何，至或以逼人太甚为虑。不必虑也，国中之事，国王为政，教中之事，教王为政，斯则无挂碍者耳。教王如此，教士可知。无论何教，类皆谨愿，各教堂即以人之布施者布施于人，如医局义学诸善举，随地有之。民间之见教士，如佞佛者之见僧道，故相安于无事。及其来中国也，乡愚或信之，先效其不祀祖先不别男女诸端，已为可怪黠者，又复依势凌人，不信者欲攻之而不能也，辄鼓簧舌簸弄之，以误传讹，因而生事。彼云游者如天台僧，终身业此，独念民氓之蚩蚩，以饮食之微卒于狱讼，默运潜移，是在为民牧者。

国王教王各行其事

教传中国因人而异

教堂

教堂莫多于罗马，阖城几及三百所，必有圆顶，自远望之，累累若丛冢然。次则那波利，数亦相埒。以罗马为教王所居，故有极大教堂二。其一在乡间，即所传起造六十年，工程仅得其半者，今已七十馀年，仍未闻告竣之期。其一在城东南隅，门前大石柱高耸，两旁自来水冲激高二丈，滚雪抛珠，爽人心目，回廊高敞，上列石像数十躯，其大数倍于人身。入门望耶苏像隐隐然，极其深邃，纵三十丈，横半之，统为一堂，石柱两行，中央悬百宝盖，嵌五色玻璃，堂之上为圆室五，自堂内视之，仅见近

教堂莫多于罗马

四隅。有方室，启圭窦入，缘石梯螺旋而上，不知几百级，各置大铜球于其巅，因堂中间地穴为教神三秘衍冢，造铜台于冢上，故即以三秘衍为是堂之名。其所最宝贵者，壁间巨幅之画，尽用细小石块嵌成，绘教中故事，尤妙在颜色天然，人物毕肖，呼之欲出，善丹青者握管拟之，终不能及，估其值每幅当数万金，共得数十幅，希世之珍也。欧阳子之诗曰：越俗僭宫室，倾资事雕墙。佛屋尤其侈，耽耽拟侯王。可见寺观奢侈之极。今历览欧洲诸国王宫，虽务为华美，而规模高广，金碧辉煌，其体制宜然也，固无有瑶其台而琼其室者，如罗马两教堂，縻费金钱，不可思议，越侯王什伯矣，岂仅拟之云尔哉！

壁间巨画教堂之珍

中国修院

院在那波利城中山坡上，康熙间，意人利玛窦自中国回，愿引华人入彼教，设修院于其国，以专教华人。请于那波利之主，许可，遂建是院。嗣后华人辄有往者，大率湖北人。今游院中，见学徒弱冠者六七人，髡发合掌而出相迎，为之恻然。叩其籍贯，皆楚产也。越日，其师郭姓者率诸徒来访于逆旅，且言意人将改修院为公所，已涉讼年馀而未决，恐不得直则无依矣，旋闻当事者有不使失所之语。噫！重洋远隔，贸贸然来，离亲身之骨肉，而为异域之和尚，顾乃恋栈而未得耶？昨观罗马教王宫衙奇会，有寿文二篇，置楼上玻璃匣内，皆华文小楷，一系某教堂

华人教士皆湖北人

公具，一署尾曰弟子湖北省某府县廪生某上教王寿表，字样僭越，称谓奇异。可知楚人之信彼教，心由阿其所好者以自愚愚人，自惑惑人也。此修院中旧有资产甚厚，近多充公，惟院犹在，今者又将改作，如意王者诚能具极大神通，施无量功德，不特国人感之，即楚人之深入苦海者或亦从此寡矣。

天下大园林

意大利有天下大园林之称

意国名胜最多，且以教王居罗马，权势虽替而崇奉弗衰，泰西各国王咸来瞻谒，即搢绅商贾其稍赡足者，莫不一游其地以为快。西人固好游，而其实亦有为他国罕及者，姑举所已经之处约计之。如罗马古迹之多，炮台则洞门重叠，遗址则石柱参差，古物则有碑志、陶器、铜像、石偶、博物院、教王宫等处，搜罗甚富。又如教堂在罗马者以雄壮华丽胜，在密朗者以嵌空玲珑胜，及夫古今人绘画雕刻之精工奇巧，皆西人所乐观者。至若那波利之火山焰腾霄汉，斯卑斯之海口名著欧洲，得耳尼之瀑布悬崖者十丈以长，琫贝驿之古城出土于千年以后，物爱尼斯街衢临水，舟楫往还，宛如吴越诸郡邑，驾姥湖山清旷，楼台隐见，差拟杭州之西湖，虽此外未尝尽至，或至而未尝历览，而略举数端，则知西俗相传有意大利为天下大园林之语，良有以也。

火山纪游

物爱徐物（维苏威）火山纪游

物爱徐物火山在那波利海湾尽处，距城十馀里，自城中乘车，服两马南行，中途增以驂，入村后山坡路纡折盘旋上，旁多巨石，即古代火山喷溢者。盖石熔为流质，溢出复凝，色绀黑，僵仆若人，蹲伏若兽，堆累若昆虫之穴，屈曲若老树之根，自山阴至田间，历历可认，甚或壑谷为之满，大数亩，无裂纹，其上不积尘土，无苔藓。越山数重，至火山之腰，有小室，设机轮二，轮廓陷铁索，绾车下两旁，车底中有小轮，行铁轨上，二轨平列，各置一车，路峭侧而平置其坐，约容二十人，上里许复设轮，轮动则索环回，车迭为上下。既上，径复稍纡，砂松，踹之没踝而溜，土人以短木夹坐具舁人行。又里许，砂际有罅隙，出烟缕缕。行数武，辄以杖画砂，杖头多焦灼痕，若焰迸出即止。西人履以革为之，亦有焚者。时适微雨，得陟其巅，乃一大圆穴，周约四百步，烟焰上腾，一白无际，如侵晨立湖滨，弥望皆雾而已。烟高四五丈，有石轰上，仰而审之，见黑点小如杯，大仅如碗，须臾賨，其声砰然，乃知如杯者大于升，如碗者大于斗也。逼近穴边立，烟触口鼻，作硫磺馨即咳，游人皆屏息掩以巾。俯视穴中，距足下二三尺为烟迷，无所见，但闻响隆隆，不知深几许，乍凝想，犹冰渊之临履焉，两股栗，遂下山。纵辔反城中，已万家灯火矣。逆旅晚餐，游人满坐，有问之者，曰今日之游奇观哉，子亦尝考之，为何物乎？因答之曰：天地生万物，五行尽之，顾水土木金各具自然之质，显而易见，惟火独藏，不取之不出，少自然者，兹姑弗深考，即以此为火自然之质可乎？闻者笑颔之。

古城

物爱徐物火山之阳约十里，有城曰琫贝驿，后汉时火山熔溢，阖城万户尽遭石汁掩盖。至乾隆十三年，土人垦地得古物，献于国，遂兴工开掘，传为异事。迄今工犹未竣，然已形迹宛然，若全城毕露，尚待六十年后。城在山隈一大平谷周围，因坡阜之高下筑墙砌礀，留一门，游览者每客纳银钱二枚，以为工役之费。门内右旁筑小室，以玻璃代瓦，两边列陶器数百事，水罐油盏两种最多，有牢狱铁门骷髅残骨及鸟兽骨，中央置尸身五六具，玻璃笼之，皆完躯，或仆或侧，犹被压痛苦形状。其两尸一处者，谓是母女，遍体皆砂土，不知从何辨认也。马骨一具，洁白无纤尘，以铁丝联络之，骧首驻足，高大过凡马，殆骏骨欤！入内街巷路径四处通达，其为民房、铺户、教堂、馆舍、园囿，一望而知，但上无遮盖耳。墙壁皆不毁坏，壁上画亦未磨灭，略佳者竟移置教王宫，又取陶器石像分置博物院，即他国院内亦必购觅以供赏鉴焉。是日往观，正值凄风苦雨，踯躅于断陁颓垣之下，凭吊奇灾，毛骨悚然，不忍卒视，疾趋出。回逆旅，其主人相待

琫贝驿（庞贝）古城见闻

周至，因游人众多，无卧室，为借宿农家，饭后微醺，主人执灯导引，越陌度阡，忽闻蛙鼓，豆麦芃芃然，清气袭人，恍疑身在故乡矣。时戊子清明后数日。

广厦藏榇

西方陵园聚而葬之

美细恒街市南，有园在山上，大数十亩，造广厦以储尸榇。室内空洞无他物，列穴于墙，四面皆是。西人榇低小，墙高一丈，可叠至五具。已藏者石板封之，题名其上。豪于财者，于园内造小室，或在檐廊造龛，上置石像。路旁山壁，亦如墙上之穴，其贫者转得入土埋之，但无标识。葬法此为最奇。至他处所见，率在城隅筑围墙为茔地，凡附近者必聚而葬之，不得到处便埋，法至善也。惟国王之冢，或在教堂内地下，或神龛后造石椁，刻卧像于上，间有择形胜自为一室者。西人之题墓也，亦纪功勒石，或书生卒，得年岁岁，或作旷达语，有戏为自嘲及解颐语者，而其文则简。罗马教王宫古碑甚多，嵌长廊两旁，不尽墓志，亦有纪事碑版。残碑断碣，剥蚀磨灭，犹搜剔殆尽，藏诸宫中，以为观美，其亦好古之癖欤！

跳舞

丁亥岁除至罗马，甫卸装，寄居逆旅。意宫设跳舞会，前三日，宫中典礼之官折简速客，衣以元色，领袖皆

罗马舞会舞乐礼仪

白，必一律，书于简。至期往，漏二下，诸女已环坐，有裳无衣，袒胸背，以雾縠叠二寸许攀两肩，以掩乳际，或曳长裾，拥地五六尺。头上绾髻，无冠，额发螺旋如飞蓬，亦戴首饰，金刚钻为贵。诸女国之命妇及各公使商家之眷属也，数以千计，服无定色，多浅蓝，多白，各持折叠扇。男皆有冠，持而不戴，舞则挟肋下。须臾妃出，服赤，项垂金刚钻数匝，大如豆众。起立迎之，鞠躬为礼，妃答礼。预设大坐，妃坐，众咸坐。有就妃之位与妃言者，妃亦就客位与客言。奏乐，有台钟铿然一响，妃起，国戚一员陪之，与各公使夫妇舞。奏雅乐，男女相间三十馀人，以手递挽成围，各向前行，则手垂而围小，退数武，则臂张而围大，步必协音律，如是者三，分半围为一行，两行南北相向，距丈馀，又各向前行，逼近则退，故为且却且前之势，如是者三，乃撤手，乘弥缝而过，为东西向亦如之。舞毕乐止，妃入内厅，典礼官引见，妃以程途远，跋涉劳瘁，慰问数语。少顷钟又响，奏大乐，男女互持抱，自四五耦至数十耦，作圈豚行，意其为夫妇也，询之不然。合围左旋，以捷而圆者为能，每耦乘隙而入，或绕一二匝遂出，乐阕舞止。舞与乐皆有谱，赴会者咸于是乎观礼，毋稍紊焉。内设宴，有茶酒、糕饵、果品、密饯，列长柜如市肆，宫人执役惟谨，饥渴则随时立啖，不设坐。是时漏将四下，王出，立舞厅中央，官又为引见，

晤意国王

王谓：与先生相见，孤之幸也，愿永敦和好，商务繁兴，国之福也。立谈片刻，褒翻译语言精到。王入，乐作，舞

如前，遂辞归。

诞日观兵

诞日阅兵

戊子孟夏，意王阅兵。先期兵部咨会各国使臣暨随从武弁，例得往观，咸衣戎衣，勋等亦与焉。城西北隅兵房之旁为演武场，大数十亩，提督暨兵部首领率诸弁兵先到，共二千馀人。四百人为一队，各归其伍，行列整齐。少顷，王乘马妃乘车至，各官鞠躬，以左手加额为礼，王如礼答之。妃停车于场外，王入，每队雁行鹄立，王按辔徐行，绕队一周，阅竟出场外，提督以下及各公使武弁悉以骑从王立马于妃车旁，各官立于王后，兵以次收队，耦而行，过王妃车马前，扬其所执军械以致敬，王点首答礼，妃则颔之而已。俟行尽，王妃回宫，众乃散。是举也，陈兵于郊，阅而不演，为正诞生后命名之辰，岁以为例。时四月二十二日，盖西历六月初一日云。

彩票

以利诱民教民赌博

彩票由国家开设，售于民间以敛资财，大约以所入十分之八归中彩者，其二分充国中善举等用。以利诱民，民争赴之，国家坐收其利，以为得计，而其实赚民之财，教民以赌博也。意大利此风尚未甚炽，然问其岁入之数，已一千二百万两云。

卷十六　瑞典、那威外编

教务

瑞典人大抵信虑堆腊尼斯姹教，有大教师一人，住纡泼帅耳教会堂。教中议事首领一人，住斯朵阁姹。又散处各城教师十有一人，各有会堂一所，教堂及经堂共二千四百有十所，其诸项产业及一切经费，悉系民间捐助，不关国家支应。国律，任凭军民信从何教。查光绪庚辰年即西历一千八百八十年，信虑堆腊尼斯姹教者四百五十四万四千四百三十四人，其信他教及不信教未受教小孩通计仅二万有奇。欧洲诸国奉教之诚虔而又纯壹，固无有过于瑞典者。 瑞典宗奉路德宗

那威人俱信耶苏教，其信虑堆腊尼斯姹教者仅七千馀人，仕宦居多。教中用款，国家间有津贴。案虑堆腊尼斯 虑堆（马丁·路德）

姥教自明代之初日耳曼人名虑堆者创之，盖即耶苏教而所传授小异，久之信从者众，遂别立一名也。

王室嫁娶

王室不与庶民通婚

各国君王，互缔姻好，王子不得与臣庶为婚，女不下嫁，所以联欧洲之势，非旧姻即新特，既秦晋不吴越矣。王妃之为其女选婿也，俟及岁，或设跳舞于宫，或邀射猎于乡，邻邦暨姻娅诸国之王子咸来赴会，使女自择焉。王妇亦许可，遂中选。盖贵为王子，自少至壮，声名彰著，无待诇察，其玉成为较速，非若寻常士庶求偶之难也。瑞典王第四子名奥司阁耳培耳拿独脱，貌魁梧，有民女富耳基笃，亦庸中佼佼者，两情既洽，违例娶之，遂被议罢官，不得承统绪，然民间辄悬其夫妇小影，纸幅尺有咫，啧啧称美，有深为扼腕者，惜定例綦严，亲贵不宥耳。

瑞典王子爱上民女

瑞典胜景

傍斯朵阁姥东西两百里内多小岛，皆有居民，多者数百家成一村落，少者数十家或数家，岛屿环回，林麓茂美。毖耳恪林于公馀之暇，时复来招，相与泛舟，纳凉湖畔。出城八九里，辄登岸凭高而望，则见水村山郭，若断若连，沙鸟风帆，忽没忽见，湖光淡荡，一白无垠，如对米家图画。既而返照入林，馀霞散彩，而群芳逾碧矣。乃

水村山郭如对图画

拨棹向树阴深处，曲径通幽，画楼临水，缘溪入，有若池沼者，游鱼弄影，野鹭惊人，鸣吠相闻，圳晦交错，黄童白叟，鼓腹而嬉，仿佛桃花源焉。此时游兴未阑，凉气骤逼，比归城中，见宫墙夕照，倒影中流，摇漾萦回，金光万道。少顷万户张灯，楼台近水，千行列炬，街市傍湖，遥望火树星桥，与波光相映射，奇观也。闻那威北角之日尤为奇特，当夏至后，昏晓莫辨，每遇大雾，谷中更清朗，红光照入，木石尽赤，亥子之交，五色纷呈，故游瑞典者，辄以乡间之林麓、都城之灯火、北角之日光为国中胜景云。 三大胜景

瑞人多寿

西人心思精刻，情性急发，少寿者。方其孩也，不必匝岁而已能言且走，及舞象勺，视如弱冠，及成童，视如壮者。至壮而有髭须，辄留之以为美，髯鬛曲满两颊，年未艾，髭须尽白，乃剃之以为无须此，然视其人，亦既耄止。每见妇人微髭茸茸，然爱之欲其长，谓上帝之赐，矜为难得，而尤易老。凡六十以上，徒行于途者殊鲜，其富贵者至是必端居于室，贫贱者已入养济院矣。良由神智耗损，风尚浇漓，故诸事递早，虽婚嫁迟莫及也。惟瑞典得天地坚凝之气，饮山溪清澈之泉，人习勤动，其浑噩之风犹有存者，则往往多寿。如发哥斯带商家之老姥、戴虚之外父、毖耳恪林之父母，皆登大耋焉。北省黑道下，其民

西人少寿

瑞人多寿

身躯矮小多寿而康

身躯较小，尤多寿而康者。日报载有昆弟年俱八十以上，好驰马，乃父虑其陨越也，时趋而扶持之，矍铄如此。盖冰霜有以玉其成貌，则侏儒人乃偓佺，宜传为美谈已。然山居者颈上辄有瘰结，妇女尤多。闻滇南马龙州乡民多颈疾，喉间悬如疣，土人谓之大脖子，男子犹十之五，女子则绝少秀项。忆赵松雪《茶谱》谓山水乳泉，漫流者为上，瀑涌湍急勿食，食之令人有颈疾。其信然欤！妇人多雀痣，或谓情欲所感，然十馀龄童女已隐隐然见于其面，久而益真，或又以为寿斑云。

板屋

价廉可拆故多木屋

瑞典材木实繁，不可胜用。京城附近诸岛，暨各省乡村之屋宇，多有以木为之者，一切用木，无砖瓦灰钉土石圬垩之类。其初以价廉，又可拆卸，营室者无畚筑之劳，迁居者可携家而去，既省且便，故民间咸乐住焉。厥后踵事增华，有务为观美，雕镂精致者，所需亦复不资。且或失慎，必致殃及街市，不可扑灭。至瑞京之先三日，有二

木屋易火改为瓦屋

城同日灾，各数千户付之一炬，延烧罄尽。比年新律，查国中人烟稠密处，有全用木料房屋，易于为害，谕令工程局督催房主立限拆去，改为瓦屋，嗣后永远禁止，不准营造，其在乡间地势开拓者听。此二城系北省郡邑，皆一时未及改作者也。

火炉

泰西之俗，夏必避暑，冬必围炉，习俗然也。瑞典、那威之寒，火炉诚不可少，而其制亦异。每室必置一具，高与室等，方者筑之以厚六七寸之砖，形如厨而长，圆者甃之以厚六七寸之瓦，形如廪而小，外垩以瓷器之油，凿壁接铅筒以透烟。炉下、火门方尺许，有小窦，但置薪木三四条，然以纸，掩门启窦即炀，终日不再添薪，便令满室暖，可谓体拙而用巧矣。 取暖壁炉

西人辞达

好登看水师船厂炮台后，将返那京，至车栈，车未至，待于逆旅，尼阁兰生与一营弁为谈耶苏降世时事，大率荒唐，然言之历历，问中国亦犹是乎，答以中国纪盘古开辟事亦相类。问何以有人，曰有天地然后有万物，人为万物之灵，盖感氤氲之气而生者。尼君然之，又谓人为上帝所造，凡吉凶祸福，毕上帝实鉴之而实使之，其言有合于伊训降祥降殃之旨。既而请问中国之教，有应之者曰，中国之教，不尚释氏天堂地狱之说，人死则已。言未毕，尼君诘之曰：人既受天地之气以生，则死后乌得遂已，气岂有息时耶？勋闻而敬服，令篑君以中庸鬼神章朱注二气一气数语答之，尼君曰然，时火车至，遂行。 中西思想文化交流

喷嚏鸦鸣

游那威时，其内部派总办尼阁兰生导游。一日同车至乡间，勋适喷嚏，尼君曰：上天保佑。俄闻鸦鸣，复噀唾而祝曰：不干我事。江浙俗情，小孩作嚏，其父母辄曰一百岁，闻鸦鸣亦以为不祥，妇人尤甚。此虽细事，窃尝莫测其由，而远隔异域，犹复相似，殊不可解。

溜冰

瑞典挪威盛行溜冰

溜冰之戏，泰西黄道以北诸国皆有之，以欧洲论，惟瑞典、那威行之最盛。溜者著复履，重底，中空寸许，以铁为之，带则以革，持木竿长丈许，撑之不步而走，或以踪迹作草书如蝌蚪痕，虽故家望族咸习之，不能则以为耻。每岁仲冬，士女如云，为河上逍遥之乐，至来岁暮春解冻乃已。童儿女跨冰舟，长约三尺，高尺有咫，以木为之，底平镶铁版，昂其前，有饰以兽头者，状类吴越之龙舟，以篙为桨。北省多冰车，以铁条代轮，以鹿为马，疾驰冰雪中。履与舟车之用繁，各有专厂制之。夫葛屦履霜，曾闻之矣，未闻有铁屦履冰者也。西人尝谓法国坚冰之日短，时深履薄之忧，故闻瑞典、那威之风者，恒啧啧叹美之，盖以便捷轻利相称誉如此。

泅水

斯朵阁姥王宫之西里许有长桥，桥畔建院宇，为泅水之会。会之长，亲王也，佐之以办总司事。水中央竖柱架版为基址，筑室百十间于其上，中有池长方周围二百馀步，木堤横亘之，分而为二，置梯四隅。三面皆矮屋，各悬镜一方，巾栉数事，供易衣梳拭之用，其一面为岑楼方丈，自顶及地四重。泅者多十馀龄童子，皆裸露，以尺幅紧掩下体，分十数人为一班，两两跃下，浮水面作诸剧，跳水
每食顷易一班，乃自楼而下。善泅者至楼顶，背水立，足趾垂外，仅以指著檐，翻身腾跳入水，久之始出。后有皮制圆球，径尺五，抛掷水中，壮者八九人蹴踏为戏。再后 水球
一人登楼作谐语，伪为失足者，以为笑乐。阅三小时，易四五班乃散。院旁有池差小，为练习者，一幼童不及十龄，入水苦寒，赤体僵立而偻曲，见之恻然。院后设坐起，卖糕饵茶酒，总办邀饮，乃小憩。凭阑远眺，夕阳在树，烟波渺然，俯视游鱼，鳞鬣可数，不减杭州湖心亭焉。初疑是会将以备水师之选，询之殊不然，谓居近于水，宜习于水，趁此炎夏，藉沐浴以固肌肤舒气血云尔，闻暹罗、日本近皆有之，中国何独不然？曰中国亦不乏其人，有能于水中度日者，固未尝郑重而为之会也。窃忆关忠节守闽时，操演水军，谓水上乳际者不用。而越中村童，亦辄能出半身以渡。顷所见者，竖立则水必及肩，岂

其身躯较重欤？总办赠会中号牌各一枚，大如钱，面镌鱼形，有文在幂，盖池边环坐而观者尽会中亲故，外人不得辄入。临辞，复订期于下次休沐之某日。比往，则泅者为童女，以细布绷系其身，仅露五体，观者皆妇孺而无男子，乃知破格相待也。傍晚邀总办饮，以答其前日之请。尝闻西人酷好水嬉，于兹益信。所谓水懦，民狎而玩者，亶其然乎！

中国栋宇

瑞典都城外七八里，有国君避暑之宫，园林宽广，乔木千章，大可合抱，有围六七尺者，皆数百年物。宫前里许左旁树林内一室，谓仿中国式。中为楼房，两边回廊作半月形，廊内多悬东洋纸灯，列围屏，刊草书，略具点画波磔，字句错误，莫能辨也。土偶二，高三尺，男者冠服如时制，女者似粤俗装饰，衣衫鞋帽，象牙镂刻，琐屑之件，小孩玩具，大率自闽粤购去，无精细者，漆器瓷器亦皆日本土物。楼上有茅屋之式，高广约三尺，以见农家勤苦，盖即《豳风》绘图之意云。

仿中国式园林

冰洋探地

由那威洛富台恒诸岛径向北行二千里，有地曰斯比次卑，属俄罗斯，周围万馀里。由脑倭兰傍黑道南正西渡海六千里曰冰洲，属丹玛，周约五千里。冰洲之西北二千馀里曰谷哇印朗，其地广漠无垠，在黑道以北者尤多，非复人力所能至，故舆图未详其境界。那威有六人驾轮船一艘往冰洋探地，已阅五载未返。欧洲滨海之国或竟以此为业，若无所遇，或遇险冥冥而没，斯已耳，比其反也，国家果因之以得利，则其人亦获厚利而享大名，竟有富贵埒王侯者。昔者以西班牙、葡萄牙为最，在元季已能西至阿美利加诸国，东至印度、南洋等处。其时葡人有善操舟者，出大西洋，逾赤道而南，由阿非利加之好望角折向东北，渡印度洋、亚细亚，历澳大利亚洲，至南太平洋阿美利加之极南，入大西洋，仍抵欧罗巴，是为绕地球之始。厥后那威有行之者，而取径独别向北，逾黑道，由冰海而东，循行俄罗斯之北，乃南向过倍林海峡，峡届黑道，在亚细亚、阿美利加两洲之间，由是转而西南，经南洋诸岛，至好望角，入大西洋而还，西人亦推重焉。当日行船之舵，犹悬于那京博物院，式不甚大，以木为之，与我华夹版船所用者同，盖在五百年前，但有帆船，其传为美谈宜也。迄乎百馀年来，火车轮船之利兴，远涉遐荒如度阡陌，环球一匝不过两阅月耳，是以南北黄道限内，靡国不到，已为强有力者占据殆遍，而那人乃穷搜诸北冰洋，殆人弃我取之意，其心计弥苦，而胆量亦壮矣。

冰洋探险以此为业

葡萄牙人环球探险

大庖

富家巨室宴会奢豪

西人日用服御，务为奢侈，即饮食之费甚巨，凡富家巨室，值喜庆事，折简速客，煮茗以待，谓之茶会。订期在夜半，客乡者盈千，拔来报往，厅事列烛数百炬，置茶酒于别室，有糕饵、糖果、牛乳、考非之类，不备几案，任客自饮啖，虽曰宴会，实无肴馔，然已一夕千金矣。其平时每食奚翅万钱，且其俗有中馈乏人而不家食者，有旅居游学而就食市肆者，然皆无妨于縻费。至以技艺力役博升斗，仅足糊口，或且不给，不已困乎，殷富者为筹一周济之法，集资设大庖于通衢，烹饪悉用机器，廉其值，如歉岁之平粜，以继若辈饔飧，较肆中省费过半，味亦甘美，彼歌醉饱，此获赢馀，意美法良，足以持久，所谓因其所利而利之，惠而不费之道得焉。此戊子秋仲见于那威都城者。

通衢大庖（类似快餐）价廉味美

以船为椁

欧洲自创轮船制铁甲以来，舟楫之制，类皆朴素浑坚，惟舱内或有绘画雕斫，饭厅尤极华丽，至若船阑之外，遍镂人物，涂金朱者，仅见于瑞典之博物院。船长二丈有奇，谓古时国王尝乘此以游骋者。尤奇者，那京博物院藏巨舟，长约二丈，高过于人，室置阁版，缘梯而上，

博物院中巨舟为椁

俯视舟中无他物，中舱为方丈版屋，室隅以玻璃匣盛残骨，乃古王陵，后人垦地得之，惊以为异，遂发掘供博览焉。夫以车为椁，材固相似，若区区窀穸之需，竟以巨舟为之，岂其生前好舟居者，死便以此埋欤？盖侈而近于戏矣。

柔远

丁亥冬十二月至罗马，谒瑞典公使之驻意者，姓林斯忒兰特，相见辄述其国钢铁之佳，因日报误以勋等为采办炮械机器者。乃告以游历，林公使致书于其外部，旋奉邮赠官道车票，令先往。戊子五月游意北省毕，由奥国经德国都城柏灵，其驻德公使电知外部，遣海军制造监督姓毖耳恪林至南境麻耳瞒海口来迎。五月末抵其都城，国家派员导游，一为商会总办姓戴虚，一即毖君。时以公馀来访，分日游近城，然后之各省，复之那威，历数处必令暂回都寓休憩，盖雅意款留，不使遽返也。先是外部因林君书，知同往翻译系英法语言文字，将为聘中瑞两国翻译，托报馆访求，久之无应者，至瑞京时，舍馆甫定，见二人鹄立于大门外，勋与箕翻译出，二人从之，相距二三十步，迨回寓，仍止门外，越日复然。凡都会名胜诸处，辄有操数国语指引游人以觅利者，疑其为此，以钱遣之不受，亦不去，问所从来，英法语俱不能答，询于毖君，乃知内部既谕总巡外，又特派二人在寓守候，令出入相随，

各国款待作者情形

恐途遇愚蠢或见侮也，闻此深不自安。夫人必自侮然后人侮之，苟不越礼，横逆何加，准诸情理，中外一也，以此告毖君，然之，遂为谢内部请撤回。是时入见国君，宴于内部，九月末复入告辞，宴于外部，其国家逾格相待，阅四月无间。闻彼中柔远之道固如此，而于勋等尤加厚焉，因谨纪之。

北道主人

瑞典好客
善待宾旅

瑞俗敦庞，善待宾旅，驱车过市，多有驻足脱帽为礼者。游历所至，升旗迎之，广筵结客，酒既巡，主人肃立，执爵而祝曰：愿以三多九如，敬申颂祷。又曰：愿四境乂安，两国和睦，民生咸遂，商务恒繁。乃继之曰：愿我友朋，永以为好，万里一室，难得之遭。洋洋千馀言，大致类是，或书法文成篇，对客朗诵，礼仪备至，情意有加焉。勋等唯唯致谢，酬以祝词。凡宴会必卜其夜，张灯于囿，然蜡于庭，杯盘觥觥，谈言娓娓，筵散则以二人为耦，结队而舞，鼓琴而歌，赏花卉以怡情，弄弹丸而赌胜。有时燎炬纵横，列火树于原野，光影闪烁，放花炮于池塘，于是啜茗清谈，开樽更酌，亦或出精巧玩具如叶子戏象戏之类，必欲诸客尽欢乃已。临别各以小影相赠答，或团聚而照之。一日戴虚邀饮于斯朵阁姥之乡，其避暑处

相片小记

也，皮耳脱时将东游，有照影之器，为留一图，因戏作记曰："戊子秋仲，雅集于太虚别墅，商会司事皮耳脱照影

为图以赠，图中得十有五人，其一我也；我之左戴虚之丈人，星年八十二，亦南极老人星也；戴虚为商会之长，立大树下，是为我北道主人也；坐我右者文卿，我友也；老人之左为子厚，我同僚也；以伞拄地者，海军督造毖耳恪林，曾与主人导我游者也；左为主人妇；再左钮斯忒兰，官农曹，职视主政，与我等也；立我后靓妆者大家闺秀，右尚夫人也；老人之后其次女，左尚恒松，以瑞人而为暹罗领商务事者也；我之前主人之女二，衣鳞鳞者邻女也。皮君以照影故不与列，盖将挟此具以东游于我国也。老人与尚毖皮钮皆主人，友我于诸君子，又我人之所谓西友者也，我蓉主自谓也，其正位乎中央者是也。”文卿有七言排律，其颔联云：形骸自幻影自真，暂时相聚常相守。瑞人之贤，殊可感佩，附录斯记，以志不忘。戴君心地和平，天真烂漫，其家富于财；毖君浑厚精明，笃于友谊，已由监督升总办。此外与为周旋可交游者，则有爱斯基耳斯的纡乃钢铁厂主人姓门退耳，气度安雅，学植优长，曾中甲科；泊福斯钢炮厂主人姓细耳物斯卑耳昆仲，和平坦易，行商于英国伦敦；经验钢铁轨道者曰生特白，慷慨好交游；那威内部总办曰尼阁兰生，久居法京，深于理学。如诸君子者，挹其丰裁，聆其言论，足以增长器识，开拓胸襟，诚天下之善士，惜不得久与游处耳。至那威之德益，向为赫税务司邦办，能操华音，家多中国什物；瑞典之挨耳魁斯塔，为商会司事，亦曾导游与往还，若而人者，又不可胜纪云。

北道主人

作者交游各国友人

瑞人至中国最早

元代时有瑞人至华

元季，瑞人以帆船绕地球，当其出倍林海峡，折向西南而赴好望角也，殆已经中国海，特未知其泊舟登岸否耳。今寓瑞京，有闺秀折简来问字，录楹语数联，真草隶篆缮写无讹，玩词意，皆状其所居山川云物之胜，极肖彼土乡野风景。相传其上祖行商至中国携回者，联旁当有款识，或以字迹小未照录也，因属文卿逐字逐句译答之。更有横书喹嘅二字，不知作何解，忆粤俗或以丝绣名字作小额，高悬壁间，二字殆即商人名译华音者，据此似粤人所书，其时在康熙间，毖君尚能道其姓氏。厥后至中国者渐多。若中国人之至瑞典，曾见乏伦铁器博物院题名录，有闽人信彼教者，于乾隆五十四年至其地，当以其人为最早。自同治丙寅年有游历者往，今以勋等继之，其间有若驻法参赞陈敬如名季同、驻德公使李丹厓名凤苞、游学英国吴述三名仰曾曾一至焉，此外往者盖鲜。比游那京，有华人来访，年约二十，面貌清白，束发于顶，作彼中装，不能操华音，亦不能为西语，又不识一字，盘诘移晷，终不详其姓氏，询诸那人，知为轮船佣工至此，近佣于卖酒家，其志将以求援也，然彼此不通问答，无可为力，遂悻悻而去。

乾隆时华人至瑞典

卷十七　西班牙、葡萄牙外编

纳资授爵

诸国爵视中国公侯伯子男亦五等，以待有功，惟西班牙例得纳资授爵，由来已久。凡巨室往往有之，然惟侯伯二等。询其故，乃知公爵不易得，即他国之膺是爵者亦少，必待非常之功然后赏。其有战功及他劳绩者辄赏子男爵，故子男之爵不绝于朝，不愿有纳资得子男者与已相混，而纳资者亦咸愿得侯伯，遂为定例。侯爵约纳银四千两，伯爵较少。 西班牙可纳资授爵

市官

西班牙都城有卖面包者，因新麦上市价昂，拟增其 政府保护消费者

值，请于市官。官为估计，不致折阅，且恐不便于穷苦也，不许，阖城铺户相约罢市，恃众要求，官又募人设铺以售。越二日，铺户计无所施，愿卖如故。闻欧洲各国保护闾阎者其事类然，可谓留心民瘼者矣。

斗牛

斗牛之戏举国若狂

斗牛之戏最惨，实无足观，而举国若狂，相沿成习，将欲禁之，几至激变。盖为此者皆好勇斗狠之流，自诩其能复藉为生计。其党脑后垂发辫三寸许以作标识，预购野牛，豢于濒海荒郊，雄健者一头数百金。每初夏，傍城市隙地，以木版筑围场，大七八亩，高五尺，围外架木为屋，昂其值以待观者。临期男女杂沓，环坐而观。斗者装束入场，跨马持长竿，又执红布者四五人，先以牛闭置暗室中数日，至是突然放入，见马即触，腹裂肠迸，群鼓掌

马死牛毙鼓掌称快

称快，触他马亦如之。马首皆蒙以布，使不能逸，必致之死。牛奔，人拂红布引于马前，毙数马，牛力乏，以利刃戳之后，刀入顶门，牛倒，复鼓掌称快。少顷易一牛又斗，数次乃散。昔之观者，坐前各列洋银数百圆，斗一次竞掷场中，近来马达利城中已无此风，但掷所戴帽于场以

不死牛马观众寥寥

明钦服之至而已。法京开赛会，其党欲往作剧，请于总办，许之，惟令会意象形，不准死伤牛马，闻观者寥寥焉。

西医治疾

治疾用药水，间用草药熏洗，无用饮片者。美国新金山多华人，有中国药料完税，洋人见而异之。治内证用一筒，长寸馀，按胸次，侧耳听声气。辨溺色，医院排列溺器。亦望气，或亦候脉。妇科视秽布。外治多以刀割患处，痈疡亦然。足疾之剧者，以锯截之，接木雕伪足，杖之可步。割时用迷药嗅以鼻，即酣睡，治毕闻他药乃醒。窃思治战阵受创者宜此法。营医当学西医，分门别类，内外科固然，即治头治齿治喉亦各精一技。美利坚国人最精治齿。游艺各国，勋向患齿痛，至西班牙复剧，因就医焉。用机轮转小锉，去齿中之黑者，至根际见肉，以钩出红丝如残绒，长二三分，四五次，丝尽痛顿止，谓永不复作。闻前岁德王患喉证，食嗓断，制伪者续之，能延喘月馀。外科大抵用割截法，药水功效神速。至于内科，虽极讲求，凡系疑难证死者，医院设有别室，必解尸出脏腑，敷以袪秽之药，群医环视，他国游学者亦任往观。考验如此，终不及外科之精，能而见垣一方之技，更无闻焉。

西医治病之术

作者治疗牙痛经历

葡国贤妃

妃年四十馀，国人称贤。先是有世子年幼者二，浴于海隅，为巨浪所汩，妃跃下，灭顶求之，挟以登岸，王嘉

葡国贤妃有勇有谋

焉，赐宝星。前数年，王与议院议民事未定，民之黠者率数百人噪于宫门，王长厚，战栗不敢出，妃曰：我惜非男子，不得与事，当若何剖白，虽众奚惧！王出，如妃言面谕，众果退。妃自奉俭约，岁以馀资散给贫苦。比游意法，载宝而归，入关有任凭点验依例纳税之谕，而箱箧繁重，用逾常格，颇有腹诽之者。

机器织布无害女红

机器织布无害女红

葡京有机器织布厂，意、日、瑞诸国亦皆有之。布幅自一尺至二尺馀，未见宽者。贩运中国之布宽几三尺，其厂在英、法、美，而美国制造尤细致，欧洲亦尚之。我华辄谓凡物之以女红成者，一旦改用机器，恐夺其业而失利也，其于机器缫丝亦持此论。然而无足虑也。中国地大物博，百产具备，苟习勤动，谋生易易，奚仅恃缫织为哉？即如吴俗，蚕桑之利甚溥，有机器以缫丝，养蚕者当愈众，且茧贵则售茧，丝贵则自缫以售丝可也。洋布入口，上海一隅，岁计银五千万两，果精于织造，以我之棉织我之布，运费较省，不使西人独擅其利。虽然，布诚洋货一大宗，用之者众，而各处乡僻，仍自造杜布以为被服，且多贩卖者，故不设厂不能使洋布之不来，即设厂亦不见杜布之可废。西洋之厂多矣，而葡京城西比户置布机一具，式如华而略简，又见于他国乡间，则知无害女红有断然者。

半教堂

西人筑室少梁柱，繁盛处穴地为一层，造五六层于上。乡间不过二三重，亦多平房。最高者为伦敦、巴黎，辄八九重，间有十馀重者。其造也，用砖石累墙至一重，排阁栅，铺砖为地，再上亦如之。至顶，包洋铁或盖平瓦，稍作侧势，亦有若屋山者。昔人造教堂于里斯琫城中，工程仅及半，以事中止，堂中央及四隅有圆室高耸，此独无。西人行事好为其难，不成不息，独是堂则否，当时竟不复鸠工，亦不毁，代远年湮，依然仍旧，望之秃然，今成古迹，且引为殷鉴，使国人触目而警于心。有有初鲜终半途而废者，必相诫曰：毋乃类半教堂欤！西俗急功利，喜夸诈，而事之彰彰者，虽大耻辱不讳。前者法败于德，遂图奔北之状，立石于巴黎，亦此意也。然游于西、葡，询诸搢绅先生及父老传闻，有兴废盛衰之感，其风气殆亦少变矣。

半成教堂引为殷鉴

法败于德绘图纪耻

筑室区别

西人筑室，尚高广精洁，观各国屋宇照相，大致相同，西人一见，憭然知为何国。初颇奇之，既而游至里斯琫，回忆所经历之处，而知其易于区别也。如意大利多云石，瑞典、那威多板屋，西班牙多砖灰黄赤色，葡萄牙多

各国建筑特色鲜明

瓷砖施五彩，俱臻美丽，非好尚之歧也。盖各以其地之所出，踵事而增华，有如此焉。

疯人院

依病轻重分别对待

院甚大，四周多隙地，围以铁栅，种花木，供病人游息。屋宇朗敞，楼仅一重。病人二百馀，男左女右，扃鐍綦严。病轻者随意游嬉，或当杂役，或理旧业，凡所成之物有极精巧者。女室有琴，任其弹唱。颠狂者闭室中，方不盈丈，上下四旁皆绵软绷以革，触之不伤，门留一隙，以便传递，其次但拘两手，不使攫搏。最惨者院外设验尸处，置脑及脏腑数十具，以药水浸于玻璃瓶，亲剖者浸于瓦盆，其色鲜，其臭臭，西医谓疯病在脑，故剖解察验，然未得确据，亦无经验良方。院内多澡浴处，有一室更异，凉暖水皆用机器若蒸笼，以钢为之，浴盆形似低倚，裹以锡，光洁可鉴，周围及盆底有密孔，启其机则水喷激墙上，一铜纽谓是洗耳者，拨之水一缕直冲丈许，盖欲其无孔不入也。此院于葡京之乡见之。

解剖脑脏寻究病因

葡国多盗

戊子岁暮，次里斯琫，乘车赴王宫，途遇宫车五辆，疑王驾出，而车中无人，导游者谓是往城东改葬前王者。盖王陵在教堂内已有百馀年，堂颓废，教士穷困，或冀有宝器殉葬，遂发掘焉。事觉，教士遁，严缉无踪。自西班牙至葡铁路旁亦有匪类，客往往被窃，迨报巡捕局查究，此疆彼界，互相推诿，少缉获者。 盗掘王陵 缉获较难

卷十八 拾遗

耶苏即佛教之遗

印度在亚细亚洲西偏，佛教出焉。东渐中华，西被于泰西。幸其时圣人之道涵育已深，有诸大儒出而力排之，道统相承，流传弗替，虽有寺观庙宇栖诸僧道，但能惑愚贱，初不与吾道相涉也。其入泰西，当与耶苏相先后，阿腊孺达诸教距印度尤近，天主教时已盛行，自创耶苏教后，遂分门户，同室操戈，杀伤甚惨。近闻各国新例，其臣民愿入何教，咸听自主，不干国家禁令，政诚善已。天主为旧教，耶苏为新教，教中之事略有差别，而实则同奉耶苏，皆佛教之流亚。于何知之？见其所奉神象，顶上圆光，披发赤足，教堂中央，百宝盖佛龛雕镂诸式，与华俗庙中同，多然长蜡以致敬，或然油灯于神前，昼夜不熄，

新教旧教同出于佛

男女入堂，合掌长跪，喃喃祷告，与华俗佞佛者同，故知其出于佛也，不然何相似之甚耶！或曰新旧教同出于佛，则彼教中书何以痛斥佛教之非，谓供奉泥塑木雕之假神为无益乎？抑知此无足怪也，即如新旧教同奉一神，而一互相攻讦，其明证矣，且所奉者犹是石偶也，铜偶也，其与佛教之奉土木偶诚何以异哉？

教士有两类

教士如中国之有僧道，但从之者众耳，不茹素，不戒酒，惟不婚娶。其类有二：有自幼入教者，皆系贫苦独孤，亦有其家笃信教门，遂令子弟出家，大率非其本意；有中年为教士者，或有感于怀，或因病立誓，愿舍身行善，不惮劳瘁，恪守清规，其奉行较谨，女尼亦然。 两类教士

狠斗

两人积不相能，辄有斗者，何日何地持何械，或受创止，或致死，皆预订，必如约。至期观者如堵，各邀中证及医士，若以死斗，无所用医，负者舆尸而返无悔。现任法国将军名步浪嶒者，曾为兵部首领，赫然有声，众皆悦之，近游于各省，所至欢呼，某大臣与有隙，相约以剑斗，伤其股，治之旋瘳。此风殊很，虽禁不息焉。

机智

竞尚机智
讪笑忠厚

西人之评骘人材也，必曰某聪明，从未闻有言某忠厚者，亦可见其竞尚机智，不于心术上讲求。然我俗亦时以忠厚为无用之别名，且以“道学先生”四字作讪笑语，受之者亦怫然不乐此心。乡里无行者之言，久而士大夫亦或轻率出之，可慨已！

新嘉坡人行

华人勤劳
尤其廉价

泰西以华人之业农工者，勤操作，耐艰苦，而尤廉于取偿也，乐用之。新嘉坡多粤人，附公司轮船还香港者常四五百人，开往数亦如之。近来外洋拐骗工役贩卖人口之风已戢，而新嘉坡固有承揽华工之行家。凡各国于险恶之地劳苦之役，本籍人所不能任者，辄任之华人，需佣若干，向行家议价，立限召募。华人以工资稍胜，归期可待，不惮远去。既去之后，其督责驱策，能任与否，不遑

罗马议员
请代招工

计矣。游罗马时，有议员来访，他往未见，越日至其家，问之，则曰无所事也，请晤言耳。言次，询中国不禁民出洋乎？曰然。肯佣为工乎？曰然。为代募数百人可乎？曰某等来游历者，佣工之事非所知也，不可。然则先募数十人可乎？仍以前言辞。及叩其募将焉用，词多枝梧，久之则曰耕种。遂辞归，终不解其意，然必为苦工无疑也。夫

农工皆劳力之事，固非可图安逸者，苟能劳矣，即谋衣食于乡里间，初无难事，顾远出重洋，仍任劳苦，而既被其凌虐，又复无所盈馀，不太愚乎！今于华人流寓最多诸埠，已设领事以抚之，是在抚之者有以晓谕之也。 设立领事抚谕华工

德为欧洲中原

戊子五月既望，游意大利毕，赴瑞典。火车向北行，意北省多崇山，由哇朗纳入奥地利国，冈峦重叠，将出境，山渐少，及德国界，则绿野平畴，良沃千里。至都城柏灵，街衢宽广整洁，虽闹市无尘嚣气，想见其国政教修明焉。小住数日，复北行，渡圣特海峡，即瑞典南境，曰麻耳瞒，地尚平坦，北行数百里，又多溪涧坡阜矣。欧洲诸国地势，十里五里之间，凹凸高下，绝少平壤，论者以南北日耳曼为欧罗巴之中原，信夫。 德境平坦为欧中原

德王扈从

戊子秋，德王之至瑞京也，来自俄罗斯，俄王送至海口，请阅其国水师操演，乃鼓轮而西渡排耳低克海。是役也，水师扈跸者十九艘，列队行驶，翼晨大雾迷漫，竟不停轮，腾波鼓浪，一律前行，比雾开而队伍依旧，无少紊乱，议者咸服其水师之精炼。是年春，俄人遣重兵驻西南边境，即奥地利东北、德意志东南，三国相界处也。是年 俄国水师精炼强大

夏，德意志国家多故，百日而易三传，王嗣位，乃之奥之意，复之俄，至是由瑞回国。其至瑞也，阅水师厂，驻王宫三日，行必有机务，特远方羁旅不得闻耳。旋闻俄人边境之师已撤矣。

巴黎讹言

是岁十月之望，由瑞赴葡，经法京巴黎，见道旁人人匆遽相偶语。迨卸装逆旅，阖城骚然，谓今日调拨护军，若兵民为难，乱必作矣，众情惶惑，日中罢市。越日无警，遂为贸易如初。以时值故大臣诞辰，民间上墓献花者数以千百计，大臣为君主党之魁，法本君主，自败于普后，易为民主，每届任满，公举之期，君党欲规复旧制，民党之势焰方张，相持不下，衅端易启，今又将任满，当举立新主，凡党君主者欲有所为，以逞其志，爰假吊墓之名，以觇群情之向背。巡捕官见吊者愈集愈众，恐酿事变，以告政府，政府急咨护军统领，调军弹压，复潜遣士卒，散布于城隅以为备。盖法国民气之骚扰，与德国民气之静穆正大相反，其政府亦虑及之，因明年巴黎当设衔奇会，故民主之任，展期至会后再议更代，否则恐两党争斗，商贾匿迹，无以为会，失国之大利也。己丑六月末，自西班牙还，重经巴黎，会已成，入会院约略观览陈设之物，其本国者最多，英美诸国次之，若亚洲当推日本、印度，此次中国未尝与会，仅二三商人贩卖粗劣什物耳。会

换届之际
谣言四起

法民骚扰
德民静穆

内有新造浮图，矗立千尺，纯以铁为之，谓人力所成之物，遍地球无高于此者。

伦敦烟雾

自巴黎乘快车西行，阅六小时抵海峡。峡宽不过六十里，而波涛汹涌，舟中人无不呕吐。其地为英法往来冲要，两国之人将筹一便捷稳妥之法，卒不可得。既渡，车行少顷，即至英京伦敦。地大人众，为各京冠。曾闻其地多雾，惟夏秋气候清淑，自孟冬至季春，则终日迷漫，雨后稍清朗，越日复然，甚至咫尺莫辨，途行虑击撞，城内居民恒迁城外避之。曩者窃尝疑之：既多雾矣，则城之内外何别？凡附近之处，当不复能行舟车，且非深山大泽之蟠郁，为能兴云吐气者，顾乃仅仅一城为然哉？今历其地，乃知户口实繁，煤烟笼罩，气当闭塞不能上升，遂如阴霾，有时结成细片，飞入牖户，审之略似雪花，着物易染，凡墙垣石灰，白石熏作黑色，新筑之室亦然，故或以为有数百年旧家气象。时方十月下旬，已多烟雾，旅馆中木器日数次洗拭，而以指抹之，尚有浮污。西人于地方好繁盛，于居处好洁净，如伦敦者繁盛之极，洁净殊难矣。其时闻议院有酒食之议，谓中国酒食用五谷以炊以酿，其价廉，外国食牛羊之肉以为饱，酿上品之果以为饮，其价贵，若效法中国，每岁节省之数当得若干。是说也宜若可为者，不知日用饮食，事虽细微，而习以为常，若有恒

煤烟笼罩遂如阴霾

酒食之议欲效中国

性，革千百年沿袭之俗，拂亿兆人嗜好之同，此必不能之势也，然而为政者之尽心民事，概可见已。

华盛顿银库

美利坚即合众国，其京城曰华盛顿，闻比来库藏充实，钱局停铸，以户部银钱库积储既满，乃穴地为窨窖藏之，已穿过大街十条。其市埠之最大者曰纽约，日征关税银七八十万两，或谓为地球最富之国云。

美国最富

日本西制

由法赴葡，将入西班牙界，以易车小停，散步道左，与德国游士立谈，因论中国冠裳之式，而甚讶日本之从西制，谓彼之戎服效我德国，岂兵以服为强弱耶？应之曰然。然则日本之割据争衡久矣，今者改制度易服色，削藩封置郡县，政自君出，魁柄不下移也，非计之得乎！其人折之曰：魁柄无下移之患，太阿有倒持之机，恶在其能得计也。言未已，车栈鸣号，遂别去。其人盖深识时务者，惜不得竟其说耳。

日本西制太阿倒持

中法字母合谱

字之有母，声音之所由生也。中国以三十六字母演三百八十四声，声多，故有声无字者亦多，以语言与文字殊也。泰西语言即文字，凡出之于口者，皆可笔之于书，而其声则甚少，其为字母二十有六，有音与气之别，以五字为音，而以二十一字为气。所谓音者，即一字亦能成声，若气必与音相并合而后得声，以气与音并合既遍，犹不及百声，且多从同之声，此外益之以音与音合而得声者，有一气并二音、二气并一音而得声者，有转入声若半音者，总计仅百馀声。各国字母形同音异，又多变音，惟法兰西之音为最正，无两歧之诮，且与中国字母相吻合。尝闻字母切音传自西域梵语，西域即指印度。盖切音之法东入中国，西及欧洲，故其字莫不以翻切取音，由字而成句成章，有高下疾徐轻重清浊之等差。其审音也，牙舌唇齿喉亦能辨之，著为书，及问之以四声，虽文学之士不能解。间有聪颖者，于中国语言文字亦能体会入微，从无有讲及翻切者。即华人学洋文，必先识字母二十六字，读并合之百馀声，明明读切音也，亦从无有讲及华音字母者。兹为之谱，以华音之字母，求法字之声音，举其并合，列其谱转，其字音无几而大略已备，庶几学西字者可等韵而粗识中国之字母，讲音学者可按谱而自知西字之声音，中法相通，记诵亦易，于初学不无小补云。

泰西语言即其文字

切音之法传及中西

华音字母法字声音列谱于后

附

三十六字母分九音法

见溪群疑是牙音　　端透定泥舌头音
知彻澄娘舌上音　　帮滂并明重唇音
非敷奉微轻唇音　　精清从心斜齿头
照穿床审禅正齿　　影晓匣喻是喉音
来日半舌半齿音　　后习学者自分明

案司马温公作《切韵指掌图》，辨字母次第，例有云：合之以五音，运之若四时，故始牙音，春之象也，其音角，其行木；次曰舌音，夏之象也，其音徵，其行火；次曰唇音，季夏之象也，其音宫，其行土；次曰齿音，秋之象也，其音商，其行金；次曰喉音，冬之象也，其音羽，其行水。盖字母之次如此。然勋幼时所诵者，少有更改，以舌上音少删，知彻澄娘句或附于舌头音端透定泥句，影晓匣喻作晓匣影喻，如天器遥肴读作器遥天肴也，此句之下列非敷奉微轻唇音句，读之似较为顺适，殆取其便于记诵，兹谱从之。

法字母审音辨气计二十五字

A 喉音也，音挨，有时读入声如阿若。　陪挨音排，或作拔。　台挨音大，平声，或作达之类是也。

B 重唇气也，读如陪，其转如勃。

C 齿头气也，读如绥，其转如克。

D 舌头气也，读如台，其转如特。

E 喉音也，恶寒切，音安，本音之外有二音，以记号别之，é 安字上有撇向左者音哀，其声已止；è 安字上有撇向右者音爱，其下有气，如爱勃爱特之类。

F 轻唇气也，读如爱夫，其转如弗，并音重在夫字，其爱字乃气之引也，凡有爱字者同。

G 牙气也，渠安切，读如权员之间，其转如掘额切。

H 喉气也，读如挨虚，此气最浮，有时不取音。

I 喉音也，音衣。

J 正齿气也，读如徐哀切。

K 牙气也，该耶切，读如街，当以越中乡音读之，其转如克。

L 半舌半齿气也，读如爱而。

M 轻唇气也，并音得重唇音，读如爱老。

N 似喉气也，并音得舌头音，读如爱恒。

O 喉音也，音哑，平声。

P 重唇气也，读如杯，其转如泼。

Q 牙气也，读如居，其转如克。

R 半舌半齿气也，读如爱，而当卷舌读之。

S 齿头气也，读如爱斯。

T 舌头气也，读如堆，其转如忒，又转脱。

U 喉音也，音纡。

V 轻唇气也，读如物哀切。

X 齿头气也，读如一格斯。

Y 此字不能定其何母，以气作音，读如一格而来格，有时作一 i 衣字读，有时作两 ii 衣字读。

Z 正齿又半舌半齿气也，读如禅特。

音气归母

见 k 街　　q 居

溪

群 g 渠安切

疑

端 t 堆

透

定 d 台

泥 ŋ 爱恒
帮 p 杯
滂
并 b 陪
明 m 爱姥
精
清
从
心 c 绥　　s 爱斯
斜 z 禅特
照
穿
床
审
禅 j 徐哀切
晓 h 挨虚
匣
影 a 矣　　e 安　　i 衣　　o 哑　　u 纡
喻
非 f 爱夫
敷
奉 v 物哀切
微
来 L 爱而　　Y 爱而当卷舌读之

日 z 禅特

字母之音五，加之以 é 哀 è 爱二音，得七音，俱系喉音，影字一母，其气则散见于各母，无与音同母之字，可知声音之发，由于天籁，有不期然而然者。又并音有 an 盎 in 俺 on 翁 ou 乌四音，亦系影字母，合之则为 an 盎 in 俺 on 翁 ou 乌 a 挨 i 衣 o 哑 u 纡 é 哀 è 爱 e 安十一音，此外无同母，他音而乃以气配此十一音，而得各母之音，惟　禅特之气并音，则禅母日母下其音相同，f 爱夫之气并之，非敷母下皆有，v 物哀切之气并之，奉微母下皆有，故两母兼收，至如 x 一格斯 y 一格而来格，虽可归母，不复列入也。

洪勋游历闻见录

译名简释

二画

几罗迈当

Kilometre 千米，公里

三画

马达利

Madrid 马德里

马带腊

Motala 穆塔拉

四画

韦堆湖

Vattern 韦特恩湖

巨斯塔槐洒

Gustaf Vasa 古斯塔夫·瓦萨

巨斯塔亚淘耳富

Gustaf Adolf 古斯塔夫第二·阿道夫（瑞典国王）

乏伦

Falun 法伦

乏朗斯

西班牙语：Valencia 巴伦西亚

丹玛

Danmark 丹麦

巴来耳姥

Palermo 巴勒莫

五画

北耳笃利加

Puerto Rico 波多黎各

加禄勿爱利斯

意语：Carlo Felice Giuseppe Maria 卡洛·腓力切

加禄亚耳倍笃

意语：Carlo Alberto 卡洛·阿尔贝托

发哥斯带

Fagersta 法格什塔

六画

考非

咖啡

地柰米脱

Dynamite 炸药

亚耳妈荡

Almaden 阿尔马登

各当蒲

Goteborg 哥德堡

米耳西

Murcia 穆尔西亚

安倍耳笃第一

Umberto I 翁贝托一世

那波利

意语：Napoli 那不勒斯

那威

挪威

好登

Horten 霍滕

妈你耳

Maynila 马尼拉

纡泼帅耳

Uppsala 乌普萨拉

七画

贡斯当丁拿不耳

拉丁语：Constantinnopolis 君士坦丁堡（伊斯坦布尔旧名）

贡斯当斯湖

Lake Constance 康斯坦茨湖（也称博登湖，德语 Bodensee）

克利斯仳亚尼亚

克里斯蒂安尼亚（奥斯陆旧称）

里斯瑧

葡语：Lisboa 里斯本

利巨利亚海

利古里亚海

利伏恒

Livorno 里窝那

低来尼爱海

Tyrrhennian 第勒尼安海

沙耳代宜岛

Sardinia 撒丁岛

沙伏移

Savoy 萨伏依

阿泼柰

Apennica 亚平宁

阿得力阿低克海

Adriatic sea

阿耳兰

爱尔兰

八画

非利比恒

菲律宾

物爱尼斯

Venice 威尼斯

物爱徐物火山

Vesuvius 维苏威火山

的纡兰

Torino 都灵

忽落朗斯

Firenze 佛罗伦萨

备耳拿独脱

贝尔纳多特（后更名卡尔·约翰）

泊福斯

Boras 布罗斯

波查耳

Pozzuoli 波佐利

驾姥

Como　科莫

细细利岛

西西里岛

九画

柏绥隆恒

Barcelona 巴塞罗那

勃吕绥耳

Bruseeis 布鲁塞尔

勃拉茄

布拉加

哇朗纳

Verona 维罗纳

哇利佛

Olive 橄榄

虽维易

西语 Sevilla 塞维利亚

炭气

二氧化碳

养气

氧气

美细恒

Messina 墨西拿

独哇勿里恒

斯堪的纳维亚

十画

贾本好

Copenhagen 哥本哈根

夏槐恒

La Habana 哈瓦拉

挨耳泼群山

Alps 阿尔卑斯群山

挨格利挨

Athens 雅典

虑堆

Maetin Luther 马丁·路德

虑堆腊尼斯姥教

Lutheranism 路德宗

盎斯忒郎

Amsterdam 阿姆斯特丹

罢落宜

Bologna 博洛尼亚

倍耳恒

Berne 伯尔尼（或译作伯恩）

倍耳格拉特

Belgrade 贝尔格莱德

徐勃腊耳带

Gibraltar 直布罗陀

脑秋平

Norrkoping 诺尔雪平

爱特拿火山

Atine 爱特纳火山

爱斯基耳斯的纡乃

Eskilstuna 爱斯基尔斯蒂纳

十一画

埭愚泼河

Dnnabo River 多瑙河

戛利巴的

Garibaldi 加里波第（朱塞佩·加里波第）

排耳低克海

Baltic Sea 波罗的海

得耳尼

Terni 特尔尼

麻耳瞒

Malmo 马尔默（一译玛尔摩）

麻极朗

Magellan 麦哲伦

惟笃爱麦语爱耳第二

Vittorio Emanuele II 维托里奥·埃马努埃莱二世

渐那伐

意语：Genova 热那亚

淘姥乃物忒

（存疑。从作者描述看疑即博伦厄市）

淡巴菰

西语 tobaco 烟草

密朗

Milano 米兰

十二画

琫贝驿

Pompell 庞贝

博耳多

Porto 波尔图

斯卡旋恒

Skagen 斯卡恩

斯朵阁姥

Stockholm 斯德哥尔摩

斯卑斯

La Spezia 拉斯佩齐亚

斯彼得蒲

Saint Petersburg 圣彼得堡

散夺尾铿

Sandviken 桑德维肯

街斯带腊买

Castellammare di Stabia 斯塔比亚海堡

十三画

蒲街来斯

Bucharest 布加勒斯特

路买尼

Romania 罗马尼亚

意撒盘耳

伊莎贝拉（西班牙女主）

福帅诺

Fossano 福萨诺

颖秋平

Jonkoping 延雪平

十四画

赛尔皮

Serbia 塞尔维亚

十五画

德律风

Telephone 电话

十六画

颠米士河

River Thames 泰晤士河

走向世界丛书一百种

初编三十五种以＊标出

谢清高 海录
＊ 容　闳 西学东渐记
＊ 林　鍼 西海纪游草
＊ 罗　森 日本日记
＊ 斌　椿 乘槎笔记
＊ 张德彝 航海述奇
＊ 王　韬 漫游随录
＊ 志　刚 初使泰西记
＊ 张德彝 再述奇（欧美环游记）
＊ 张德彝 三述奇（随使法国记）
王　芝 海客日谈
＊ 祁兆熙 游美洲日记
＊ 李　圭 环游地球新录
＊ 郭嵩焘 伦敦与巴黎日记
＊ 张德彝 四述奇（随使英俄记）
＊ 黎庶昌 西洋杂志
＊ 刘锡鸿 英轺私记
李凤苞 使德日记
钱德培 欧游随笔
＊ 何如璋 使东述略及杂咏
＊ 张斯桂 使东诗录
黄遵宪 日本国志
＊ 黄遵宪 日本杂事诗〔广注〕
陈兰彬 使美纪略
＊ 曾纪泽 出使英法俄国日记
＊ 王　韬 扶桑游记
＊ 徐建寅 欧游杂录
谭乾初 古巴杂记
王之春 谈瀛录
＊ 李筱圃 日本纪游
池仲佑 西行日记
蔡　钧 出洋琐记
袁祖志 瀛海采问纪实
张祖翼 伦敦竹枝词
王以宣 法京纪事诗
潘飞声 西海纪行卷
潘飞声 柏林竹枝词
潘飞声 天外归槎录
张荫桓 三洲日记
邹代钧 西征纪程
王咏霓 道西斋日记
张元济 环游谈荟
余思诒 楼船日记
缪祐孙 俄游汇编
张德彝 五述奇
＊ 傅云龙 游历日本图经馀记
傅云龙 游历美加等国图经馀记
洪　勋 游历闻见录
崔国因 出使美日秘国日记
＊ 薛福成 出使英法义比四国日记
＊ 薛福成 出使日记续刻
陈道华 日京竹枝词

严　修 **东游日记**

姚鹏图 **扶桑百八吟**

凤　凌 **游馀仅志**

* 黄庆澄 **东游日记**

吴宗濂 **随轺笔记**

宋育仁 **泰西各国采风记**

王之春 **使俄草**

伍廷芳 **美国视察记**

* 蔡尔康等 **李鸿章历聘欧美记**

张德彝 **六述奇**

刘学询 **考察商务日记**

黄　璟 **考察农务日记**

罗振玉 **扶桑两月记**

罗振玉 **扶桑再游记**

丁鸿臣 **东瀛阅操日记**

沈翊清 **东游日记**

* 梁启超 **新大陆游记**

张德彝 **八述奇**

载　振 **英轺日记**

吴汝纶 **东游丛录**

双　寿 **东瀛小识**

缪荃孙 **日游汇编**

周学熙 **东游日记**

* 单士厘 **癸卯旅行记**

凌文渊 **籥盦东游日记**

张　謇 **癸卯东游日记**

蒋　煦 **西游日记**

王景禧 **日游笔记**

陈　琪 **环游日记**

* 康有为 **意大利游记**

康有为 **德意志等国游记**

康有为 **英国游记**

* 康有为 **法兰西游记**

韩国钧 **实业界之九十日**

李濬之 **东隅琐记**

盛宣怀 **愚斋东游日记**

* 戴鸿慈 **出使九国日记**

金　鼎 **随同考察政治笔记**

* 载　泽 **考察政治日记**

程　淯 **丙午日本游记**

康有为 **西班牙等国游记**

杨泰阶 **东游日记**

文　恺 **东游日记**

左湘钟 **东游日记**

吕珮芬 **东瀛参观学校记**

* 林汝耀 **苏格兰游学指南**

* 单士厘 **归潜记**

金绍城 **十八国游记**

附 艾儒略 **职方外纪**

附 南怀仁 **坤舆图说**

附 丁韪良 **西学考略**

附 艾约瑟 **西学启蒙**

图书在版编目(CIP)数据

游历闻见录/(清)洪勋著. —长沙:岳麓书社,2016.8

(走向世界丛书/钟叔河主编)

ISBN 978-7-5538-0529-0

Ⅰ.①游... Ⅱ.①洪... Ⅲ.①游记—作品集—中国—清代

Ⅳ.①I264.9

中国版本图书馆 CIP 数据核字(2016)第 010859 号

YOULI WENJIANLU

游历闻见录

作　　者:洪　勋

校 点 者:刘　柯

责任编辑:杨云辉

责任校对:舒　舍

封面设计:吴颖辉　贺红梅

岳麓书社出版发行

地址:湖南省长沙市爱民路 47 号

直销电话:0731—88804152　88885616

邮编:410006

岳麓书社网址:www.yueluhistory.com

2016 年 8 月第 1 版第 1 次印刷

开本:890×1240　1/32

印张:10.375

字数:240 千字

印数:1—3 000

ISBN 978-7-5538-0529-0

定价:48.00 元

承印:长沙超峰印刷有限公司

如有印装质量问题,请与本社印务部联系

电话:0731—88884129